如歌军旅

卢一萍 ◎ 著

中国言实出版社

图书在版编目（CIP）数据

如歌军旅 / 卢一萍著 . -- 北京：中国言实出版社，
2022.6

ISBN 978-7-5171-4188-4

Ⅰ.①如… Ⅱ.①卢… Ⅲ.①中篇小说—小说集—中国—当代②短篇小说—小说集—中国—当代 Ⅳ.
①I247.7

中国版本图书馆 CIP 数据核字（2022）第 097128 号

如歌军旅

责任编辑：宫媛媛
责任校对：张国旗

出版发行：中国言实出版社

  地 址：北京市朝阳区北苑路180号加利大厦5号楼105室
  邮 编：100101
  编辑部：北京市海淀区花园路6号院B座6层
  邮 编：100088
  电 话：010-64924853（总编室） 010-64924716（发行部）
  网 址：www.zgyscbs.cn 电子邮箱：zgyscbs@263.net

经 销：新华书店
印 刷：北京温林源印刷有限公司
版 次：2023年1月第1版 2023年1月第1次印刷
规 格：710毫米×1000毫米 1/16 13.25印张
字 数：208千字

定 价：68.00元
书 号：ISBN 978-7-5171-4188-4

目录

上　编

克克吐鲁克

一

我们清晨六点钟从团新兵营出发时，才有一层薄薄的天光，虽然已是四月，但高原上的空气里还飘浮着一股寒冷的味道。从上车后，就没有一个人说话。好像这军车拉的不是新兵，而是一堆冰冷的石头。

军车在雪原上蠕动着，像一只深秋的蚂蚱。高原上的风和飞扬起来的积雪已经把车身上的泥尘打扫干净。十分醒目的草绿色车身像一小片春天，颠簸着，缓慢地移动着。

绿洲上早已是春意盎然。可这高原，除了冰峰雪岭，就是冰湖冰河冰达坂。好像我们穿过这个无边的冰雪世界，要去的不是边防连，而是北极的某个地方。

新兵分配完毕，当我听说自己分在了克克吐鲁克边防连，便问新兵连连长，这个地名是什么意思。听到我问这个问题，他觉得很奇怪，他看了我好久——好像我不是穿着军装的军人，而是一只耍把戏的猴子，淡然地说，克克吐鲁克就是克克吐鲁克，谁知道这个鬼地名是什么鸟意思。

我想，它肯定不是一个鬼地名。我看了一眼坐在对面，随时都有可能被颠散身子骨的班长，忍不住想问问他。他在这高原已待了十多年，一定知道的。但看看他那张黑得爆皮的脸，我又忍住了，倒不是怕他，而是怕他把这个念着如清泉过幽涧般悦耳动听的名字，解释得和他一样粗俗不堪。我宁愿凭着自己的想象去解释它。

"克克吐鲁克……"我在心中默念着这个地名。我觉得它新鲜，耐读，音节感很强，有宽阔、无边的想象空间，能给人安慰。我想它的意思要么是飞翔着雄鹰的地方，或是有河流奔流不息的地方，再不就是萦绕着牧歌的牧场，抑或是塔吉克人的祖先修筑的神秘古堡……

自从军车开始翻越海拔5000多米的奇切克力克达坂开始，我的头就开始痛起来，就像是谁用锥子在脑子里使劲扎似的。这时，班长破天荒地开腔了，他说，你们都给我听着，虽然你们还是些嘴上没毛的新兵蛋子，但出了新兵营，就是个军人了，从这个时候开始，你们都要给我撑出个男人样子来。大家听了班长的话，都忍受着高山反应的折磨，谁也不愿意成为第一个狼狈之徒。但没过多久，就有两个家伙没忍住，趴在后厢板上，像孕妇一样哇哇呕吐了。最后，除了班长，每个人都未能幸免。

我们在新兵营用半年时间训练出来的强健体魄，突然之间变得像玉一样脆弱。大家吐空了早上吃的馒头、稀饭和咸菜，吐掉了在路上吃的压缩饼干、红烧肉罐头，最后，吐掉了胃液和胆汁，只差点没把五脏六腑都吐出来了。大家半躺在车厢里，连坐起来的力气都没有了。

塔什库尔干河两岸的雪要薄一些，河流中间的冰已经融化，可以看到一线深蓝色的河水。偶尔可以看到一个塔吉克老乡赶着在长冬中煎熬得枯瘦的羊群，在河边放牧。

就在我们非常难受的时候，突然听到了一阵动听的歌声——

　　雄鹰飞在高高的天上，
　　我心爱的人儿他在何方？
　　我骑着马儿把他寻找，
　　找遍了高原所有的牧场……

这是一个女孩子的歌声，那歌声是突然响起的，就在不远的地方。她是用汉语唱的，这样的地方竟有汉族姑娘，我感到十分惊奇。大家都坐起来，高山反应好像一下轻了许多。但行进的汽车很快就把那歌声抛远了。我想，克克吐鲁克，它的意思可能就是情歌响起的地方……

不知道又走了多久，军车"吱"地刹住了。

"下车！"刺耳的刹车声刚刚响过，班长就站起来，大声喊叫道。

汽车篷布被掀开，白花花的、混了雪光的阳光"哗"地扑进来，把大家推得直往后倒。班长已飞身跳进了白光里。有一个瞬间，他被那光淹没了，只剩下了一个影子。

太阳已经偏西，但雪地上的阳光依然很厚，厚得可以没过脚踝。我们从车上跳下来的时候，感觉像跳在棉花上一样松软。我感觉自己的脑子迟钝，像坨榆木疙瘩，身子发飘，怎么也站不稳。

班长铁桩样立在雪地里，招呼我们列队。

几个老兵和一群马在那里等着我们。他们在冰雪中如一组群雕。背景是萧穆的喀喇秋库尔雪山和凝固了的喀喇秋库尔冰河。士兵、军马、雪山、冰河和蓝天、白云构成了一幅深沉而又寂寥的图景。

列完队后，班长给每人扔了一块压缩干粮、一盒雪梨罐头，说："从现在起，我要看着你们这些娘儿们一样的新兵蛋子，五分钟把这些食物吃完，然后继续出发！"

大家看着吃食，马上就想呕吐。没有一个人动。

"要活命，就得吃，这是命令！现在，只有四分钟了！"

大家打开了罐头，和着压缩干粮，往嘴里填。但有人吃下去后，马上又呕吐起来。班长不管，要我们吐了再吃，直到吃得不吐为止。

由于大雪仍然封山，前面40多公里简易公路军车已不能前行。我们需要在这里换乘军马，才能到达我们要去的地方。

二

大家把压缩干粮和雪梨罐头填进肚子，跨上了军马。虽然在漫漫长冬中苦熬的军马都很瘦，并不是想象中的那么雄健、骏逸，但大家第一次骑马，都有些激动。

分给我的是一匹白马。它是那些马中最瘦的，瘦得只有个骨架，当风敲打它骨头的时候，就能听到金属似的声响。这使我不忍心骑它，觉得会随时把它压趴下去。我打量着它，倒想扛着它走。

雪光映照着雪原，有如白昼，不时传来一声狼嗥。它凄厉的嗥叫使高原显得更加寒冷，我不由得把皮大衣往紧里裹了裹。

人马都喘着粗气，夜里听来像是高原在喘息。

这儿有那么多狼，那么，克克吐鲁克……它一定是个狼群出没的地方。想到这里，我不由得害怕地向四面的群山望了望。

到达克克吐鲁克已是夜里两点。边防连的营院镶嵌在一座冰峰下面。冰峰被雪光从黛蓝色的夜空中勾勒出来，边缘有些发蓝，如一柄寒光闪闪的利刃，旁边点缀着几颗闪亮的寒星和一钩冷月。

营房里亮着灯，战士们涌出来欢迎我们。这些被大雪围困了五个多月的官兵把我们拥进会议室后，就激动地鼓掌。他们一直在等着我们。我们这些陌生的面孔使他们感到自己与外界有了联系。他们用那因与世外隔绝太久而显得有些呆滞的目光盯着我们，一遍遍地打量，好像我们是花枝招展、风情万种的姑娘。

因为高山反应，我一夜未能入睡。新兵们大多没有睡好。我们的眼圈发黑，眼睛发红。

吃了早饭，连长把我叫去。他最多二十八九岁，但我惊奇地发现没有戴军帽的他，头已秃顶。他黑铁般的脸衬托着他的秃顶，异常白亮。他掩饰性地将了将不多的头发，点了支烟，深吸了一口，问道："说说看，你有什么特长？"

我想了想，摇了摇头。为了不让他失望，我答非所问地敷衍道："我喜欢马。"

"那好，从今天开始，你负责养马，连队的军马都交给你。"

"什么？"

"就这样吧，"连长用不容置疑的口气说，"记住，军马是我们无言的战友，你要像爱护自己一样爱护它们。"

我虽然不知道怎么爱护自己，但我只得答了一声："是！"

我就这样成了克克吐鲁克边防连的军马饲养员，成了帕米尔高原上的一个"马倌"。

临离开连部时，我忍不住停住了，回转身去。连长马上问："你还有事？"

"连长，能不能请问一下，克克吐鲁克，它是什么意思？"

"哈哈，这个……这个克克吐鲁克就是克克吐鲁克，它的意思，到时候你自然会知道的。"

我搬进了马厩旁的小房子里。老马倌带了我一段时间，我从他那里学会了铡马草、配马料、钉马掌、剪马鬃，冲马厩、套马等"专业知识"。

每当我赶着马群出去放牧的时候，我都在寻找着来时在路上对克克吐鲁克的想象，但我没有找到一点与想象相符的地方，连狼嗥声都很难听见。我认为，克克吐鲁克……这个不毛之地，可能就是死亡之地的意思，千百年来，它靠这个好听的名字掩盖着它的荒凉和可怕。

想到这里，我更加迫切地想知道它的意思了。我拽住了一个志愿兵，问他："老兵，你说说看，克克吐鲁克是不是死亡之地的意思啊？"

他严肃地摇摇头，说："我们只把它当一个地名，管它的意思干什么！"

我又问别人，他们都不知道。别的新兵去问，答案也差不多。

三

五月缓缓地来了，春天已被省略，阳光似乎是一夜间变得暖和起来的。我赶着马群走到雪峰下时，听到了大地在阳光里解冻时发出的巨大声响。

冰消雪融。不久，雪线便撤到了山腰上，营地前那片不大的草原上，萌出了浅浅的绿意。

我每天赶着马群，顺着喀喇秋库尔河放牧它们。

谁都注意到了，我从没把马群赶进营地前那块小小的草原上。

没有了冰雪的衬托，营院便融进了那古老的、寸草不生的黑褐色山体里。那块绿色的草地便成了这里全部的美和生机。别的地方，都显得狰狞，它们虎视眈眈，似要把那美和生机吞没。

从偶尔传来的牧歌声中，我已知道塔吉克老乡正骑着马，赶着羊群和牦牛从河川游牧而来。

我看着马群安详地吃草，任由风吹乱它们的长鬃。那匹皮包骨头的白马变化最快，它已经长上了膘，显露出了骏逸的风采。

我成了一个自由的牧马人，只是这种自由是由孤寂陪伴的。那时，我便唱歌，从小时学的儿歌开始唱，一直唱到最近学会的队列歌曲。那匹白马听到我的歌声，会常常抬起头来望我，像是在聆听着。有时，它会走到我的身边，停住，眨着宝石般的眼睛。不久后的一天上午，好像是受到了我歌声的召唤，我忽然听到了动人的歌声：

> 江格拉克草原的野花散发着芳香，
> 我心爱的人儿他在何方？
> 我骑着马儿四处寻找，
> 找遍了高原的每一座毡房。

> 喀喇秋库尔河怀着忧伤，
> 我来到了克克吐鲁克的山冈上，
> 我看到他骑着骏马，
> 像我心中的马塔尔汗一样。

那还是那个女孩子的歌声，那歌声是突然响起的，就在不远的地方。她还是用汉语唱的。但那声音显然是高原孕育的，那么旷远、高拔、清亮，像这高原本身一样干净、辽阔。而那歌唱者呼出的每一缕气息都清晰可闻，使你能感觉到生命和爱那永恒的光亮。如果世世代代没有在这里生活，就不可能有那样的嗓音。

我像被一种古老的东西击中了，有一种晕眩，有一种沉醉。

歌声停止了，余音还在雪山之间萦绕。天上的雄鹰一动不动，悬浮在雪山上；两只盘羊依偎着站在苍黑的巉岩上面，好像在庆幸它们中的一个没有远离。它们和我一样，沉醉在她的歌声里。

我循着声音，用目光搜寻那唱歌的人。但她好像在躲着我。我向她的歌声靠近一点，她就会离我远一点。我只能听见她的歌声，却看不见她在什么地方。

四

接连好几天，我都听到她在唱这首歌。

最后，我都把这首歌学会了，才看到了她。正如我料想的那样，她是一个塔吉克族姑娘。

我看到她的那天，她站在高岗后面一个小小的山冈上，冈顶一侧有几朵残雪，四周是高耸的冰峰，脚下是一小群散落的羊群。她头上包着红色的头巾，身上穿着红色的长裙，骑在一匹枣红马上，看起来，像一簇正在燃烧的火。她像是早就看到了我。我看她时，她朝我很响地甩了一下马鞭。然后，马儿载着她，一颠一颠地下了山冈，我再也看不见她了。

我感到一种与高原一样古老的忧郁，突然弥漫在了这晴朗、空阔的天地里。

那天，她再也没有出现过，她像是被那个山冈藏起来了。

第二天，我也没有看见她，只远远地听见了她的歌声。

第三天，我看见那个山冈侧面的残雪已经化掉了，我忍不住赶着马群向下游走去。

第四天，我看见她仍骑在那匹马上，风把她的裙裾和头巾拂起，向我所在的方向飘扬着。

我的心安静了，觉得受了抚慰一般，我坐在河边，看着哗哗东流的钢蓝色的河水发呆。

我不知道白马是多久离开我的，也不知它多久把姑娘那匹枣红马引了过来。它鞍辔齐备，只是没了那个有云雀般动人歌喉的骑手。

白马朝我得意地"咴咴"嘶鸣一声，像在炫耀它的魅力。

而我不知该不该把她的马给她送回去。

红马紧随白马，悠闲地吃着草，像是已经相识了很多年。

一会儿，她的身影出现了，她骑在另一匹光背的黑马上。在离我十几步远的地方，她跳下了马。黑马转身"嗒嗒"跑回马群。她微笑着，朝我走来。我看见了她帽子上的花很好看——那一定是她自己绣的，那些花儿正在开放，好像可以闻到花香；看到她背后金黄色的发辫上缀满了亮闪闪的银饰，一直拖到她凹陷的腰肢下；她的臀部那么紧凑，微微向上翘着；她的双腿修长，脚步轻盈；随着风和脚步飘动的裙子，使她看上去像会飘然飞去。我突然想，她要是能飞离这里，飞离克克吐鲁克这个苦寒之地，飞到云朵外的仙界之中，我定会满心欢喜。

她走近了，我看清了她红黑的脸蛋，蓝色的眼睛，薄薄的嘴唇。她看看我，又看看那两匹马，然后害羞地径直向那匹白马走去。

但我仍然蹲在河边，一只手仍然浸在河水里。我都忘记站起来了。

我担心白马认生，会伤了她，才猛地站了起来。而她已在抚摸白马优美的脖颈，白马则温顺地舔着她有巴旦木花纹的毡靴，好像早已和她相识。

我在军裤上擦干了湿漉漉的、冰凉的右手，走过去，看见她的脸正贴在白马脸上。

那个时刻，高原显得格外安静，只能听见风从高处掠过的声音，一只不知名的鸟儿从一棵茇茇草后面突然飞起，箭一样射向碧蓝的天空，把一声短促的鸣叫拉得很长。

我垂手立在她的身后。

好久，她如同刚从梦中醒来，看见我，羞涩地低下了头。

"这真是一匹好马。"她说。她的汉语有些生硬，但格外悦耳。

我点点头。

"它叫什么名字啊？"

"它没有名字，它是军马，只有编号，看，就烙在它的屁股上，81号。"

她好奇地转过头，看了看缎子一样光滑的马屁股，"哦，真的烙了一个编号，不过，这么好的马，应该有个名字。"她已不像原先那么羞涩了，嫣然一笑，露出雪白的牙齿，问有些腼腆的我，"那，你是军人，不会只有编号没有名字吧？"

我忍不住笑了，"当然，我叫卢一萍。"

"卢、一、萍。"她像要把这个名字铭刻在记忆深处，把每个字都使劲重复了一遍。

"你是克克吐鲁克边防连的？"

"是的，我是今年刚来的。"

"我叫巴娜玛柯。"

"我没想到你会用汉语唱歌。"

"我在县城读过书，前年，也就是我该读高二的时候，我爸爸得了重病，就辍学回来放羊了，不然，我今年都该考大学了。"说到这里，她很难过，"爸爸到喀什去看了好几次病，用了很多钱，但还是没有好转。你看，为了给他治病，我们家的羊卖得只剩下这么一点了。"

我看了一眼她家那剩下的三十来只羊，安慰她说："你爸爸的病很快就会好的，等他的病好了，你还可以继续去上学。"

"我很想上学，但我今年都十八岁了。"她伤心地说。

五

老马倌年底就要复员了，他常常到营地前那片小小的草原上去，一坐就是半天。正是因为大家和我一样喜欢那片草原，所以我从没让马群到那里去吃过草，一个夏天下来，那片草原一直绿着。牧草虽然长不高，但已有厚厚的一层，像一床丝绒地毯。我一直希望那块草地能开满鲜花，但转眼高原的夏天就要过去了，连阳光灿烂的白天也有了寒意，所以，我也就不指望了。

有一天下午，老马倌让我陪他到草原上去坐坐，我默默地答应了。

他用报纸一边卷着莫合烟，一边说："我看你最近一段时间像丢了魂儿似的，回到连里也很少说话，你是不是有什么事啊？"

我连忙掩饰，"班长，没有，啥事也没有！"

"没有就好，你一定要好好干，干好了，说不定也能像我一样，捞个志愿兵干干。"

"我一定会好好干的，你放心！"

"我相信你能干好。"他说完，把卷好的莫合烟递给我。

我说："你知道，我不会抽烟。"

"抽一支没事的，你出去牧马，有时候好几天一个人在外面，要学会抽烟，抽烟可以解闷。你就学学吧，抽了，我就告诉你克克吐鲁克的意思。"

我一听，赶紧接过烟，说："班长，你快告诉我吧。"

他把烟给我点上，自己也慢条斯理地卷好一支，点上，悠悠地吸了一口，把烟吐在夕阳里，看着烟慢慢消散，望了一眼被晚晖映照得绯红的雪山，叹息了一声，嘴唇变得颤抖起来，他又深深地吸了一口，然后终于用颤

11

抖的声音说："我问过好几个塔吉克老乡，他们都说，克克吐鲁克……从塔吉克语翻译过来的意思就是，开满……鲜花的地方……"

"开满鲜花的地方？"

"是的，开满……鲜花……的地方……"他说完，把头埋在膝盖上，突然抽泣起来。

知道了克克吐鲁克这个地名的意思，我突然觉得这个地方变得更加偏远、孤寂了。我认为那些塔吉克族老乡肯定理解错了，即使是对的，那么，这个地方属于瓦罕走廊，在瓦罕语中，它是什么意思呢？这里还挨近克什米尔，那么，它在乌尔都语中又是什么意思呢？说不定它是一个遗落在这里的古突厥语单词，或一个早已消亡的部落的语言，可能就是"鬼地方"的意思。

因为在驻帕米尔高原的这个边防团，谁都知道，这里海拔最高，氧气含量最低，自然条件最恶劣，大家一直把它叫作"一号监狱"。

"开满鲜花的地方，这简直就是一个反讽！"我在心里说。

我决定去问问她。这里一直是她家的夏牧场，她一定知道克克吐鲁克是什么意思。

没有想到，她的回答和那些塔吉克族老乡的回答是一样的。

"可是，这个边防连设在这里已经五十多年了，连里的官兵连一朵花的影子也没有看见。"

"那么高的地方，是不会有花开，但克克吐鲁克，就是那个意思。那里的花，就开在这个名字里。"

六

从那以后，我就好久没有见到她。我曾翻过明铁盖达坂，沿着喀喇秋库尔河去寻找她。我一直走到了喀喇秋库尔河和塔什库尔干河交汇的地方，也没有看到她的影子。她和她的羊群都像梦一样消失了，我最后都怀疑自己是否真的遇到过她。

有一天，终于传来了她的歌声，我第一次听到她的歌声有些伤感：

珍珠离海就会失去光芒，

百灵关进笼子仍为玫瑰歌唱；

痴心的人儿纵使身陷炼狱啊，

燃烧的心儿仍献给对方……

我骑马跑过去，刚把白马勒住，就问她："呵，巴娜玛柯，这么久你都到哪里去啦？"

"有一些事情，我爸爸叫我回了一趟冬窝子。"我觉得她心事重重的，正想问她，她已转了话题，她高兴地接着说，"我去给你的白马寻找名字去了，在江格拉克，我给你的白马找到了一个很好听的名字。"

我知道江格拉克离这里有好几个马站的路程，我想到她离开这里，原来是做这件事去了，放心了许多，我说："那么，巴娜玛柯，你快些告诉我，你为它找到了什么好名字？"

"兴干。"

"兴干？它是什么意思呢？"

"这名字来源于我们塔吉克族人的一个传说。说是很久以前，这里有一位国王的女儿，名叫莱丽。她非常漂亮，鹰见了她常常忘了飞翔，雪豹见了她也记不起奔跑；所有的小伙子都跟在她身后把情歌唱，不远万里来求婚的人更是没有断过，但她只爱牧马人马塔尔汗。不幸的是，他的国王父亲根本看不起他。

"马塔尔汗的马群中有匹叫兴干的神马，洁白得像雪一样。国王想得到那匹神马，但神马只听马塔尔汗的话，国王想尽了办法也抓不住它。没有办法，国王答应只要马塔尔汗把神马给他，他就把莱丽嫁给她。马塔尔汗信以为真，把神马给了国王。国王得到神马后，却把马塔尔汗抓了起来，关进了牢房。

"神马知道后，挣脱装饰着宝石的马缰，摧毁了国王的监狱，救出了自己的主人，然后又与国王请来的巫师搏斗，把巫师和国王压在了江格拉克的一座山下，而神马也被巫师的咒语定在了那座山的石壁上。

"马塔尔汗获救后，带着莱丽往北逃去，最后在幽静的克克吐鲁克安居下来，过上了恩爱幸福的生活。他们死后，马塔尔汗化作了慕士塔格雪峰，莱丽化作了卡拉库勒湖，他们至今还相依相伴，没有分离。而那匹白马至今还在江格拉克东边的半山上。远远看去，它与你的白马一模一样。"

"这传说真美，这白马的名字也非常美。"我说完，就叫了一声"兴干"，它好像知道自己就该叫这个名字，抬起头，前蹄腾空，欢快地嘶鸣了一声。

巴娜玛柯很高兴，她走到白马身边，用手梳理着它飞扬的鬃毛，好久，才说："我很喜欢这匹白马，我可以骑骑它吗？"

"当然可以，它自从来到克克吐鲁克，还没有驮载过女骑手呢。"我爽快地答应了，"不过，我得给它装上马鞍。"

"不用的！"她高兴地跨上了白马的光背，抓着白马的长鬃，一磕毡靴，白马和她如一道红白相间的闪电，转瞬不见了。

过了好久，她才骑着白马返回来，在白马踏起的雪末里激动地跳下马，说："兴干真像那匹神马。"她说这话的时候，我看见她的双眸中闪烁着泪光。

七

营房前那块草原已变得金黄，那里依旧没有花开。

有一天早饭后，我正要把马从马厩里赶出来，老马倌突然从外面冲进来，激动地说："草原上……草原上的花开了，快……你……快跟我去看看！"他的声音都沙哑了。

我想他肯定是想那草原开满鲜花想疯了，我说："那里草都枯黄了，怎么会有花开呢？"

但他拉着我，硬把我拽到了草原上。我果然看见有一团跳跃的红色！

找简直不敢相信自己的眼睛，我屏住了呼吸，疯了般扑过去，我发现那是用一方头巾扎成的花朵。

——那是巴娜玛柯的头巾！

我哽咽着说："这是……这里开放的唯一的花朵……"

老马倌早已泪流满面，"真不知道……这花……该叫什么名字。"

"巴娜玛柯，巴娜玛柯……这朵花的名字叫巴娜玛柯……"我喃喃地说。

这朵用头巾扎的花一定是她今天一大早放在这里的。我把马赶到河谷里，就赶紧去找她。

在明铁盖达坂下，我看到她一个人信马由缰，正沿着喀喇秋库尔河谷往回走，我看见她长辫上的银饰闪闪发光。她好像没有听见白马那急促的马蹄声，也没有回头。我赶上去，和她并驾齐驱时，她才转过头来，对我微微笑了笑。

"巴娜玛柯，那朵花真好看。"

"但那里只有一朵花。"

"一朵花就够了，我相信，即使是冬天，那朵花也不会凋谢。"

"但就是那样的花，有一天也会枯萎的。"她有些忧郁地说，然后，转过头来，问我，"你喜欢克克吐鲁克吗？

"还说不上喜欢，也许待久了就会喜欢一点。"

"等你喜欢上了那个地方，那里就会一年四季开满鲜花。但那些花儿是开在心里的。"

"那么，克克吐鲁克应该是一个属于内心的名字。"

"是的。只有开在心里的花儿，才永远都不会凋零。"她的眼睛有些潮湿。"你知道吗？我的名字是从我们的一首歌里来的，你想听吗？"

"当然想。"

"那我就唱给你听，冬天就要来了，我们不久就要搬到冬窝子里去，这可能是我最后一次给你唱歌了。"她说完，就唱了起来——

> 巴娜玛柯要出嫁了，
> 马儿要送她到远方；
> 克克吐鲁克的小伙子啊，
> 望着她的背影把心伤……

她唱完这首歌，像赌气似的，使劲抽了一鞭胯下的红马，顺着河谷，一阵风似的跑远了。

八

从那以后，我更想见到她。但整个喀喇秋库尔河谷空荡荡的，只有越来越寒冷的风在河谷里游荡。

冬天就在四周潜伏着，这里一旦封山，我要到明年开山的时候才能见到她了，想到这里，我觉得十分难受，忍不住骑着白马，游牧着马群，向喀喇秋库尔河的下游走去。我又一次来到了喀喇秋库尔河和塔什库尔干河交汇的地方，但我连她的影子也没有看见，我在那一带徘徊。我常常骑着我的白马，爬到附近一座山上去，向四方眺望。但我只看到了四合的重重雪山，只看到了慕士塔格雪峰烟云缭绕的身影，只看到了塔什库尔干河两岸金色的草原，只看到了散落在草原上的、不知是谁家的白色毡帐和一朵一朵暗褐色的羊群。

那些天，我感觉自己像个穿着军装的野人。饿了，就拾点柴火，用随身携带的小高压锅煮点方便面、热点军用罐头吃，渴了，就喝喀喇秋库尔河的河水，困了，就钻进睡袋里睡一觉。我把马绊着，让它们在这一带吃草，准备在这里等她。虽然我作为军马饲养员，可以在荒野中过夜，但我是第一次在外面待这么久。

玻璃似的河水已经变瘦了，河里已结了冰。雪线已逼近河谷，高原的每个角落都做好了迎接第一场新雪的准备。

头天晚上我冻得没有睡着，我捡来被夏季的河水冲到河岸上的枯枝，烧了一堆火，偎着火堆，待了一夜，直到天快亮的时候，我才迷迷糊糊地睡着了。我梦见一朵白云承载着巴娜玛柯和她的羊群，飘到了我的梦里。我高兴得醒了过来。没有太阳，蓝色的天空已变成了铅灰色。我像一头冬眠的熊，从睡袋里爬出来。我先望了望天空，看了看那些快速飘浮的云。我在云上没有看见她。我想，我该归队了。但我不死心，我涉过了塔什库尔干河，骑马来到了靠近中巴公路的荒原上，再往前走，就是达布达尔了。马路上已看不到车辆，只有络绎不绝的从夏牧场迁往冬牧场的牧人。他们把五颜六色的家和家里的一切驮在骆驼背上，男人骑着马，带着骑着牦牛怀抱小孩的女人和骑着毛驴、抱着羊羔的老人，赶着肥硕的羊群，缓慢地行进着，像一支奇怪的大军。

我骑马站在公路边的土坎上，看着一家一家人从我脚下经过。眼看太阳就要偏西了，我还没有看见她，正在失望的时候，我胯下的白马突然嘶鸣了一声，然后，我听到了远处另一匹马的嘶鸣，我循声望去，看见她和她的羊群像一个新梦一样，重新出现了，我高兴得勒转马头，向她飞奔而去。

她看见我，连忙勒住马等我。我一跑拢，她就问我："冬天已经来了，你还跑到这里来干什么？"

"我想……"

我突然有些害羞，正想着该怎么回答她的时候，一匹马向我们跑了过来，马鞍两边各有一条细瘦的腿，由于马是昂头奔跑的，我没有看见那人的身子。待马跑到了我的跟前，马被勒住，马头垂下去啃草时，我才看见了那人短粗的上半身。他的脸也是又短又瘦的，一副尖锐的鹰钩鼻几乎占去了半个脸的面积。他在马背上不吭气，只是死死地盯着巴娜玛柯。

巴娜玛柯指着他，对我说："这是我的丈夫，我上一次离开你不久就和他成亲了。他们家的羊多，我们需要用羊换钱给我爸爸治病。"

我这才注意到，她的穿着已经变了，她的辫梢饰有丝穗，脖子上戴着用珍珠和银子做成的项链，胸前佩戴着叫作"阿勒卡"的圆形大银饰，库勒塔帽子上装饰着珍珠和玛瑙。这已是一个已婚女人的装束。我像个傻子，什么话也说不出来。

"天就要下大雪了，你赶快赶着马回连队去吧，这里离连队要走好久呢。"

她说完，想对我笑一笑，但她没有笑出来。她转身去追赶羊群去了。那儿的确是很大一群羊，至少有三百只。

九

大雪已使克克吐鲁克与世隔绝。有一天，我正吹着鹰笛，连长过来了。连长说，走吧，大家正讲故事呢，你也进去讲一个。

我讲了巴娜玛柯讲给我的关于兴干神马的传说。

有几个老兵听后，"哧"地笑了。连长说："你小子瞎编呢。"

我说："我是亲自听一个塔吉克族老乡讲的。"

"你肯定在瞎编，那个传说根本不是你说的那样。"连长说完，就讲述起来，"我告诉你，正版的传说是这样的，说是很久以前，塔什库尔干地面上本没有这么多雪山，到处都是鲜花盛开的草原。圣徒阿里就住在草原上。他有一匹心爱的白马，那是他的坐骑。平日白马在草地上吃草，悠闲地奔跑。

不料心怀妒意的魔鬼设下毒计，使白马在阿库达姆草原误吃毒草，昏昏睡去，未能按时返回，结果误了阿里的大事。阿里很生气，变了好多座大山，压在草原上，并将白马化作白石，置于一座山的山腰，以示惩儆，并将魔鬼藏身的阿库达姆草原化成了不毛之地，然后愤然离去。从此，这里一改原貌，成了苦寒的山区。这才是兴干神马的传说，这里的乡亲一直都是这么讲述的，《塔吉克民间故事集》里也有这个故事，连队的阅览室就有，不信你去看看"

我听后，愣了半晌，好久，我转身冲出连队俱乐部，冲进马厩，抱着白马的脖颈，失声痛哭起来。

快枪手黑胡子

一

由于当时那个叫快枪手黑胡子的土匪还没有被捉住，所以前往索狼荒原的路上还杀机四伏。政治处的姜干事和警卫连的十多个战士全副武装，紧张地注意着公路两边的动静。驾驶室顶上架着一挺机枪，机枪手的食指一直扣着扳机。

他们是护送女兵柳岚到索狼荒原去。柳岚和姜干事坐在驾驶室里。她看姜干事一直握着那支卡宾枪，忍不住问道："姜干事，快枪手黑胡子是个什么样的人？"

姜干事说："没有人见过他，只听说他骨子里有白俄的血，骑快马，使双枪，枪使得出神入化，他和他的近百人马在南天山一带的绿洲靠劫掠为生，已经有十三年了。"

"那为什么不给我一支枪？"

姜干事笑了："有我们这些男人，哪用得着你使枪。"

姜干事不太爱说话，除非一定要让他说。他坐在她身边，像一尊雕像。但不知为什么，柳岚一见他，就喜欢亲近他。所以，快枪手黑胡子留在那条路上的恐怖感虽然和他们如影随形，但她一点也不害怕。她看着他腰上那把手枪，说："黑胡子来了，你把你的手枪给我使。"

姜干事笑着答应了。

他们颠簸了九个多小时后，终于靠近了那个叫三棵胡杨的地方。这里沙丘连绵，柳岚很注意地用目光搜寻，但她只看到了两棵胡杨树。有棵胡杨比较年轻，枝繁叶茂；另一棵已快枯死，但有一根枝桠上仍然顽强地撑着伞大的一片绿色。

姜干事对她说："快到快枪手黑胡子的老窝了。"他说完，把头伸出驾驶室，对车厢上的战士喊道："大家做好准备，保持警惕！"

他重新坐回到驾驶室后，尘土也趁机扑了进来。他把卡宾枪的子弹推上了膛。

"你真会打仗？"柳岚惊讶地问道。

"不会打仗部队要我干什么？"

"我以为你带着枪只是给自己壮胆的。"

那个外号叫"刀疤"的驾驶员接过话头，用炫耀的口气对柳岚说："你不知道，姜干事当干事之前，在七一七团侦察连干过排长、副连长。他当排长的时候，曾带着他那个排端掉过敌第九旅的指挥部。"

听了刀疤的话，柳岚看姜干事的眼神更不一样了。

那辆破烂的"道奇"牌汽车下了公路，顺着一条模糊的车辙，向金色的大漠开去。车子更加颠簸了。柳岚不时撞到姜干事的身上。她想坐稳一些，但根本做不到。每撞一下，她都觉得很不好意思。

突然，一溜烟尘从远处升腾起来，挂在了蔚蓝色的天幕上。

刀疤说："那不会是快枪手黑胡子的人马吧？"

"不会。"

"你怎么能看出来？"柳岚好奇地问。

"那片烟尘腾起的速度不快，没有杀气，所以不会是。"

"你竟然能看到烟尘中有没有杀气？"柳岚吃惊极了。

姜干事谦虚地笑了笑。

"听说这帮土匪已经顺着天山、昆仑山逃亡到克什米尔去了。"刀疤说。

"但前几天那家伙还在这里劫了我们往喀什运送粮食的车队！"

柳岚问："难道我们就剿不了他？"

"这一带沙丘绵延，又靠近天山峡谷，整个就是一个迷宫，那家伙快枪快马，熟悉地形，七一六团派部队来围剿了好几次，他都溜掉了……"

"那是谁？"柳岚突然看到远处的沙丘上立着一个穿着黑衣、骑着白马的人。她看到他的时候，他正抬起自己的双臂。

姜干事还没来得及回答她，就听到了两声枪响。

随着两声枪响，姜干事已跳出驾驶室。车上的战士也都跳了下去。

汽车发出两声刺耳的嘶叫，冲到一个沙堆后面，不动了。驾驶员说："是快枪手黑胡子！"

柳岚再望那个沙丘，沙丘上什么也没有了，只留下了一溜黄色的烟尘。她看着那溜烟尘，似乎真的看出了一股杀气。

姜干事有些沮丧地回到驾驶室里，说："那家伙的确是快！"

"我们为什么没有开枪？"柳岚问道。

"我们的枪还没来得及瞄准，那家伙已跑到沙丘下面去了。"

刀疤下了车，看了看车轮胎，回到驾驶室，心有余悸地说："这家伙打爆了汽车的前轮胎。看来，他只是来和我们打个招呼的，他的枪要是对准我们，我们今天肯定有两个人活不成。"

柳岚不禁打了个寒战。她看到那溜土黄色的烟尘已经飘散开了，远处的天幕上只留下了一片浅淡的痕迹。

二

索狼荒原原本是平静的，现在可好，一听说要来女人，整个荒原就变成了一匹发情的种马，骚动起来了。大家虽然还说粗话，但已有些顾忌；有些人已开始刷牙，开始剃胡须，开始对着能照人影子的地方照自己了。

大功营营长王得胜那年三十岁，在当时，这个年龄就算老光棍了。他还没有醒事的时候，就到队伍里讨饭吃。到了队伍里，就是行军打仗、打仗行军，连个囫囵觉也很少睡过，根本没有心思想女人。过去经过打仗的地方，碰到中看的女人，大家闲下来的时候，也会在嘴里吧唧几句的。但说过那话，说起那姑娘的家伙可能就在下一场战斗中牺牲了，所以他说的话、见过的姑娘也就扔在了那里，没人再想提起。

仗打完了，这个话题就被大伙说得多了。他对男女之事才醒悟了一些，就觉得自己该有个女人了。没想来到新疆后，一头扎进了索狼荒原。他就想，女人和他们这帮光棍肯定绝缘了，他戏称自己是光棍营营长。

为了去接这个女兵，王得胜骑着马，一大早就出发了，他从索狼荒原的腹地出发，要穿过一片九十多里的沙漠去三棵胡杨接她。那时候，汽车只能开到那里。为了防止流匪快枪手黑胡子的袭击，他不得不带着二十多位弟兄跟着他一起吃苦。

他觉得快枪手黑胡子就在他的周围出没。那家伙显然是想调戏调戏他。他一直想找个机会把那家伙给干掉，想和他比试一下谁的枪更快。但黑胡子像一股携带着马汗味的漠风，来去无踪。即使他偶尔在沙漠里留下了蛛丝马迹，但转眼间就被流沙抹得一干二净。

他远远地看见那帮兵蹲在沙包下，袖着手，抱着枪，沉默得像石头。

那些兵看到他们，都站了起来，向他们喊叫。柳岚也跟着姜干事跳下车来。王营长看到姜干事还是那副秀才样子，他和那个女兵站在汽车的背风处，正和她说着什么。他知道，这些娘儿们都喜欢那些干事，他们读过书，能写会画，一张嘴能把活玩意儿说死，死玩意儿说活。她们嫌他们这些营连军官粗糙，除了会打仗，就只会说脏话，他在这种时候，总会骂上一句："妈的，老子就是为打仗活着的！"

柳岚没想到这里的风会如此坚硬，它刮过来时带着钢铁的鸣响，像铁棍一样敲打在她娇柔的身上。她感觉自己一从车上跳下来，风就想把她刮走，她的脚一挨地，风就把她刮得往前飞跑了好远，她感觉自己像一只风筝，要被刮到天上去。她把脚使劲往地上扎，同时把身子弓起来，才站住了，但她的脚还是有些发飘，她像一棵漂在水里的植物一样晃荡着。

王营长和他的战士们从马上跳下来时，却能像铁桩一样稳当地站住。有几个战士看她一走路就飘动的样子，咧着大嘴"嘎嘎嘎"地笑了起来，但笑声一出口，就被风像用袖子抹去嘴上的油星子一样抹掉了。

两边的战士都认识，免不了一番推搡拥抱，原来还会叫骂的，可能因为有女兵在场，大家都文明起来了。

年轻的女兵柳岚有些兴奋，她被风刮得打了一个旋儿，觉得好玩极了，就笑了起来。她的笑声那么动听，那帮男兵根本不知道该怎么来形容。那些开始还袖着手，咧着大嘴"嘎嘎"笑着的士兵，听到她的笑声，内心深处的某种东西像突然被触动了，他们的笑声戛然而止，眼睛突然有些潮湿。

"怎么啦？都在死人堆里白爬了？眼睛里进沙子了？"王营长看着他的士兵，大声武气地对他们吼叫道。

那几个士兵不想惹他，背过身去，抬起污脏的袖子，擦了擦眼睛，望着空阔低沉的天空。

王营长看清了她。她长得很是中看，看上去年龄很小，像柳树条子一样柔弱。虽然被一路的风尘吹刮着，但还是很白净。他觉得自己看到她后，心里很是欢喜。

姜干事过来给王营长正儿八经地敬了个军礼。他和姜干事表面上都很客气，但姜干事嫌他粗莽，他嫌姜干事一副娘儿们样。两人骨子里都有些相互瞧不起，但他毕竟为送这个女兵走了这么远的路，就假装客气地说："姜大干事，辛苦了！"

"哪有王营长在这塔克拉玛干大沙漠腹地战天斗地辛苦啊！"他说完，指着王得胜，对那女兵说，"这就是我团战功赫赫的大功营营长王得胜同志！"然后接着说："王营长，这就是分到您营的女兵柳岚同志。"

柳岚闻到他身上有一股老公羊的气味，忍不住屏住了呼吸。然后，她看到了他那身打着补丁的军装，补丁补得很稀拉，用了各种各样的布片，膝盖处用的竟是帐篷布，一重叠一重的，使他的衣服看上去厚得像一套棉衣。她看了他一眼，她有些怕他。她看清了他的脸，他的脸很黑，很粗糙，像一块生铁；她看到他的右脸上有一道紫红色的伤疤，微微有些发亮（后来柳岚知道，那个伤疤是一九三八年在三井镇围歼日军千田大队拼刺刀时留下的，那一刀如果稍偏一点，他就成了烈士），加之他胡子拉碴，柳岚觉得这家伙就是那个快枪手黑胡子，但她还是给王营长敬了个好看、但不很标准的军礼。

他很标准地给她还了个军礼，说："哈哈，还真姓柳啊，难怪长得跟柳条儿似的。什么战功赫赫啊，你别听他瞎吹。"

柳岚看到他的样子，有些害怕，她下意识地往姜干事背后躲了躲。王营长心里很不是滋味，他狠狠地盯了她一眼——这个刚从战场的血火里冲出来的男人，眼睛里还残留着一股杀气，他的目光锋利得像一把带着血迹的刺刀。他问她："我的样子是不是把你吓住了？"

她点点头。

"他们都叫我王阎罗，不吓人就不会有这个外号，你多看几眼就顺眼了。"

姜干事转身向道奇车走去，柳岚像个小孤女似的跟着他走了几步，很无助地说："姜干事，你们这就走啊……"

姜干事说："车胎还没有补好呢，哪里走得了？"

她像是有了依靠，又变得高兴起来了。

三

这一路走下来，柳岚觉得嘴里都是泥沙。她冲着那帮男人喊了一声："给我水！"她刚一张嘴，一股风就把一团沙土塞进了她嘴里。她赶紧背过身去，蹲在地上，"吭吭"地咳起来。她咳了半天，觉得嘴里还是涩得很。

独臂营长回转身，走到她跟前，习惯性地咬了咬右侧的牙根，好像他被刺刀刺中时的疼痛还撕扯着他的神经。他把自己的水壶递给了她。

柳岚闻到了他身上的气味，强忍着，站起来，小心地接过他的水壶，有些迟疑地旋开壶盖，闻了闻——那水的味道的确不敢恭维，但她还是强忍着喝了一口，漱了漱口，然后吐了出来。正要喝第二口，那人已把水壶抢了过去，对她大声喊叫道："这不是在你的老家，水多得成灾。记住，以后所有喝到嘴里的水，即使是马尿，都要吞到肚子里去，不然就不要喝！"

柳岚站起来，想解释几句，她说："我吐的都是泥沙……"

"泥沙怎么啦？我们五脏六腑填的都是泥沙，我们的血管里流动的都是泥浆！"他那只空袖管被风一会儿刮到胸前，一会儿又刮到背后。他说完，转身就走，他的每一步都很有力。风把他的空袖管刮起来，直直地指向前方，好像在给所有的人指路。

她站在那里，嘀咕了一句："哼，不就是一口水吗？"

一个绰号叫"三指"的士兵用充满自豪的口气告诉她："我们营长就这样。"

"有什么了不起的！"她不屑地说。

严格地讲，"三指"应该叫作"三趾"，因为他被弹片剁掉的是脚趾而不是手指，但大家故意这么叫，他也没有办法。他笑着对柳岚说："你不知道，沙漠里水就是命，所以我们营长才那么凶。"

突然，远处传来了一种令人心惊胆战的声音，像有一百万头雄狮在吼叫。天空猛地变得昏暗了。

"跟我走！"不知道他是多久回过身来的。风把他的那只空袖子递过来，柳岚想抓住它。他却用另一只手抓住了她的手。他的手很大，像一把铁耙；很硬，像一柄铁钳；很粗糙，像胡杨枝桠。她的手在他的手心里像一朵鲜花。她跟着他，这么大的风，他的头虽然向前钻着，背却依然挺得很直，他那只空袖管不时拍打一下女兵的脸，像在抚摸，又像是在扇她的耳光。她看见他留在荒原上的脚印比她的深得多。她在心里想，这个人如果立在一个有水的地方，比如说她的老家湖南，他很快就会长成一棵枝繁叶茂的大树。

他拉着她，风再也吹不跑她，但好像更容易把她吹起来，她感觉自己就像他拿在手上的一套军装。她跟着他学，想把脚踩得稳实一些，但她做不到。她只有紧紧抓住他的手，他的手把她的手割疼了。

他把柳岚塞进驾驶室。不知道他本来就是这样，还是因为风把他脸上的表情凝固了，他紫黑色的脸膛像冰山一样难以接近。

她想说些什么，但他已"咣"地关上了车门。

她发现姜干事也坐在车上。她从已被风沙打磨得模糊的汽车后视镜里看到，他的几名老兵咧着嘴看着他，坏笑着，有两个老兵油子还捶了他一拳。然后他们蹲到了车的一侧，背对着那传来让人心惊胆战的声音的方向，袖着手，望着黄褐色的天空，好像望到了一个迷人的天堂。这帮家伙像兄弟一样，那些刚刚过去的战斗岁月已使他们血脉相通，即使是一千个人，一万个人，身体里流动的也都是一个人的血。她和姜干事坐在驾驶室里，感觉有些孤单。

穹隆形的天空在黄昏中显得很低，似乎伸手就可以触摸到。由于天空中积满了漠风扬起的沙尘，荒原的边沿与天空的边际一片混沌，天空和荒原是一色的，天空好像不是空的，而是悬着的另一个荒原。

那种吼叫声越来越近。大地开始颤动，道奇车摇晃着，车里发出了"叮叮咣咣"的响声，沙尘像水一样从驾驶室的缝隙中流泻进来。

那两棵孤独的胡杨被风一直按倒在荒原上，被风强暴着，偶尔挣扎着站起来，但很快又被按倒了；那些白色的闪光的碎片是死亡的牲畜的骨架，它们的灵魂不知被大风带到了什么地方；往西边铺陈开去的戈壁石被数十万年的阳光和风打磨得乌黑，像墨玉一样光滑润泽。但这一切很快就看不见了。

王营长带着一把步枪，伏在最高的沙丘上，用那只独臂抱着自己的头。

"他要干什么？"柳岚不解地问姜干事。

"他在等待快枪手黑胡子。"

"这样的沙暴，那个土匪还会来吗？"

"你知道冲浪吗？"

柳岚点点头："在书里看到过。"

"这就像冲浪，只有在有风浪的时候，才能体会到身处激流的狂喜。听说那家伙常在沙暴肆虐的时候，出其不意地袭击他看上的目标。他曾在这种时候袭击过王营长的营地。有一次，掳走了王营长的七匹马。"

柳岚无助地望了一眼低沉的天空，她感到很害怕。

等她再往外面看的时候，只看到昏黄的一片，沙暴携带来了万钧雷霆。沙尘倾倒下来，正在把他们活埋。

四

沙丘像是自己长了脚，在沙漠里跑来跑去。柳岚是第一次看到这种不可思议的景象。道奇车被大风摇晃着，她好几次差点儿倒在了姜干事的身上。密集的沙石敲打着道奇车，敲打掉残存的油漆、铁锈，然后像琢磨一件艺术品，那么精心、细致。玻璃已不再透明，变成了灰白的颜色，像后来她年岁已大的时候，在她儿子刚装修好的房子里看到的磨砂玻璃（看到那种玻璃时，她有些惊讶，她突然想起了那场留在她记忆深处的沙暴。她的眼睛突然间涌出了泪水）。

突然，姜干事屏住了自己的呼吸，然后使劲推了她一把。就在那个瞬间，柳岚借着微弱的天光，看到汽车的风挡玻璃上出现了一朵菊花似的孔洞。殷红的血迹从姜干事的右臂上渗了出来。他根本没有去管它，而是飞快地把手上的卡宾枪的子弹推上了膛。

"怎么啦？你怎么受伤了？"柳岚用手捂住他的伤口。

"快枪手黑胡子来了。"

"可我什么也没有看见。"

"他们在沙暴里裹着。"

"我也没有听见枪声。"

"沙暴淹没了所有的声音，包括枪声。"

"他们会不会突然出现在我们跟前？"她盯了一眼他腰间的手枪。

"不要害怕，王营长在沙丘上等着那家伙！"

"可他只有……一只手臂。"她想看见那个独臂营长，但她什么也看不见。

"对王营长来说，一只手臂就足够了！"

"这……这真是……太不可思议了。"

"你不知道你刚才有多危险，我如果不推你一把，那颗子弹就刚好穿过你的喉咙。"

柳岚一听，浑身顿时凉透了，她感觉自己的脖子好像不在了。

世界很快就沉浸在了黑暗中。柳岚和姜干事好像待在沉船里，四周都是浑浊不堪的惊涛骇浪。

姜干事从自己的军装上撕下一块布，布的撕裂声吓了柳岚一跳。

"你干什么？"

"刚才那颗子弹划伤了我的右臂，我要包扎一下……"

"我帮你！"

"不用，我简单地包扎一下就可以了。"

柳岚隐隐约约地听到了一声枪响。她吓得缩了缩脖子。

"那是我们的子弹，王营长好像打中那家伙了。"

"你怎么知道？"

"打仗打多了，自然就知道。"

她不想再去想刚才那颗差点儿要了她命的子弹。她想和姜干事说话，只有说话能让她少一些恐惧。她说："我感觉整个沙漠都在跑。"

他说："沙暴就是这样，你这个季节在塔克拉玛干常常可以看到这种景象。天黑了，你休息一会儿吧。"

"我哪能睡得着。"

暮色正在往下沉，自从上路以来，她就不喜欢夜晚，她对路上的夜晚有一种莫名其妙的绝望和恐惧，她觉得路上的夜晚是最折磨人的，觉得那些夜晚自从她上路以后就变长了。

她不知道自己是多久睡着的。她一直在做梦，她梦见自己在沙漠一样黏稠的波涛里没命地奔逃，躲避一颗追击自己的、金黄色的、灼热的子弹，那颗子弹带着尖啸声，有时候无影无踪，有时候又显得格外灼热。在这个梦里，这个夜晚过得出奇的快。柳岚醒来时，已有了一丝天光。她发现自己的头靠在姜干事的肩膀上，她的脸顿时红了。

沙暴还没有停下来。被子弹击中的挡风玻璃的孔洞里射进来了一股沙。不久，风挡玻璃就开始像冰一样碎裂。那碎裂的声音被风声掩盖。那无数的裂纹……软得像揉碎的纸。她是第一次见到。

然后，只听"咔嚓"一声，像谁在挡风玻璃上狠劲砸了一榔头。玻璃"哗"的一声，全碎了。顷刻之间，风和沙石浇注在一起，成为一个整体，像一块钢筋混凝土，猛地砸进驾驶室里。也就在那个瞬间，姜干事喊了一声"蒙住脸，抱住头"，他一边喊叫，一边倾斜他有些单薄的身体，挡在了柳岚面前，把那些沙石和风挡住了。这个刚受过伤的军人，虽然看上去有些文弱，动作却快得可以抓住飞到柳岚身上的子弹。

"转过身，背朝风！"他一边喊叫，一边用那只没有受伤的左臂使劲撑住驾驶室的后壁。

那些沙石携带着浓烈的泥腥味和一种生铁似的寒意猛然间堆进了驾驶室，每一粒沙都像箭一样锋利，好像都可以把人射透。柳岚觉得有一万支箭在瞬间穿透了她和他。她想看一眼他，但她不敢睁开眼睛，她怕自己一睁开眼睛，自己那双黑亮的眼睛就会被沙子啃噬得像那汽车玻璃。她像个听话的孩子，抱着头，转过了身子。而姜干事，就那样用背对着风，左臂用力撑着驾驶室的后壁，挡在柳岚身后，护着她。

沙暴停歇下来的时候，天已亮了。能被风刮跑的东西——包括一些石头——都被刮跑了。

有一小块天空慢慢变蓝了，沉淀在荒原上的晨光越来越浓。柳岚已经麻木了，她耳朵里灌满了那种恐怖的声音。

弧形的荒原袒露在那里，朝霞铺在上面，荒原显出了几分柔和，像是为了安慰柳岚，要把那无边的孤寂和荒凉驱赶走。

"嘿，风停了。"姜干事提醒她。

她回过头，望了一眼他，她看到他的眉毛和露在军帽外的头发都附上了金黄色的沙尘，不禁笑了。"嘻嘻，你看你眉毛头发都变黄了，像个洋人。"

他抹了一把自己的脸，说："你也把脸上的沙子抹掉吧。"

她看见驾驶室里已经堆了两尺厚的褐黄色沙尘。

柳岚想看到他们。她想他们不是被沙埋掉了，就是被这像英吉沙小刀一样锋利的风挑剔得只剩下发白的骨架。

黄沙已把车门堵住，他没能推开。她跟着他从驾驶室里爬了出来。

汽车的油漆和锈迹已经没有了，好多地方已被风打磨得锃亮。风沙创造了一件特别的艺术品。

"他们呢？"柳岚问姜干事。

"在沙里面。"

柳岚看到了一堆抱着头的军人的轮廓，像一组沙雕作品。他们坐在地上，躲在汽车的一侧，紧紧地靠在一起，虽然这一侧背风，但黄沙还是把他们埋了半截。

她竟然听到了鼾声。

他们在沙暴中睡着了。

柳岚感到很惊奇。"他们可真是风雷不惊，睡得甜美酣畅啊！"

"这都是常年行军打仗练出来的，越是这样的阵势，他们睡得越香。他们都有这个本事。"

"你呢？"柳岚希望姜干事给她一个肯定的回答。

"我也能行，但功夫不如他们老到。"

他走过去，对着他们大声喊叫了一声："兄弟们，快枪手黑胡子又来了！"他话音刚落，只见一阵沙尘腾起，那些人已直接扑倒在地，出枪，拉开保险，子弹上膛，向前瞄准——整个动作干净利索，只有三五秒时间。柳岚惊讶得张大了嘴巴。

姜干事哈哈笑了："王营长，沙暴停了。"

"哈哈，你个姜秀才！我正梦见自己骑着快马去追那个土匪呢，眼看就要追上了！"

"刚才营长干掉了那家伙的白马，可惜那家伙真像传说的那样，还备着两匹马呢，他骑着一匹枣红马跑了。"说这话的是一个脸像被烤焦了的老兵，大家叫他"鬼脸"。他把步枪的保险关上，趴在沙漠上，吧唧了一下嘴，说："唉，真他妈的可惜！"

王营长已翻转身，一个鲤鱼打挺，站了起来，朝鬼脸的屁股踢了一脚，"快起来吧，有什么可惜的，恶狼再会跑，猎人早晚也会逮着它！"

"真的是那个土匪啊？"柳岚不愿意相信，她觉得自己的脖子又发凉了，"姜干事为了保护我，被他打伤了。"

王营长走过去，看了一眼姜干事的伤口，把一颗子弹的弹头用牙咬开，把子弹里的火药撒在姜干事的伤口上，说："秀才，你忍着点儿啊。"说罢掏出腰上的火镰，给他点着了。

姜干事的伤口上"哧"地冒出了一股火焰，他"哟"地叫了一声，然后向王营长道了谢。

王营长说："看把你的冷汗都烧出来了。走，我们去看看那土匪的马。"

"你的枪那么快，那土匪是怎么跑掉的？"

"这沙暴太猛了，又是晚上，我什么也没看见。但我听到了那声射过来的枪声，我只是凭感觉向一团沙暴开了一枪。然后我看到一匹白马从沙暴里蹿了出来，但跑了没多远，就一头栽倒了。然后，我看到一溜模糊的人影像鬼魂一样，转眼间消失在了沙暴中。"

那匹白马已被黄沙埋葬了，只剩下了几缕沾着黄沙的白马鬃还露在沙子外，像草一样飘动着。

几个战士过去用手把白马刨了出来。大家看到，王营长那粒子弹是从白马的两眼间穿过的。

"可惜这匹好马了。"王营长蹲下身子，用那只大手抚摸着那匹马，惋惜地说。

三指说："好久没有闻到肉味了，刚好弄回去，给大家打个牙祭。"

"这么好的马……你就知道吃，谁都别想，马上给我埋了！"

鬼脸咽了一口唾沫，说："营长爱马我没有意见，但你爱土匪的死马可不中，你知道的，我们的肚子里半个月没有进过油星子了。"

营长一时不知道该说什么。他骂了声："你们是饿痨鬼投胎的。"他说完，转身走了。

他刚转过身，那帮战士就像一群饥饿的土狼，哄地围了上去，很快把那匹白马剥了皮，三下五除二便把它变成了一堆马肉。

姜干事问驾驶员，车胎补好了没有，得到肯定的回答后，他招呼自己的人上车，他要返回团部了。柳岚过去，向他道了谢。

鬼脸把一条马腿和几件马杂碎扔到车上，说："你们也尝尝土匪的马肉吧！"

那帮兵嘻嘻哈哈地喊声谢谢，跳到车上，那辆锃亮的、好像瘦了一大圈的道奇车摇晃着，扬起漫天沙尘，迎着一轮硕大的太阳，颠簸着开走了。

五

目送他们走远，王营长牵来一匹预先备好的马，让柳岚骑上，说："走吧，我们还要走好半天路，才能回到我们的'一杆旗'呢。"

正午的太阳毒辣地炙烤着大地，沙漠灼人，使人难以睁开眼睛。队伍一直往南，一直往塔克拉玛干沙漠的深处走去。除了黄沙，什么也没有。一阵阵热浪迎面涌来，让人窒息。汗水湿透了柳岚的衣服，很快又被太阳晒干，只留下些白色的盐粒。她觉得自己像要被烤干了。远处的沙丘上，不时传来几声沙狐忽高忽低、单调凄厉的怪叫。

这支小小的队伍一直走到太阳向绵延的沙山斜过去的时候，柳岚才听到鬼脸用安慰的口气对她说："你不要难过，我们马上就到了。"

柳岚骑在马上，她早就有些绝望了。听到鬼脸的话，她长长地舒了一口气。她站在沙山顶上，急切地向四下里望去，希望看到绿洲、房舍和炊烟，但她却只在茫茫荒原上看到了一根旗杆，那根白杨树做的旗杆上飘着一面被漠风撕碎的红旗（索狼荒原也就是从那时起，开始用"一杆旗"这个最新的名字的，若干年后，这个地方成了"一杆旗镇"）。稍远处，就是新开垦出来的土地，但还没有播种下种子，还没有看见新生命的萌芽。

看不见一个人。过了一会儿，才看到几个潜伏的哨兵站了起来。有个哨兵大喊了一声："同志们，营长回来了，女兵到了！"他的声音刚落，像变魔术似的，突然从地下冒出上百人来，他们一下子站满了旗杆周围的空地，一起向他们欢呼。

"他们……他们是从哪里冒出来的？"柳岚惊讶得张大了嘴巴。

"哈哈，他们都是土行僧，是从地下冒出来的。"王营长和她开玩笑。

柳岚说："营长，我真的想知道，他们是怎么从地下冒出来的？"

"那就告诉你吧，我们有一个地下城堡，修建时几乎不需要任何材料，里面冬暖夏凉，舒服得很，你马上就可以住进去。"

柳岚还是不大相信。

营长向他的士兵们挥了挥手，说："这些家伙，以往我们回来，哪儿受过这样的欢迎？他们是冲着你来的！"

当柳岚走近之后，他们自动站成了两列，夹道相迎。扬起的沙尘味、泥土里的盐碱味和人身上散发的汗臭味混合在一起，形成了一种新的气味。柳岚骑在马上，像一朵花似的笑着。而在战士们眼里，骑在马上的柳岚无疑就是一位下凡的仙女。

柳岚走到了那块空地上，果然看到了一排排整齐的洞口，但她不相信这些人就住在那里面，她以为那可能是什么军事工事。

营长骑在马上，挥了一下他那只大手，部队顿时安静了。他让柳岚往前站了站，清了清嗓子，指着她，大声说："我给你们这帮人介绍一下，这就是你们天天都想看到的女兵，我营的编制里，第一次有了女兵，她是第一个来到我们索狼荒原的女兵！她叫柳岚，柳岚同志，从此以后，她就是我们中的一员。现在，我们对她的到来，表示热烈地欢迎！"

每一个战士都"哗哗哗"地鼓起掌来，王营长示意了三次，想让他们停下来，但他们根本不管他，只管使劲地鼓掌。王营长张着嘴，"呵呵"笑着，说："这帮人！"

这次鼓掌长达数分钟之久，柳岚激动得眼泪差点儿掉了出来，她只有不停地向战士们敬礼。

"好了！"王营长大喊了一声，掌声终于停了下来。他接着刚才的话说："柳岚同志是有文化的人，为了欢迎她的到来，今晚我要用快枪手黑胡子的骏马为大家打牙祭！"

他说完，大家又是一阵欢呼，然后解散了，三五成群地消失在了一个个地窝子里。

六

营部的通信员把柳岚扶下马，把她带到一眼地窝子跟前，对她说："这是我们营部的战士今天刚挖好的，是我们营长去接你之前，要我们专门为你挖的，里面暖和得很。"

"这是什么？"

"这是我们住的地方，叫作地窝子。"

"就住这里面？你们都住这样的地方？"

"是啊，不过，听我们营长说，我们就是临时住一住，再过几年，这里就是'楼上楼下，电灯电话'了。"通信员说完，就提着她的东西一头钻了进去。

那时候，柳岚还不知道，地窝子是新疆垦荒部队当时的主要居所。它是在地面以下挖一个深约两米、面积十来平方米的方坑，顶上放几根椽子，铺上树枝苇草，抹上泥，再盖一层泥土就成了。她是女兵，所以地窝子门口特意挂了一块旧毡布，权作门帘。柳岚迟疑了一会儿，也硬着头皮钻了进去。一股新鲜泥土味和麦草味迎面扑来，她深深地呼吸了一口。通信员点亮了马灯。灯光照在黄色的泥土墙壁上。她打量了一下自己这个地下的居室，看到里面有一个土台，有些像北方的炕，上面铺着金黄的麦草，那就是她的床了。靠墙处还有一个窄窄的土台，那就是板凳。为了地窝子里能通风，地窝子的顶上还开了个天窗。土台的一侧，凿了两眼小小的壁橱，可以放些日常用品。

"怎么样？是不是很特别？"通信员问她。

"的确是很特别，只是……要有个后门就好了，这样……假如那个快枪手黑胡子从前面进来了，我就……可以从后门跑掉……"

通信员笑了。"你不要害怕，那个土匪就掳走过几匹马，还没有伤过我们的人呢。"他说完，就往外走。走到门口，他又回过头来说："这里就你一个女兵，营长让我告诉你，让你放心休息，他会在你的地窝子附近加派岗哨。"

"谢谢你！请你代我谢谢营长。"

通信员刚要走，营长进来了。他一屁股在土板凳上坐下，说："不用那么客气，我们这地方条件很苦。"

"没什么。"

"你会打枪吗？"

"我们在西安休整时训练过几次。"

"那好，"他说着，解下自己腰上那把精致的手枪，"先借给你用，你拿着壮壮胆！"

"我训练的时候打的是步枪，我没有打过手枪。"

"杀人的玩意儿，用起来都简单得很。"营长说完，就给她演示了一番。

通信员在旁边用崇拜的口气对柳岚说："你不知道，我们营长原来是用双枪的，是那种二十响的盒子炮，他左右开弓，弹无虚发。"

柳岚望了营长一眼。

他看她有些不相信，就说："这小子没有吹牛。"

"你知道吗？盒子炮平时就插在腰带上，为了能快速出枪，以免准星钩挂腰带，影响拔枪速度，我们营长使的盒子炮都是锯掉准星的！"通信员继续炫耀。

"哈哈，这有啥了不起的，啥玩意儿使熟了都可以做到。"营长很随意地说。

"我们营长最喜欢的就是手枪和马。他缴获过好多手枪和马，就连我们师长和军长配的手枪和马都是我们营长从敌人那里缴获的。听我们师长说，营长留下的这支是一九一一式、勃朗宁军用手枪，是我们营长一九四七年从敌整编二十七师师长那里缴获的。"

"你小子记性不错，还知道什么一九一一式，知道什么勃朗宁。"他说完，把枪递给柳岚。

那是一把银灰色的手枪，散发着一股古典的、机械冷而硬的美感。枪上还留着他那只大手的余温。

柳岚第一次拥有一把枪，很是激动，她把手枪紧紧握住，连着跟营长说了好几声谢谢。

临离开之际，王营长又嘱咐道："记住，平时一定要把保险关上。如果有坏人，你就是打不中，能打响就行，听到枪声，我们的哨兵就会像狼一样，立马扑过来。"

柳岚把那把枪在手里掂了掂，心想："这个营长看上去那么粗，没想心还挺细的。的确，正如他说的，多看他几眼，他也没有那么可怕了。"

晚饭有土豆炖马肉，但人多肉少，每人只有一小块。即使这样，在这索狼荒原，也算是很丰盛的晚餐了。柳岚发现王营长碗里只有土豆，而自己碗里的马肉却比别人的多，她夹起一块肉，放进了营长的碗里。

营长把那块肉看了看，夹起来，说了声："谢谢！不过，我从来不吃马肉。"他说完，把那块肉夹到了通信员碗里，"你小，你吃吧。"

吃完饭，柳岚问营长："营长，这里有没有河？"

"有一条塔里木河，但离这里有上百里路。"

"我知道了。"柳岚有些失望。

回到地窝子，柳岚简单地洗漱了一番，把那把手枪的保险打开，放在枕头边。她这才意识到，她离老家实在太远了。她想她再也回不去了。看看从通气孔漏进来的月光，觉得这已是异乡的月光了；闻一闻空气中的气息，也觉得与故乡的完全不同，干燥的荒原散发着一种她以前从没有闻到过的、特殊的、泥土的腥味。

七

王营长不知道这个女兵为什么会莫名其妙地问起这里有没有河。他想了半天，才知道她是想洗澡。他想，以后这里还会有别的女兵来，有了女人，就该有个澡堂了。

他看着通信员给他端来的热气腾腾的洗脚水，觉得应该给那个女兵送去，她在路上走了这么久的路，到了索狼荒原，不能洗澡，至少也该烫烫脚。

他喊通信员，通信员不在。他便自己端着那盆水，向柳岚的地窝子走去。

端着那盆水走在路上，他的心突然剧烈地跳动起来。说句实在话，他的心只有在一九三七年十月二十三日参加王董堡伏击战、第一次向鬼子搂火的时候，才那样跳过。狠劲儿跳动的心牵扯得他的膝盖有些发软。他有些后悔自己刚才那个冲动的决定了。但他是个做起事来腿肚子从不向后转的人，所以，他还是决定硬着头皮把这件关心战士的好事做完。

他那只大手端着水盆，用头拱开了柳岚地窝子的帘子。但他一下愣住了。他看见柳岚正在换衣服。他看见了她半裸的上身。地窝子里灯光昏暗，但还是把她赤裸的上身照亮了。她的身子很白，白得闪光，他觉得女人身体的光在那个瞬间照射进了他像地窝子一样昏暗的身子，穿透了他的心，然后拐了个弯，直冲他的脑门子。就在那一瞬间，他听到她像被他捅了一刀似的尖叫了一声。他变得像个傻子，傻站在那里，不由得闭上了眼睛。他想转身逃开，但他的腿像在那里扎根了，怎么也挪不动。然后，他听到了一声枪响，觉得自己的脸上流下了一股热乎乎的液体。

他的手上仍端着那盆冒着热气的洗脚水，嘴里不由得骂了一句："他娘的，老子又中枪了！"

柳岚一下傻掉了。"我……我以为是快枪手……"

她盯着他，盯着他那只紫黑色的手，她发现他的手比她以前看到的还要大，比所有战士的手都要大，好像是要弥补他只有一只手的不足。

他朝她笑了笑。"你的反应够快的，像我大功营的兵，只是以后分清了敌我再开枪。"说完，把那盆热水放在地上，转身走了出去。

哨兵听到枪声立马扑了过来。王营长站在柳岚的地窝子门口，用异常平静的声音问那几个哨兵："是快枪手黑胡子又来偷袭了？"

"我们连他的影子也没有看见，可能是谁的枪走火了。"

"娘的，如果那土匪没有来，谁有那么好的枪法，一枪打来，能刚好打穿我的耳朵？"

那几个哨兵听他这么说，转身扑进了黑暗里。

王营长隔着门帘，对柳岚说："趁那水还热，烫烫脚，好好睡一觉。"他说完，就大步离开了。他的双脚非常有力，不再发飘。

营地里的战士都持着武器，从各自的地窝子里钻了出来。他们看见，他们营长的左耳上端有一个小指头那么大的孔洞。

卫生员跑过来，一边为他包扎，一边说："这个土匪，枪法真他娘的准！这粒子弹如果稍向右偏一点，我们营长就成烈士了。"

三指说："这是因为我们营长昨天干掉了他的白马，他才摸过来报复的。这个快枪手黑胡子，我们走着瞧，等哪天逮着你，老子一定用锹把子把你的牙一颗颗敲下来！"

王营长早就想笑，但他一直忍着，听鬼脸这么说，他终于忍不住哈哈大笑起来。

战士们看着他，开始都有些莫名其妙，但看他笑得那么爽朗，受他感染，也跟着他大笑起来。

荒原情歌

一

凌五斗虽然是饲养班班长，但整个班就他一个人。他由士兵升任班长的第二天，就带着一把五六式冲锋枪、二十发子弹、一顶单兵帐篷、一条睡袋、一口小铝锅、一堆罐头、压缩干粮和米面，骑着那匹枣红马，赶着二十五匹各色军马，到离连队四十多公里外的一条无名河谷去寻找有水草的地方。他要在大雪覆盖住整个高原之前，把这些军马喂肥，以使它们熬过漫长的冬天。

凌五斗离开连队，觉得自己一下变得脆弱了。高山反应很快就袭击了他，让他差点没有支撑住。他觉得自己有些发烧，像是感冒了一样。

裸露出来的山脊呈现出一种异常苍茫、孤寂的颜色，没有消融的积雪永远那么洁白、干净，苍鹰悬浮在异常透明的高空中，一动不动，可以看见它利爪的寒光和羽翎的颜色，冰山反射着太阳的光芒——连队的六号哨卡就在冰山后面。由于太晃眼，凌五斗没法抬头去望它。这让他第一次真切地感到了一种莫名的恐惧。

第一天，他赶着马群越过了雪线，雪线下面已有浅浅的金黄色的牧草，第二天，他来到了无名河谷附近。藏族老乡扎西已在那里放牧，他长年穿着那套紫红色的藏袍，看不出年龄，他的脸像一块紫黑色的风干牛肉，似乎一生下来就那么苍老。他每年夏天都会赶着牦牛和羊群到连队附近的高山草场放牧，但时间最长也就两个多月，他们一家人几乎是官兵唯一能在连队附近接触到的老乡。

凌五斗老远就听到扎西在唱那首不知在高原传唱了几千年的民歌——

> 天地来之不易，
> 就在此地来之。
> 寻找处处曲径，
> 永远吉祥如意。
>
> 生死轮回，
> 祸福因缘，
> 寻找处处曲径，
> 永远吉祥如意。

他的声音并不好听，尾音总带着狼嗥的味道，但有一种圣洁的感觉，似乎可以穿透坚硬的石头和冰冷的时间。

凌五斗来放牧的时候，连队通信员汪小朔曾压低了声音对他说："凌五斗，你知不知道，你去放马时可能会遇到扎西，他有一个像仙女一样好看的女儿。我听曾和指导员一起到他帐篷里去租过牦牛的文书回来说，他女儿才十七岁，不过，今年该十八岁了。她名叫德吉梅朵，文书连这名字的意思都打听到了——就是幸福花的意思。他说她长得真像一朵花。看文书那个样子，好像想把人家含在嘴里。反正他一从那里回来，就沉着脸，锁着眉，要给德吉梅朵诌情诗。"

凌五斗听通信员那么说，突然想起了老家最好看的女孩袁小莲，不禁有些伤感起来。

"哈哈，你看你的眉毛也像文书一样锁起来了，是不是也想给德吉梅朵写诗了？"

凌五斗摇摇头。"文书是文化人，我哪能写！"

凌五斗望了一眼插在白云里的雪山，暗自叹了一口气。"袁小莲……"

他在心里喊出这个名字的时候，不禁泪如泉涌。他再也难以控制住自己的情感，伏在马背上，号啕大哭起来。

他记起，他已经好久没有哭过了。想起袁小莲，他就想哭；想起母亲，他想哭；想起奶奶，他想哭；想起老家乐坝，他想哭，他哭得马儿都不吃草了，它们低垂着头，也像是在流泪。他哭了差不多一个小时，才抽泣着收住了。他觉得自己这一辈子从没有这么痛快地哭过，他觉得自己的身体原来就像被阻塞的沟渠，现在都被眼泪冲刷开了，那阻塞在渠沟里的污泥浊水都顺着渠沟流走了。他浑身轻盈、通泰，像是可以飘浮到大团大团的白云上去，像是被高原上遍布的神灵的光芒穿透了。

二

即使到了现在，这座高原的很多地方仍然是无名的，即使是高拔的雪山，奔腾的河流，漫长的山谷。凌五斗身边的河流也是一条无名河，天堂雪峰的冰雪融水静静地流淌着，晶莹纯净，它在这昆仑山、喀喇昆仑山、喜马拉雅山、冈底斯山构架的无穷山峦中，冲突、徘徊，最后没有找到出路，消失在一个没有出口的蔚蓝色湖泊里，去倒映天空的繁星和白云。河两岸的牧草并不丰茂，但不时会出现一片金色的草滩。河岸两侧一年四季都结着冰，衬托得河水呈一线深蓝，中午，河面上会升起丝丝缕缕的水汽，轻烟一般，像梦一样虚幻、飘浮。

凌五斗离扎西的帐篷有一段不远不近的距离。他很想和扎西说话，但扎西过第三天就不见了，他家的帐篷、牦牛和羊的影子也看不见了。

在这阔天阔地里，万物自由。几只黄羊抬起头来，好奇地打量他一阵，然后飞奔开去，它们跑起来，雪白的屁股一闪一闪的；藏野驴在远方无声地奔驰，留下一溜烟尘；他还看到过野牦牛、雪豹、棕熊和猞猁，水边有黑颈鹤、白额雁、斑头雁、赤麻鸭、绿头鸭、潜鸭；河滩附近还有藏雪鸡和大嘴乌鸦；几只雪雀突然从金色的草地间飞起，鸣叫着，像箭一样射向蓝天，消失在更远处的草甸里；天空中不时有鹰和金雕悬停着，给大地投下一大片阴影。

自入伍以来，他还没有这么自由过。他沿着无名河游牧，过几天就换一个地方，他支起帐篷，把自己要骑乘的马的马腿绊上，把其他的马放开，到天黑的时候，才把它们找回来，有时候，他两三天才去找一次。他觉得放马应是连队最好的工作。

有一天，凌五斗赶着马儿从喀喇昆仑的大荒之境进入了至纯至美的王国。金色的草地漫漫无边。那是纯金的颜色，一直向望不到边的远方铺张开去。风从高处掠过，声音显得很远。远处的山峦相互间闪得很开，留下了广阔的平原。险峻的冰山像是用白银堆砌起来的，闪在天边，在阳光里闪着神奇的光芒。天空的蓝显得柔和，像安静时的海面；大地充满慈爱，让人心醉；让人感觉这里的每一座峰峦、每一块石头、每一株植物都皈依了佛——实际上它们的确被藏民族赋予了神性。高原如此新鲜，似乎刚刚诞生，还带着襁褓中的腥甜气息；大地如此纯洁，像第一次咧开嘴哭泣的婴儿。

这一切让凌五斗无所适从，他不由自主地呵呵笑了起来。他觉得，只有那样的笑才能表达他对这块土地的惊喜和热爱，才能表达他对这至纯之境的叩拜和叹服。他感到自己正被这里的风和停滞的时光洗浴，它们灌彻了他的五脏六腑、血液经脉、毛发骨肉。

就在这个近乎神圣的时刻，他突然听到了高亢、甜美而又野性十足的歌声。

他循着歌声寻找唱歌的人，却没有看见她的踪影。又转了十多分钟，才看到她骑在一匹矮小壮实的藏马上，放牧着一大群毛色各异的牦牛和羊，一匹威猛的藏獒跟在她的身边。

看见他，她勒马停住了，把粗声吠叫的藏獒喝住。她穿着宽大的皮袍，围着色彩鲜艳但已污脏的邦典，束着红色腰带，有一只脱去的袖子束在腰间。她最多十七八岁。他突然想起了汪小朔所说的德吉梅朵，但他不敢确定。

她看他的眼神那么专注。他感到了她目光里的热情。她的羊此时也大多抬起头来看他，那匹藏獒不离左右地护着她。他怕惊吓着她，不再向她走近，只在远处勒马看着。

她笑着，招手让他过去。她笑起来那么清纯，白玉般的牙齿老远就能看见。

当他快要走近她时，她却勒转了马头。小小的藏马载着她，一跳一跳地跑远了，只留下一串清脆的笑声。

那匹高大的藏獒笑话似的冲他吠叫了几声，像头黑毛雄狮一样随她而去。

凌五斗向前方望去，没有看见毡帐，也没有看见炊烟，只有金色的草地一直延绵到模糊的雪线附近。她站在一座小山包上，只有一朵玫瑰花那么大一点。她的羊更不起眼了，就像一群蚂蚁，正向她涌去。她的歌声在前方突然响起来，那么动听：

> 不见群山高低，
> 只见峰峦形状，
> 我的白衣情人，
> 缘分前世已定……

凌五斗如果能听懂她的歌声，一定会以为那歌是专门唱给他听的。但他只能远远地、久久地望着她，直到她消失得无影无踪。他有一种恍然如梦的感觉。那天，他再没有看见过她。他不知道她的帐篷支在哪里，不知道她的家在何处，不知道她是否已有"白衣情人"，也不知道在那样无边的旷野中，她是否感到恐惧，是否感到孤单。躺在单兵帐篷里，他以一种忧郁而又复杂的心情牵挂起她来，就像牵挂袁小莲一样。

三

马能闻到马的气息。军马很难见到其他同类，就像凌五斗很难见到其他人类一样，他的马循着姑娘的马儿留下的气味，在第三天来到了她放牧的地方。他看见她的时候，她正出神地望着一个无名小湖天蓝色的湖水发呆。

整个天空倒映在湖里。太阳从水里反射着光芒，与天上的太阳互相照映。但那里并不暖和，湖边散落着发暗的残雪。一阵风吹过，湖里的天空就晃动起来，太阳和云朵被扯得变了形，湖里的阳光顿时乱了。凌五斗忍不住往天上望了望。他看见天上那轮太阳是完整的，天空也是完整的，才放心了。

藏獒对着他吠叫了几声，声音像从一个瓷缸里发出的。她抬起头，看见是他，对狗说了句什么，那狗便不吭气了，摇摇尾巴，乖顺地卧在了离她不远的地方。

他和她隔着那个蓝汪汪的小湖。他看见她望他的时候，有些害羞，虽然冷风劲吹，但他觉得自己的脸和脖子发烫，像被牛粪火烤过。

她的脸红黑、光亮，像一轮满月，众多的发辫盘在头上，发辫上饰着银币、翡翠、玛瑙和绿松石。耳朵上的耳环，脖子上的项链，使她显得贵气而端庄。她的藏袍上有大红的花朵。她笑了起来："你看你，多像庙里的红脸护法！"

凌五斗听不懂，他傻呵呵地笑着，觉得自己也该说些什么，他看了看自己的马，说："我的……马把我带到了这里。"

"我叫德吉梅朵，我知道，你是天堂湾的解放军叔叔。"

军马很兴奋，它们和她的马亲热着。他觉得很难为情。"我的马和你的马混到一起去了。"他骑马过去想把它们赶开，但它们很快又黏在了一起。

她看了，忍不住笑起来，她笑得捂住了自己的肚子。她一边笑着，一边说："解放军叔叔的马欺负德吉梅朵的马了！"

"连队都是公马……"他感到很是抱歉。

她笑着唱了起来——

> 公马母马相爱，
> 那是前世良缘，
> 你像狠心父母，
> 总想把它拆开。

那些马黏在一起跑远了，他又回到了湖边。

"你的歌声真好听，比袁小莲唱得好听多了。"

"天堂湾上的雪很厚，我从来没有去过。我爸爸说，你们住在鹰的翅膀上。"

"袁小莲是我……老家乐坝最好看的姑娘。我喜欢她，柳文东老师也喜欢她。"

"我爸爸说，天堂雪峰很美，但我只能看到它的山尖尖。"

"哦，柳文东老师使我们乐坝小学的老师，他的课教得很好。"

"我家的冬牧场在多玛，从这里回去要翻越高高的苦倒恩布达坂。"

"我喜欢放马，放马的时候没人管。"

"我有两个弟弟，一个在多玛小学上学，一个还在吃奶。我妈妈生下最小的弟弟后，身体就不好了，所以我爸爸赶回去照顾她去了，我只能一个人在这里放羊。"

"这么大的地方，只有我和你，还有这些牲口。"

"你要在这里放多久的马呀？"

"你一个姑娘，放这么多羊，还有马，还有牦牛，真是很能干……"

"你在这里，我们就可以说话了。"

"在这样的地方放牧，你一点也不害怕，真是了不起。"

"我好久没有和人说过话了，我想说话的时候就跟扎西说。"

"扎西？要是我会说藏族话就好了，你可以教我吗？"

"扎西是我们家的狗，它跟我爸爸一个名字。我爸爸最喜欢它，所以把自己的名字给了它。它有时候听我说话，有时它根本不理我。我有时候也跟我骑的马说话，它的名字叫普姆央金。"

"我得去看看那些马，我也会帮着把你的马赶回来。"

"唉，没有想到你这么快就要走了，傻乎乎的小伙子，多谢你陪我说了这么多话。"

凌五斗骑着马，转身要走，但他不想转身。他记得，这是他第二次有这种感觉。这感觉和他当兵走的时候，不想离开袁小莲一样。

他回头看了德吉梅朵一眼。德吉梅朵看着他消失在一个金色的山冈后面了。

四

那些马撒着欢儿，就那么一会儿时间，已跑得没有了踪影。凌五斗骑着马找了半天，才在一个浑圆的山冈后面把它们找到。它们不愿意再返回湖边，好像不愿意再受人管束。凌五斗把它们收拢，赶到湖边的时候，夕阳已沉到西边高耸的雪山后边去了。西边有一大块天空呈玫瑰色，最高的雪山顶上还可以看到夕阳的光辉。

德吉梅朵已把她家的羊收拢，母羊们头顶头、屁股朝外一溜排好，她正撅着一轮满月似的屁股在羊屁股后面挤奶。几只公羊和一些半大的羊在附近闲逛，几只小羊羔子在羊屁股后面欢快地蹦跳。那些牦牛仍散落在四周，它们好像永远都在埋头吃草。听到凌五斗吆喝马的声音，她抬起头，对他笑了笑。

扎西已经认识他，不再对他吠叫了。但也没有迎接他，只是礼貌性地摇了摇尾巴。

凌五斗把所有的马绊好。德吉梅朵已把羊奶挤完了。她手上还沾着奶汁和羊毛，她拿出随身带着的一个木碗，舀了一碗羊奶，递给他，说："你来尝一尝，还是热的。"

凌五斗接过木碗，他闻到了一股羊奶的膻味。他不习惯喝这种东西，但他还是喝了。

德吉梅朵的脸上总是带着笑。她笑着看他喝完，自己也喝了一碗，到湖边洗了碗和手。

她把羊赶到一个离湖岸不远的背风的山包下，把它们收拢，在羊群旁边铺了毛毡和羊皮，点了一堆牛粪火，准备睡觉。

凌五斗没有想到，她就是这么度过一个个寒冷的夜晚的，他觉得这太不可思议了。他把帐篷在离她不远的地方撑好，然后走过去，对她说："姑娘，我不知道你叫什么名字，不知道你是不是扎西家的德吉梅朵，但你不能睡在露天里，这会把你冻死的。"

"扎西？德吉梅朵？是的，扎西是我爹，德吉梅朵就是我。"她指了指自己的鼻子尖。

"你，德吉梅朵？"

火光映照在她红黑发亮的脸上，她像是听明白了这句话，使劲点了点头，再次指着自己的鼻尖："德吉梅朵。"

凌五斗没想她真是德吉梅朵。"我们连队的文书和通信员都知道你。"

"是的，我家的这条狗也叫扎西。你说的扎西应该是我爸爸吧。人家总把我爸爸和它搞混，我爸爸叫它的时候，好像是在叫他自己，我们总忍不住会笑。我奶奶和我妈都不同意他给这条狗取这个名字，但我爸爸不听她们的话。"

"我要跟你学藏语。我记起了一句话，扎西德勒。"

她听懂了，她高兴地回应他："啊，扎西德勒！"

"德吉梅朵？"

她点点头："德吉梅朵。"

"德吉梅朵，扎西德勒！"

"金珠玛米，扎西德勒！"

凌五斗指了指羊，德吉梅朵说了它藏语的发音，凌五斗就跟着她读。他又指了指马、狗、牦牛、火、帐篷、湖泊、天空、月亮、星星、云朵、雪山、我、你、睡觉、醒来……每个单词他重复几遍，便记住了。而德吉梅朵，也跟他学着这些词语的汉语读音。

显然，在这样寥廓而空寂的夜晚，这件事让他们很高兴。德吉梅朵亮晶晶的眼睛活泼地闪动着，像天上的星星一样。

最后，他看夜已深了，就用刚学到的藏语对她说："德吉梅朵，帐篷，睡觉……"

德吉梅朵一听他的话，害羞得转身低下了头。牛粪火的火光在她红黑的脸膛上不停地跳跃。她说："我跟羊，睡觉。"

凌五斗听懂了这句话。他摇摇头说："外面太冷了。"

但她没有听懂这句汉语。他只好去拉她。她用热烈的眼光看了他一眼，顺从地跟着他钻进了帐篷里。

凌五斗看她躺好后，从帐篷里退出来，躺到了德吉梅朵原先准备睡觉的毡子上。

德吉梅朵撩起帐篷的门帘，看着他，"格格格"地笑了。凌五斗听到她的笑声，也"嘿嘿"地笑起来。

五

凌五斗放马离开连队已经有一个月零七天了，这么长时间里，连队连他的影子也没见着。连长陈向东非常担心。因为凌五斗所带的食物最多只能吃

20 天。吃完后，按说他应该回连队补充的。但他自从赶着马儿离开连队后，就再也没有回来过。

陈向东和指导员傅献君做过很多可怕的设想：第一种可能是他犯了傻劲，找不到回连队的路了；第二种可能是他在荒原上迷路后，饿死了；还有可能就是他被狼撕掉了；他们特别担心的是，怕他赶着马群误入了邻国，他是军人，又带着武器，如果被对方视为侵略，搞不好会引起一场边境冲突。

两人都不敢想他如果真出了事，会是什么后果。他们后悔当初把这个差事交给了他。

连里还不敢把这个事向上级报告，陈向东决定带人亲自去找他，等真找不到了再说。连队还留着几匹用来巡逻的军马。次日一大早，他带了三个人，骑马向无名河谷——在军事地图上，它叫十四号河谷——走去。他们找遍了整条河谷，但除了偶尔能看到几堆已被风化得一塌糊涂的马粪，一群乌鸦，几只黄羊外，就只有一阵阵带着寒意的风了。陈向东抬头看了看天空，也只看到了深邃的碧蓝苍穹和白色祥云。

这条河谷是连队的牧场。让人跟着军马，就是不要让它们跑出这个河谷；但即使没有人跟着，让马儿自由放养，它们也不会离这条河谷太远。

陈向东用了五天时间，一直找到军马曾跑到过的最远的地方，仍然没有看见凌五斗的影子。他不禁越来越生气。他站在一个高冈上，用望远镜往四下里望了好几遍，大声说："这个傻子，他不会把马放到列城去了吧。"

一个战士接话说："恐怕他赶着我们的马到了新德里也不一定。"

汪小朔这次跟着陈向东出来，名义上是说要好好照顾连长，其实心里想的是能不能遇到德吉梅朵，一饱眼福，为此，他还把文书写的献给德吉梅朵的诗偷偷地抄写了下来，让连队的一个藏族战士帮忙译成了藏语。现在这首诗就揣在他的衣兜里，他想，如果能够遇见她，他就把这首诗偷偷交给她。为了这个想法，他可是吃了苦头。汪小朔当了通信员后，养尊处优，很少骑过马了，所以第二天，他的屁股和裆就被马鞍磨坏了，现在，虽然马鞍上垫着皮大衣，但他还是觉得痛苦不堪，特别是当他连德吉梅朵的影子也没看到时，那种痛苦就更难忍受了。他气哼哼地、有些绝望地附和道："他说不定碰上德吉梅朵后，跟着她一起放羊、生儿育女去了，早把连队给忘了。"

连长勒住马，很严厉地瞪着他："你胡说八道什么！"

"我……我……连长，我错了……我回去就写检讨。"

过了好久，陈向东的气才消了一些，他最后望了一眼高冈周围广阔的荒原，失望地说："我们的干粮快没了，前面就是阿克赛钦湖了，他不可能到这么远的地方来放牧，我们先回吧。"

陈向东带着三个人，疲惫不堪地回到了连队。他情绪低落地对傅献君说："指导员，我觉得，凌五斗有可能是出事了，你看，我们是不是把这个情况向上级报告一下？"

傅献君忧愁地说："他出去这么久，我心里也没底，我们给边防营报告一下，最后该怎么办，让营里定夺吧。"

"唉，也只能这样了！"

营长肖怀时接到电话，说这么大的事，说一个战士这么久没有踪影，现在才跟他报告，简直是扯淡。自然把陈向东批评了一番。但肖营长最后还是决定，说先找一找，如果实在找不到，再向团里报告。他让陈向东明天带人继续寻找，其他三个边防连予以协助。

这次，连长组织了三个搜寻小组，两个组骑马，一个组乘车，各携带电台一部，进行更大范围的搜寻。他忙乎了七天时间，把天堂湾方圆两百公里范围内的每一片草滩、每一条山谷都找了个遍，最后连凌五斗和军马的影子也没有看见。其他三个连队搜寻了周边的地域，也一无所获。

情况报告到营部，肖怀时长叹了一声，说："我只有给团长汇报了。"

团长刘思骏一听，说这还了得！他在电话里对营长吼叫道："你这个战士要有个三长两短，你立马打背包回家！你立即亲自组织人员搜寻，活要见人，死要见尸！就是他喂了狼，你们也得从狼屁眼里把他的骨头渣子给我抠出来！"

这次营里把搜寻范围扩大到了毗邻的其他防区，但十天过去了，他们既没有找到一根人毛，也没有寻到一根马鬃。没有办法，团里只能上报防区，说"天堂湾边防连饲养班班长凌五斗自8月9日外出放马，计带20天干粮，现已47天未曾归队，连队及边防营先后组织了三次搜寻，寻找了该营及毗邻防区和周边区域，人及马匹均未见踪迹，疑已失踪"云云。

六

而此时，凌五斗正在泽错边——边防连和边防营所有的人即使一起做梦，也不会想到他会赶着军马到那么远的地方去放牧。

那一段时间，凌五斗跟着德吉梅朵，走遍了疆藏交界处的辽阔地域。他们从红山头到了阿克赛钦湖，然后逆着冰水河到了郭扎错、邦达错，再从窝儿巴错到了松西、泽错，到泽错时，天气已经寒冷，德吉梅朵要赶着她的畜群往南游牧，回多玛的冬牧场去了；凌五斗也要北上，赶着已被喂养得膘肥体壮的马群，回到连队去。

在这自由自在的日子里，凌五斗几乎忘记了汪小朔、连长和天堂湾，他心里只有德吉梅朵，只有她嘴里说出的好听的藏语词句。他学习得很快，他不但已能用藏语和她交谈，还能听懂她唱歌；德吉梅朵也能用汉语和他进行简单的对话了。

这一段时间，凌五斗是个真正的自由汉，他过得无忧无虑，快乐如神仙。干粮吃完了，他就吃德吉梅朵给他的糌粑和肉干——他已习惯了吃糌粑和肉干，习惯了喝刚挤出来的羊奶。他觉得这世界上有德吉梅朵，有一群羊、一群马、十几头牦牛、一头藏獒、一顶单兵帐篷就足够了。

他没有想到自己会和德吉梅朵分开。

那天晚上，他和德吉梅朵坐在牛粪火前，看着蓝色的火苗，不说话。

马有时打一声响鼻，羊有时会叫一声，藏獒沉默着卧在他的身边。天上没有月亮和星星，它们被翻涌变幻的云遮住了，不时有风从山谷里掠过，夜晚寒冷，最后终于飘起了雪花。

"明年我还会来放马的，德吉梅朵。"

"我也有可能会来放羊……如果能来，我会早早地到离你们哨卡最近的河谷等你。"

"我到时再来听你唱歌。"

"我还来听你讲你老家乐坝的故事。"

"我还是让你住我的帐篷，吃我的压缩干粮、茄子罐头。"

"你还是卧我的毛毡、喝我刚挤出来的羊奶，吃我带的糌粑和风干肉。"她说完，盯着他看了一会儿，她看到他和她一样黑了，黑得只有牙是白的了，"我还是让我们家的母马怀你们连队公马的马驹子。"

"是啊，你们家的母马都怀上马驹子了。"

"只有一匹母马一点动静也没有。"

"哪一匹啊，我看都怀上了。"

"你的眼睛被雪山的光晃坏了，没有看清楚。有一匹马只看上了军马中的一匹，但那匹军马傻乎乎的，都没有靠近过那匹母马呢。"

"哦？我可没有看出来。在我们老家乐坝，很多人家都喂牛，很少喂马，所以我对马一点也不了解。"

"你们老家乐坝养出来的恐怕都是笨马吧。"

"那也有可能，我们老家乐坝到处都是庄稼，如果养马，连个跑马的地方都没有，只能像牛那样拴着养，养出来的马肯定和牛一样笨。"

德吉梅朵听他说完，觉得好气又好笑，最后，她真的忍不住笑了起来。

七

雪不停地下着，产生了一层薄薄的雪光。雪把夜晚变白了。羊群卧着，像一堆白石头；马都成了白马，牦牛和狗也变成了白色的，它们都一动不动，像被定格了一样。他们俩也披着一身雪，仍坐在火堆边，好久没有说话，像把所有的话都说完了。只有牛粪火的火苗在不停地飘动着，火光不时爱抚一下他们焦炭般的脸。

她终于接着说："今晚好像比所有的晚上都冷。"

"你说什么？"

"我说今晚比所有的晚上都冷。"

"下雪了嘛，肯定冷啊。来，你把这张羊皮披上。"

"不要，我都穿着你的皮大衣了。"

"你冷怎么办？"

"我挨你近一点就行了。"

"好啊，小时候，冬天冷的时候，我们几个小孩子就靠着向阳的墙，相互挤来挤去，我们把这叫作'挤热火'我们把墙挤得又滑又亮。"

"那我们也来'挤热火'。"

"好啊，'挤热火'！"他说着，把右肩抵向迎过来的德吉梅朵的左肩膀。

他们的欢笑声在这空寂无比的高原的雪夜显得十分突兀，好像整个世界都只有他们的声音了。牲畜都醒了过来，用蒙眬的睡眼看着他们。最后，德吉梅朵挤不过他，倒在了雪地上。他也随着倒了下去，压在她的身上。他们滚在雪地里，像两头熊。

凌五斗想坐起来，但德吉梅朵紧紧地抱住了他的腰。

他看着她的脸（火光只能照亮靠火堆的半边）和不停往下落的雪，她的眼睛从上面看着他，她的一条辫子搭在了他的脸上，毛酥酥的。他们的气息有力地喷在对方的脸上。她和他的脸叠在了一起，她的头发散落下来，把他的脸淹没了。

她学着他的腔调说："你看，这样多'热火'。"

就在那个时候，凌五斗突然想起了遥远的乐坝，想起了袁小莲。这一次，他猛地坐了起来。"德吉梅朵，我跟你说，我跟袁小莲……"

"你也跟她'挤热火'了？"

"是的，我们小时候一起挤过。"

德吉梅朵不说话了。火光一次次扑在她的脸上。

"德吉梅朵，你可能不知道吧，我们连的文书可喜欢你了，他说他那次和连长到你家的夏牧场租牦牛时见过你，他一见你就喜欢你了，他还给你写诗呢。"

"诗？你是说像《格萨尔》那样的歌？"

"格萨尔？我不认识。但就像你唱的那些歌一样。"

"情歌一样？"

"是的。"

"文书是我们连最有文化、长得最中看的战士。"

"我见过他一面，他老是脸红，可能是他的脸太白了，所以脸一红就能看出来。"

"你觉得他好不好？"

"好，但他跟我有什么关系？我们只见过那一面，不像我们在一起待了这么久。"

"你以后还可以见他的。"

她摇了摇头。"他是文化人，他放不了羊，经受不了这风、这雪和这样的冷，他舍不得把他的脸晒得和我的一样黑。"

"我……"

"我从小就跟着我爸爸妈妈在这里放羊，天天都是这样，就像我爸爸说的，过一辈子就像过一天一样。你不知道，我们不能在一个地方放牧，害怕雪灾一来，会把所有的牲畜都冻死了，所以只能采取走圈放牧的方式，把牲畜分成小群，家里每个人赶上一群，带上糌粑，背一口锅，各奔东西去寻找牲畜可以吃到草的地方，我们往往一分开就是很多天，每个人只能独自应付一切，夜里只能挤在畜群里睡觉。但这次跟你在一起，虽然每天的日子跟以前差不多，但过一天就跟过一辈子一样。我跟你在一起有几十天，我已过了几十辈子了……"她说完，就笑起来，但她的笑却令他感到伤心，然后，她真的落泪了。

他的心口有些发痛。他说："但我……"

"我们还可以去'挤热火'，天黑了好久了，我们该到帐篷里挤去。"她说完，牵着他的手，像一头熊牵着另一头熊，钻进了单兵帐篷。

那个单兵帐篷，第一次变成了双人帐篷。

帐篷外面，银绳般的雪猛击着积雪的地面，天地被它们密密地缝制起来了。

八

帐篷里并无暖意，他们搂抱得很紧。她的头埋在他的怀里，睡得很死。他没有睡着。他听着她的呼吸，心软得像融化的雪水一样。他们的气息和气味彼此混合着，已分不清是谁的了。他们的衣服很久没有洗过了，污垢结在上面，发亮反光，高原上也不可能洗澡。但他觉得他们的衣服是那么光鲜，像新的一样；身体也是那么干净，都有些圣洁的味道了。

雪落在帐篷上，已不是飘飞的雪花，而是雪粒，唰唰地响，很有力，感觉每一粒雪都可以把帐篷穿透。雪在堆积着，像要把整个高原掩埋起来。他知道，这里的雪有时厚得可以把人陷进去。他在心里祈祷着老天保佑，让雪赶紧停下来。

他不知道自己是多久睡着的。

德吉梅朵吻了吻他的额头，不知道为什么，她的眼睛里滚出了一串泪水。她把他搂抱得更紧了。她在心里说："要是我能把他怀到自己的肚子里就好了，那样，我就可以随时带着他，再也怕他会挨冷，再也不怕分离。"

德吉梅朵把他吻醒了。他睁开惺忪的睡眼，对她笑了笑。

当他们的目光相遇时，他俩都有些不好意思，脸都有些发烫。

"天已亮了。"她说。

"雪停了吗？"

"停了，雪把羊都快埋住了，把帐篷埋了好高一截。"

他俩从帐篷里钻出来。牲畜挤在一起，相互取暖。太阳还在东边的雪山后面，但已朝霞漫天，雪山顶山已抹上了霞光，然后，霞光浸泅开来，给白色的高原抹上了淡淡的羞红。

"昨天晚上'热火'吗？"她给了他一把风干肉，盯着他的眼睛问道。

他憨憨一笑："热火，很热火。"

"那我们再挤几天吧，天气变冷了，我想你再和我挤几天。"

"这场雪过后会晴一段时间的，我让我的马再吃几天草。"

那些天，他们把牲畜放开，让它们拱雪下面的草吃。他俩则躲在帐篷里，很少出来。

但分开的那一天还是到了。凌五斗把帐篷送给了她。

"德吉梅朵，我没有什么东西送给你，这顶帐篷你留下，有了它，你以后晚上睡觉的时候，就不用和羊挤在一起了。"

"我宁愿和羊挤在一起。"

"为什么啊？"

"因为我一钻进帐篷里，就会冷。"她说到这里，转过了身。

"明年我还会来放马的，到时我们就可以见面了。"

"还有半年时间呢。"

"反正，这顶帐篷你一定要收下。"

他把叠好的帐篷绑在了她的马背上。

九

KL 防区司令部接到边防 K 团关于凌五斗和二十五匹军马一起失踪的报告后，非常震惊，参谋长白炳武当即赶到边防 K 团，坐镇指挥。经过分析，很多人认为凌五斗已经死了，在这高原，生命是很脆弱的，随便遇到个什么意外——比如肺水肿、脑水肿之类的高原病，还有可能被哪条无名冰河突然暴涨的河水冲走，或者从哪个悬崖上摔了下去，甚至有可能遇到狼群——都可能丧命。也有人认为这个说法不可能，他们说，如果人死了，马肯定在，营里肯定能找到马，但现在一匹马也找不到，所以他最大的可能是遇到了雪崩，雪把他和连队的马匹都掩埋了，但雪崩把人马全部埋葬的可能性非常小。白参谋长听了汇报，说了声："扯淡，"然后下了一道死命令，"活要见人，死要见尸。"他命令刘思骏团长亲率直属步兵一连、侦察连、工兵连前往高原，会同边防一线的连队，要在大雪封山前做一次更大范围的搜寻。

团里厉兵秣马，但就在部队准备出发之际，凌五斗骑着那匹枣红色的军马、披着一身风尘、赶着一群喂养得油光水滑的马匹、喜滋滋地出现在了天堂湾边防连观察哨的视野里。

这件事已经把连队折腾得鸡犬不宁，把连长、指导员折磨个半死。全连的人都悲观地认定，凌五斗已经神秘失踪，而所谓失踪，只不过是他已遭不测的一种委婉说法。

但现在，连队的哨兵却看见了他。

最先发现他的是建在无名高地上的哨楼里的哨兵。哨兵用高倍望远镜观察到一溜人马从连队前面的山嘴后面冲了出来，以为是敌人偷袭来了，马上向连队做了报告。陈卫东的血一下热了，叫他继续观察。然后通知战斗分队立即进入坑道，准备迎敌。他抓了一把冲锋枪，一边往坑道里钻，一边说："真要有仗打，老子就战死算了，免得有这么多烦心事！"

那群马眼看就要到连队，就要回到自己温暖的马厩里，都兴奋得狂奔起来，群马奔驰，雪末飞扬，马蹄嘚嘚，凌五斗再也管不住它们，连他自己胯下的马也跟着飞奔起来。

连队官兵都在无名高地和连队周围的坑道里待命，所有的武器都对准了马群奔驰而来的方向，空气既兴奋又紧张。

马群逼近之后，连长通过望远镜终于看清了那是连队的军马，看见凌五斗像个野人似的跟在马群后面。"闹鬼了！"他狠狠地说，"你个挨枪子儿的凌傻子，你给老子终于回来了！"他使劲咬了咬自己的牙，咬得牙齿"格格"响，好像要把凌五斗一口口嚼成渣。但他紧接着又舒了一口气，对身边的战士喊叫了一声："虚惊一场，撤兵！都到操场上去列队！老子要亲自欢迎这个神人！"

军马的马蹄声引得马厩里的马匹也嘶鸣起来。

大家已知道是凌五斗回来了。除了哨兵，全连的官兵都从坑道和战壕里跑到了操场上，老远就朝凌五斗欢呼。

凌五斗从马上滚下来，咧嘴笑着。他的确变得像个鬼一样了，变得像个长毛邋遢鬼了。只见他胡子拉碴，脸上像抹了油灰，只有牙齿和眼白是白的。头上的头发很长，乱蓬蓬的，秃鹫可以直接在里面下蛋。身上的皮大衣乌黑发亮，已看不出草绿的颜色。他看到连长陈向东和指导员傅献君冷着脸、背着手站在那里，忙跑过去，站好立正，给他们敬了个军礼——他的手像一只放大了的乌鸡爪子："报告连长、指导员，饲养班班长凌五斗奉命放马，现已返回，人马安全，请你们指示！"他没有注意，自己说出嘴的竟是藏语。

大家面面相觑，以为自己听错了，傅献君问陈向东："他说什么？"

"谁知道他说的是什么！"

陈向东终于没有压住自己的怒火，对凌五斗吼叫道："你说的什么？你出去放了一趟马，傻到连自己的话都不会说了吗？"

凌五斗还没有意识到自己刚才说的是藏语，他说："报告连长、指导员，我说我放马回来了。"他这次说的还是藏语。

陈向东、傅献君相互望了一眼，都想发火。

凌五斗终于意识到了，"我没注意到自己说的是藏语。"他赶紧又用汉语报告了一次。

傅献君说："藏语？乌尔都语还差不多吧。你还知道回来！"

陈向东没再搭理凌五斗，转过身，冲进连部，拿起电话，使劲摇了一气，然后喊叫道："我是天堂湾边防连连长，给我接营部，叫肖营长接电话！"

肖怀时接过电话，就说："陈向东，团部的搜寻部队刚准备出发，你那里不会又出什么事了吧？"

"你马上报告团里，说凌五斗回来了，人马安全，让部队不要上山了。"

"你说的是鬼话还是疯话？"

"我刚见着他，像个鬼一样，但真的是他，他刚到。"

"你能确定？老子可经不起折腾了。"

"全连官兵都看到他了，好，指导员进来了，不信你问他。"陈向东说完，把电话递给了傅献君，"营长不相信凌五斗这个傻子回来了，你给他说说。"

傅献君接过电话，"营长，的确是他，你放心！他没什么问题，军马一匹不少。具体情况我还没有问他，我放下电话就去问他，我会尽快给您报告。"

"那就好，我马上报告团里。"肖怀时说完，就把电话挂掉了。

"通信员，通信员！"陈向东对着走廊喊叫起来。

"到！"汪小朔老远就高声应答道。

"你去把那个凌五斗给老子叫进来！"

十

凌五斗刚把马赶进马厩，关上门，汪小朔就跑来了，"快，连长和指导员叫你去。"

"好的。"

"看你啥事没有似的。"

"我有什么事呢？"

"哼，等会儿你就知道了！"

凌五斗跟在汪小朔的屁股后面。快到连部门口的时候，汪小朔示意他自己进去。凌五斗来到连部门口，有些忐忑。他觉得自己的腿开始打战，他求助似的回过头去看汪小朔，但汪小朔已经躲得没有影子了。他后悔刚才没有问一下汪小朔，连长和指导员找他有什么事。

门开着。凌五斗硬着头皮来到门口，喊了一声报告。喊完之后，才发现自己的声音也在发抖。虽然他还穿着放马时的那身衣服，但他觉得真的有些冷。

陈向东和傅献君几乎同时回过头来，死死地盯着凌五斗的脸，然后，陈向东从头到脚把他打量了一番，傅献君从脚到头把他打量了一番。他们的目光像针，穿透了凌五斗污脏厚重的皮大衣和里面已两个月没有洗的军服，扎着他，有一种又酥又麻又疼的感觉。他们的目光在他肚脐眼下寸许处交汇，凌五斗感到那里像被狠狠地剜了一刀。他那里被剜过之后，觉得自己自在了一些。他对着连长和指导员笑了笑。他笑的时候，眼睛眯了起来，他的两点眼白看不见了，但露出了一线月牙形的白牙。

凌五斗身上的气味随之弥漫开来，在火墙热气的作用下，连部一下变成了马厩。陈向东和傅献君不约而同地皱起了眉毛，屏住了呼吸。

"你就站在那里说话。"陈向东一边说着，一边把一扇窗户打开了。

"是，连长！"

"怎么这么久才回来？"

"报告指导员，连队只告诉我让我去放马，并没有跟我讲过我该多久回来。我想，把马赶出去一趟不容易，就想着把马喂肥了，等雪把草盖住了才回来。"

"可你只带了二十天的干粮，这些日子你都吃些啥玩意儿啊？"

"报告连长，我把自己的干粮吃完之后，就吃德吉梅朵的糌粑、肉干和奶疙瘩。"

"什么什么？谁？"

"报告连长，德吉梅朵。"

"德吉梅朵？扎西的女儿？"陈向东瞪大了眼睛。

"报告连长，她是扎西的女儿。"

"你怎么能乱吃群众的东西呢？"

"报告指导员，我把我带在身上的津贴给了她，但她不要，最后，我想我也不能老吃她的东西，就套了黄羊、旱獭和野兔，我们一起吃。分手的时候，我把连队的帐篷给了她，也算是补偿。赔帐篷的钱，连队可以从我的津贴里扣。"

"你一直和她在一起？"

"报告连长，开头没有，我出去第七天才碰到她。"

"你的藏语就是跟她学的？"

"是的，指导员，我真的会说藏族话了，还会唱藏语歌，都是德吉梅朵教我的。不信我给你唱上一曲？好，我唱了啊——"他说完，生怕傅献君不让他唱，就赶紧唱了起来。他是用藏语唱的，声音高亢，很是动听，不亚于在广播里听到的藏族歌唱家的音色。

凌五斗自从来到天堂湾边防连之后，还是第一次独唱，没想一鸣惊人，把连部的人都吸引到走廊里来了。连队的藏族翻译索朗多吉从办公室里跑出来，问军医程德全："是扎西到连里来了吗？大雪都封山了，他来干什么？"

"不是扎西，你看，那唱歌的不是我们的凌五斗同志吗？"

"他不是放马去了吗？多久学会说藏语了，还会唱藏语歌，跟谁学的？唱得这么好！"

"神人嘛，说不定是跟连队哪匹母马学的呢。"

程德全的话引得大家哈哈大笑起来。但想起这是连部，又几乎同时戛然止住了。

"你神了，真会唱藏语歌子了！说说，你唱的都是啥意思？"

"报告连长，藏族话其实很好学，德吉梅朵教会了我，我再用藏语说话，这就像呼吸一样自然。对了，这首歌的意思是，'东山虽然很高，却挡不住日月；父母虽然严厉，却挡不住缘分。你像十五明月，若要为我升起，不分鱼水之情，姑娘我将答应'。"

"哦，是首情歌啊，这就是那个德吉梅朵唱给你听的？"

"是，指导员。她说这首歌是她专门唱给我听的，她还教我唱了另一首歌。"

"你唱唱，我和连长听一听。"

凌五斗于是很认真地唱了起来，唱完之后，他说："连长，指导员，这首歌按我们汉语的意思就是，'我们之间情意，若能心心相印，岁岁时光流逝，也能再次相会。如果姑娘发誓，永远不变心思；拔掉雄狮绿鬃，送给姑娘装饰。你还想要什么，也请给我吩咐，若要镜中月影，我也设法给你。'我这首歌学会后，德吉梅朵就让我唱给她听。"

"你！"陈向东很惊奇地盯着他看了很久，像是不认识他了。然后，他大叫了一声："索朗多吉——"

"到！"索朗多吉一边答着，一边跑到了连部门口。

"这家伙，也就是这个凌五斗，他说他说的是藏语，唱的是藏族民歌。你说说看，他是不是在糊弄我和指导员呀？"

"他说的的确是藏话，唱的也的确是藏族民歌，纯粹的藏北味儿。"

"那你考考他，看他学得咋样了？"

索朗多吉就用藏语和凌五斗对起话来。对话期间，索朗多吉的表情越来越丰富，但以惊讶和赞叹为主。他和凌五斗说了一大通话后，抑制不住自己的惊喜，对连长和指导员说："哎呀，太不可思议了，真太不可思议了！"

"真有这么厉害？"陈向东还有些不相信。

"真的，连长，指导员，真是难以置信，好像他从小就是在藏区长大的。团里如果缺藏语翻译，马上就可以用他。哎呀，这下好了，我如果回拉萨探家，他可以顶替我了。"

陈向东对索朗多吉说："嗨，你就做梦吧！你去通知炊事班，让他们烧一锅热水，让凌五斗好好洗一洗。叫大家不要在走廊里堆着，要听凌五斗唱歌，我们元旦的时候，给他搞个专场晚会！"说完，他又对凌五斗说，"你还真有些神啊，现在，你赶快滚出连部，去洗个澡，把衣服全部给我换掉，你就是一间马厩，简直要把人熏死了。等你把自己弄干净了，我和指导员再好好审你。"

"但是，连长、指导员……"他觉得自己现在非常急迫的要解决的问题是填饱自己的肚子。"我……，连队有没有饭？后面这两天时间我只吃了一些雪，往回走的路上，那种饥饿的感觉冻麻木了感觉不明显，现在我的肚子非常饿。"他的肠胃在肚腹里愤怒地翻腾着，轰鸣着，他觉得眼前直冒金星，觉得饥饿猛然间使他的身体变成了一摊稀泥。"如果我没有一个革命战士的坚强意志，我早就饿得回不来了。"

陈向东盯着他，说："饿？你还知道饿！好，那就让炊事班先给你弄吃的吧。"

"我想吃碗面条。"

傅献君和蔼地说："好，那就给你做碗面条。"

十一

炎事班做的是雪菜鸡蛋面条，里面还放了一罐头红烧肉。凌五斗觉得那面条真是太好吃了，他吃得汗水"噗噗"直往面盆里掉。汪小朔一边咽着唾沫，一边说，你看你都不用加盐了。吃掉一大盆面条，他撑得都站不起来了。他感到非常满意。他坐在那里，抹掉汗水，脸上堆满了幸福的笑容。

接着，炎事班把洗澡水放进洋铁皮做的浴盆里——连队一共有五个这样的洋铁皮浴盆。他蹲在热水里，感到特别舒服。身上的泥垢一层一层的，搓了一大盆。他感到身体一下变轻松了。他换了衣服，刮了胡须，理了头发。他们说他又是原来那个凌五斗了，只是变成了紫黑脸膛的。一个战士还带他到镜子前照了照，他看见他的脸黑得像煤，他都认不出自己了。

凌五斗洗了那身满是马厩味儿的衣服，文书叫他到连部去。

他走到连部门口，喊了一声报告。

陈向东和傅献君坐在办公桌后面，一脸威严。桌前地上放着一个小马扎。

陈向东厉声说："滚进来！"

凌五斗站在陈向东、傅献君面前。

"坐下！"

凌五斗像个小学生似的在马扎上坐好。

傅献君严肃地说："凌五斗，你知道吗？你可把连队害苦了，我们两次出去找你都没有找到，最后惊动了防区。你如果晚回来一天，团里的搜寻部队就上山了。你从实招来，你这些天都到哪里去了？"

"连长，指导员，哪里有草，我就到哪里去。我跟着马走，走着走着就走远了。但我记得回连队的路，因为即使我走得再远，也能看到天堂雪峰，我们连队就在天堂雪峰下面。我去的地方有好几个湖，有些湖是咸的，那水没法喝，不过湖水很蓝，跟没有云的天空一样蓝……我听德吉梅朵说，那里应该是羌塘。"

"羌塘？你，你说你叫我们到哪里去找你？"

"连长，我真的不知道不能去那么远的地方放牧，也的确不知道过上十来天就得回来。"

"凌五斗，你要记住，以后出去放马，不准离开十四号河谷。干粮快吃完的时候，就得回来。连里之所以规定放马的战士出去只带二十天的干粮，就是怕时间久了，在外面有什么意外。"

"指导员，我知道了。"

"你老实跟我说说你跟德吉梅朵的事。"

"报告连长，我先是听到她在唱歌，然后我才看见她，她唱歌的声音传得很远。只有一条叫扎西的狗和她在一起。那些地方，好像只有她一个人，因为那么长的时间，我没有见到别的人，所以看到她我很高兴。我们开始说话，虽然彼此都听不懂，但我们还是说，好像对方能听懂似的。后来我就慢慢能听懂她的话，她也能听懂我的话，我们彼此就能说话了。"

"你们这么长时间在一起，没发生别的事？"

"别的？"凌五斗一脸茫然地望着陈向东。

傅献君盯着他，"我看你这个傻样儿，也干不出别的事儿来。"

"凌五斗，听好！"连长大声命令道。

凌五斗还想说说他和德吉梅朵的事，但只得闭了嘴，"嗖"地站了起来。

"鉴于你擅自远离连队牧场放牧，长时间脱离集体，经我和指导员研究决定，撤销你饲养班班长职务！"

"连长，指导员，我接受处分。"

看着凌五斗出了门，陈向东叹息了一声，摇了摇头，然后对傅献君说："我们该详细地问问他跟德吉梅朵的事。"

"这还用问吗？"

"这事关军民关系，部队纪律，那怎么办？"

"过上一段时间，我来处理。"

十二

解放牌汽车在藏北高原颠簸着。天地空阔得可容纳无限悲苦、无限神性。

傅献君带着翻译索朗多吉来到了德吉梅朵的帐篷前。

看到军车，她骑马远远地跑了过来。但看到车上没有凌五斗，又骑着马跑开了。这辆车在他家的帐篷前停下，藏獒对着军车低吼了几声，她的父亲扎西迎出来，他看上去似乎变矮了。见是连队指导员，很恭敬地献上哈达。然后接过傅献君送给他的盐巴、茶叶和面粉。

德吉梅朵骑着马，站在不远处的低冈上。藏獒也过去了，守护在她的身旁。一大片白云罩在她的头顶。她的身后，无名的盐湖闪耀着蓝色的光芒。

和凌五斗分手后，她就只沿着新藏线放牧了。一见到军车，就会唱起第一次见到凌五斗时唱的歌。但她没有等到她要见的人。

高原上没有真正意义上的春天，但她觉得她和凌五斗相处的那几个暴风雪之夜就是。她由此认定，春天只有两个人紧紧拥抱在一起的时候才会有。

他爸爸站在帐篷门口，说："德吉梅朵，天堂湾的金珠玛米来了。"

她有些不相信自己的耳朵。她问了一句："您说什么？真是天堂湾来的金珠玛米吗？"

"我说是天堂湾的金珠玛米来了，你耳朵不好使了？"

"风把你的声音吹偏了嘛。"她说着，骑马从低冈跑到帐篷跟前，飞身下马，弯腰进了帐篷。她高兴地笑着，忘了自己眼里还有泪花。

"啊，德吉梅朵已经长大了。"傅献君说。

德吉梅朵害羞地低着头。

"早就是大姑娘了，可就是不懂事啊！"

"天堂湾、现在、冷吗？"德吉梅朵用汉话问傅献君。

"现在还行，有时也会下雪。"然后，傅献君用宣布重大发现的口吻说，"啊，德吉梅朵会说汉话了。"

德吉梅朵说："我、汉话、会说点，但不见着、你们，我、就、不会、说。"

他爸望着她，对傅献君说："她去年放羊回来，突然就会说汉话了。"

傅献君"呵呵"一笑，说："会说汉话好啊！"

"别人都说，她前世肯定是汉地的人。"

"我跟、爸爸说，我的、汉话、是跟天堂湾的、金珠玛米凌五斗学的，但他、不信。"

她爸摇了摇头，跟傅献君说："她是跟我说过，说她的汉话是跟你们那里一个放马的金珠玛米学的，但我知道，天堂湾的马从来不会放那么远，您说她是不是在做梦？"

指导员听了翻译，笑了，"这样的梦很好啊！"

"我、就是、跟、金珠玛米、凌五斗、学的，他、怎么、没有、再来、放马啊？"

"哈哈，我们连队是有个叫凌五斗的战士，但他已经复员了。"

德吉梅朵不知道复员是什么意思，一下紧张起来，"复员？是、是往生了吗？"

"哦，他没有死，是离开部队，回老家了。"

"他不会、再、回、回来了？"

"不会回来了，他当兵的时间已满，不再是军人了，他回去后给连队来过信，说他马上要结婚了。"

德吉梅朵没有说话，她低着头冲了出去，然后，马蹄声响起，越来越急促，越来越远了。

她父亲摊了摊手。"她在梦里面，出不来。"

"慢慢会好起来的，德吉梅朵长大了，你该给他找个好小伙子了。"

"我们牧业大队队长的小儿子看上了她，队长托人来提亲，她就是不愿意，我还不知道怎么跟人家回话呢。"

"这个……这是新社会，父母不能包办婚姻了。"

"她喜欢个摸得着的人也行，但他喜欢的是个梦里的人，你说，咋办？哎……"

"梦总会醒的，你不用担心。"

扎西放心地点了点头，站起身来，要去宰羊招待傅献君，傅献君站起身来，请他坐下。"我们过来执行任务，看到您的帐篷，就进来看看你，我们今晚要赶回兵站。"

"连队军务繁忙，你们还来看我，真是……"

"我们是一家人，等你回到了冬牧场，我再到你的帐篷里吃肉。"

"我会一直等着。"

傅献君和翻译上了车，扎西恭敬地送他们离开。

汽车开出了很远，傅献君回头望去，看见德吉梅朵站在一座高冈上。当汽车开过高冈，傅献君听到了她的歌声：

东山虽然很高，
却挡不住日月；
父母虽然严厉，
却挡不住缘分。

你像十五明月，
若要为我升起，
不分鱼水之情，
姑娘我将答应。

　　傅献君的心情变得沉重起来，他对翻译嘀咕了一句："真造孽啊，你看我干了件什么事！"

下　编

刘月湘进疆踪迹史

前面的话

女兵刘月湘是一九五〇年三月从湖南当兵进疆的。她后来被分配到二军六师骑兵团一营营部做文化教员。入伍一年半后，她突然失踪，了无踪迹。部队组织力量寻找、搜索十日，没有任何发现。骑兵团在《关于女兵刘月湘同志失踪案的报告》中设想了五种结局：

其一，她可能被流匪黑胡子掳走，被其杀害，或做了压寨夫人；
其二，她在大漠迷路，葬身其中，被流沙掩埋；
其三，她被人强奸后杀害，埋在了哪里，找不到了；
其四，她自己受不了当兵的苦，逃跑了，隐姓埋名，过起了别样的生活；
其五，被国民党特务抓走了。

总之，这个人从此消失，成了一桩悬案。

我是一九四八年读大学时参加革命的，当时是骑兵团的保卫干事，负责调查此事。时隔快七十年，我也九十余岁了，在我感觉自己将不久于人世，便从白净得像天堂一样的高干病房回到了自己在干休所的家。每天盯着已七十岁的大儿子整理我的物品。

　　他翻出了我当年调查刘月湘失踪案的资料。

　　当年，为了破案，政治处主任派我把刘月湘从参军到入伍的行踪做了一个详细调查。那是一条漫长的旅途。我大学学的是中文，一直想当作家。长旅无聊，便把《关于女兵刘月湘同志失踪案的报告》写成了《刘月湘进疆踪迹史》，我辗转过好些地方，没想到这份原稿竟存留了下来。

　　纸张变黄、变脆，一些地方已被衣鱼咬噬，展而读之，当年情景，恍然如昨——

衡山

　　刘月湘家住湖南衡山，出生于一九三四年八月二十七日。她的童年是在对日抗战中度过的。听她母亲说，在她四岁那一年，县城经常遭日军飞机轰炸，她祖母和二叔一家被炸死；再以后，长沙一带又成了中日会战的战场，一家人在战争中东躲西藏，他哥哥读高中时参军御敌，在衡山战死，弟弟因病无钱医治而夭亡，可谓饱受了战争之苦。

　　临近解放那阵，经常有大军从衡山经过，先过去的是国民党的部队，接着是紧随其后追击的解放大军。开始的时候，双方的部队都跑得跟风似的。然后，解放军的队伍行进得从容了，刘月湘在队列里看到了不少女兵的身影。

　　她第一次知道，女人也能当兵，当时羡慕死了。有一次，她跟着队伍走，一下子走出了三十里路还不知道。

　　路边不时可看到一座座简单的新坟。打过仗的地方，总有万人坑，水上也不时有泡得肿胀的尸体漂下来，把军装撑爆了。尸体上总跟着一群乌鸦，有些就停栖在尸体上，不时悠闲地啄几嘴。乌鸦看上去过于肥胖，都懒得飞起来。

　　待队伍停下，她才醒过来。看看天已快黑，她不知该怎么办，就壮了壮胆子，找了一个最漂亮的女兵，红着脸问，我想当兵，可以吗？

　　女兵笑着摇了摇头——她笑起来更漂亮了——说，你还是个小姑娘呢。

　　我不小了，我马上就满十五岁了，我已读高中，识文断字，可以干很多事，我扛得起枪，也可以走很多路，我今天就跟着你们走了三十里，现在一点也不觉得累。

你跟着我们走了这么远啊？女兵瞪大了眼睛看着她，可我们还有很多路要走呢。

我再走三百里也没事儿。

我们可能还要走三千里、五千里。

那也没什么。

那么，你跟我来。女兵一边说着，一边把她领到了一个不漂亮的女兵面前。

连长，我有事要向你报告。女兵立正之后向那个不漂亮的女兵行了个军礼。

刘月湘这才知道那是个女军官。她原来还以为谁漂亮谁就是军官呢。连长和蔼地看了看她，是不是这小姑娘也想当兵？

漂亮女兵说，是的，她都跟了我们三十里路啦。

哦，那她今天回不了家了，让她跟我们一块儿吃饭，然后找老乡帮忙给她安排一个住的地方。

刘月湘一听，高兴坏了，说，连长，你同意我当兵了？

连长摸摸刘月湘的脑袋，小姑娘，这路你走过吗？你明天敢自己回家吗？

刘月湘说，这路我走过几回，我自己敢回家。但你们不让我当兵，我就不回去，我要一直跟着你走。

其他几个女兵也围了过来，听了她的话，都笑了。

连长让她坐下，笑着对她说，小姑娘，现在仗快打完了，我们不需要战士了，就是我们这些军人以后也要回地方去工作。我们现在的主要任务是建设国家，所以呀，为建设新的国家，你现在应该回去继续读书，掌握知识。

刘月湘还闹着不干。最后，连长就对她说，你先去吃一点东西，然后好好睡一觉，明天再决定你当兵的事吧。

刘月湘当时也不知道连长是多大一个官，听她这么说，只好等明天了。那天晚上，她既激动，又担心，怎么也睡不着，眼前总是晃动着她当兵以后的情形。到了下半夜，她睡着了，睡得很死，待醒过来，太阳已升起一竹竿高。周围静悄悄的。她觉得不妙，翻身爬了起来，问房东大伯，队伍呢？解放军呢?

大伯笑了,说,队伍鸡叫前就开拔了。队伍上的老总给你留了两块银圆,让你醒来后赶快坐船回去,免得家人着急,剩下的钱去交学费,让你一定要好好学习。他说着,就把银圆给了刘月湘。

刘月湘一听就哭了,十分懊悔地说,我要是不睡着就好了,我怎么睡得这么死啊!哭了一会儿,她要留一块银圆给大伯。

大伯不收,说,队伍上让我照顾你,已经给了我一块。

坐在回家的船上,看着那些无人收殓的浮尸,刘月湘趴在船舷上,不停地呕吐,感觉五脏六腑都吐出来了。下船后,她觉得自己的身体和灵魂都散掉了。

之后,再也没有队伍经过,她也渐渐死了去当兵的心。

刘月湘家有七十多亩地,新中国成立不久,在长沙上学的大姐刘爱湘,就给刘月湘来信,说爸爸是剥削阶级,要她们和爸爸划清界限,不能给爸爸当狗腿子。刘月湘当时搞不明白她的话,觉得大姐这样骂父亲,太不应该。大姐不久就当兵去了十八兵团;二姐刘丽湘在纺织厂当女工,不久去了辽宁的一支部队。刘月湘不知道怎么才能划清界限。但从报纸上看到妇女翻身、男女平等的消息后,不顾父亲的反对,放学后到地里干活去了。作为地主家庭出身的女孩子,在过去若下地干活,会被人看不起的。她父亲是个封建思想深入骨髓的人。但他没想到,一解放,女儿们都开始反抗他,而他对她们一点办法也没有,已有两个女儿跑去当了兵,这是他原先想都没有想到过的事情。对他而言,这太不可思议了。他和大多数同辈人一样,惊恐不安地揣摩着周围发生的一切,他常常叹气。他坚决不让刘月湘去当兵,理由是她还要读书。

一九五〇年一月,刘月湘在《新湖南报》上看到了新疆招聘团赴湘招收女兵的消息,说到新疆后可以进俄文学校、当纺织女工,还可以当拖拉机手……她激动坏了——那激动的心情真是难以言表,只觉得报上的消息把她的整个身心都迷住了。

刘月湘当即就跟父母说,她要到长沙去考兵。父母怎么也不同意,父亲说你两个姐姐已经跑了,你不能再去了,你敢那样,我把腿给你打断!母亲说,你这么小,部队怎么会要你?就是要你了,谁照顾你的冷暖?你学习成绩好，我和你爹希望你能考上大学，你们总不能都当兵去吧？

她比两个姐姐乖顺，说，娘，我听你的。

但没过多久，刘月湘在报纸上看到了第四野战军军政大学招生的消息。那时候，这种招生的消息和征兵的消息一样多，一条消息出来，就会像一阵风，刮跑一拨年轻人。

当时信息不通，即使离省城只有几十里路，好多消息也传不过来，即使能传来，新闻也变成了旧闻。衡山离长沙那么远，好多事情更是难以知道。所以，刘月湘也不知道军政大学是怎么回事，只觉得它很吸引人，加之四野是闻名天下的部队，她就更想去了。

但她怕父母伤心，不知该怎么跟他们说。想了半天，她跟母亲说，娘，我要去长沙。母亲一听，就紧张起来，你去长沙干什么？我去考大学。当时高二就可以考大学了。母亲又盘问了半天，最后信了她。可父亲不答应。但刘月湘已铁了心，决心偷偷去。她跟母亲说，开学了，她要到学校去。母亲知道女儿的心思，说让她等等，她去邻居家借几个鸡蛋让她带到学校吃。父亲下田去了，家里只有八岁的大妹和两岁的小妹，她知道这是离家的好时机，拿了几样简单的行李就要走。大妹怀里抱着小妹流着鼻涕哭着送她出家门。她抱了抱小妹，又亲了一下大妹，说，你们要听爹娘的话，姐姐以后有出息了，会给你们买好多好吃的东西。说完，就飞一般跑了。

待母亲借了鸡蛋回来，刘月湘已经走远，母亲赶紧把鸡蛋煮熟，走了十四里路赶到学校去。母亲在学校没有找到女儿，赶紧提着鸡蛋往渡口跑。刘月湘正在上渡船，她没来得及和母亲说几句话，船就要开了。母亲就那样站在岸上看着她，刘月湘看到母亲的身影越来越小，最后终于看不见了。

长沙

到了长沙，找到招生的地方，才知道去报考的人很多，从湖南各地去的有上千人，仅衡山就去了三十多人。当时对文化要求很严，还有就是对女性特别关照。名单公布下来，衡山就刘月湘一人考上了。她内心的激动，可想而知。

军政大学的前身是抗日军政大学，抗日战争胜利后，抗大总校由延安迁至东北地区，改建为东北军政大学，后又在华北、华南、西南、西北等战略区建立军政大学，根据学以致用和急用先学的原则，采取短期训练和灵活教学的方法。所以这类大学，也算不上是正规大学，只能算是培训学校。她考进去的时候，已准备撤销。她报考的是四野的军政大学，去的却是一野的部队。这些情况刘月湘搞不明白。她当时并不知道，她只是以这种方式被征入伍了。她没想到自己会到新疆去，没想到会一直走到和田，更没想到她从那里还要往前走，一直走到茫茫喀喇昆仑山脉的深处。是的，和田，特别是喀喇昆仑，都只是她在地理课本中的地名，在她的印象中，它们只是课本中的地方，不光与她，即使与现实也是联系不上的。

刘月湘给父母去了一封信，很自豪地说她考上了军政大学。

她出门时上身穿的是表嫂给的一件小花衬衣，外面罩的是母亲用床单给她做的一件大襟棉袄子，下身穿的是一条蓝士林绸裤子，脚上穿的是舅妈做的一双蓝士林布绣花布鞋；行李是一把雨伞，一只布袋里面有一把小剪刀、一支钢笔，母亲送来的几个鸡蛋，以及女人用的草纸等物件。那是她的全部家当。

到长沙后，别人一看她那土里土气的打扮，就笑她是乡下的女娃子，他们特别爱笑她脚上的蓝士林布绣花鞋。她一气之下就用小剪刀把鞋子上的花剪掉了，再一根一根地把线头也择了。

她被编在新疆军区招聘团的新兵一大队一中队一分队一班。她发现，新征的男学员去了四野，女学员则被分到了一野。临走之际，招聘团给她们放了有关新疆的电影和歌曲，葡萄满架，果实累累，舞蹈优美，歌曲动听，令人陶醉和向往。她相信，大家去那里不仅要卫国戍边，还要建设起一个又一个现代化的集体农庄……

刘月湘在学校时已看过一些苏联电影，比如《区委书记》《在敌人后方》《卓娅与舒拉的故事》《幸福生活》，那其中有集体劳动的场面，有收获的欢乐，有成百上千亩的大条田，妇女们开着拖拉机在蓝天下耕地……她渴望自己也能生活在那样的农庄之中。她觉得真要去新疆上学也挺好的，她想当一名拖拉机手。

刘月湘当时十六岁，但还有比她年龄更小的。那就是幼年文工团的女兵。其中年龄最小的是陈晓萌，当时才十二岁，当兵前还在读小学，她即使穿着最小号的军装，也过了膝盖。那严肃的军装穿着，也掩盖不了她浑身稚气。

也有临出发之际突然决定不去的女兵。那名女兵还是长沙很有名的周南女中高二年级的团支部书记，平时表现进步得很。刚开始征兵时，她出板报，写标语，又是发言，又是鼓动，正是她的鼓动，全班一个不剩，全去报名参了军。所以，她的临阵退却让大家感到十分吃惊。

那女生只是哭，觉得十分委屈，最后，她私下里对同学说，是她舅舅不让她去的，她舅舅对她说，到新疆过的是苦日子，我们现在要掌握文化知识。但那女生还是闹着要去，她舅舅非常生气，对她说，你知道她们是去干什么的吗？她们是去建设新疆，但也是补充那里的女兵不足，没准儿还要嫁给老干部。那边的情况你是想不到的。

没人相信那个女兵的话，她们以鄙夷的口气对她说，你不去就不去了，何必找这样的借口呢？

那女生的舅舅当时在省里工作，是新社会的干部，懂得比较多。就这样，那姓高的女生作为全班唯一一没有参军的同学留在了长沙。

湖南正是春日好时节——包括后来的好多女兵都是在这个时节离开家乡的。

闷罐军列停在火车站，列车上的一千两百六十七人，除了征兵人员，几乎是清一色的女兵。她们像一群刚刚长大的母鸡仔，披着一身新羽，带着三分羞涩，好多女兵还是偷偷跑出来参军的，所以送别的人很少，好在她们闷在车厢里，对外面的场景感受不多。

车厢里很暗，大家坐在自己的行李上，背靠着车厢板，像一小堆一小堆等待运到远方去发热的原煤。外面的春光从车厢板的缝隙里刺进来，把一些人劈成了两半。

火车吼叫几声，沉重的车轮在铁轨上滚动。春光这柄利刃越来越快地劈刺，把每个人都劈刺了不知多少回。女兵们坐着这列火车北上了。透过车厢缝隙，刘月湘不断看到一路上的破败城市、贫穷乡村、荒芜田野、乞讨的流民、伤残的士兵……

有人像是突然明白自己是在远离故土，开始抽泣。其他人像得了传染，也跟着哭泣起来。车厢里都是这种声音。

有个人在两节车厢的接头处铁桩一样"噌"地站起,猛挥了一下唯一的手臂,声若惊雷般吼叫道:"奶奶个熊,这是去参加革命,有什么好哭的,都给我闭嘴!"他另一只空袖管原是装在衣服口袋里的,在他挥手之际被带了出来,飘扬一下,然后柔软地摆动起来。

他是征兵大队大队长王得胜。

女兵们吓得一下噤了声。有人赶紧抬起手臂,去擦脸上还带着热气的泪水。

西安

女兵们在西安被那列闷罐列车像稀屎一样拉了出来。她们这些处女的、年轻的身体虽然散发着青春的气息,但还是被闷罐车捂臭了。刘月湘也的确感到自己瘫软得像要流淌开去,臭得像屎一样了。她感觉闷罐车里的死尸味儿渗透进自己的骨头里;感觉自己刚刚发育好的身体——姣好的面容、结实的乳房、平展的小腹是否已变得和她在路上见到的浮尸一样,在肿胀、腐败。一下火车,她就呕吐起来。她觉得自己的青春已化成了那堆令人作呕的秽物,从此已不属于她了。呕吐干净,她眼前的万物和这座古城一起旋转起来,感觉古老城墙上的垛口像巨兽的牙齿,要把她嚼碎。天旋地转后,天地瞬间漆黑,她身不由己地倒了下去。

她是两个多小时后才醒过来的。醒来后她发现自己躺在一间有窗棂的屋子里。糊在一格一格的窗上的纸已经变黄,天光透过黄纸渗进来。

房间里有人说话,声音缥缈,听不清楚,她过了好一会儿才听清了。

不知是谁在说,……人家还是黄花闺女,怎么会怀了孩子?你们瞎猜。

接着是大队长的声音,她跟怀了娃的女人一样,老是吐,都吐昏过去了,所以我们才带她来检查。军医同志,她的肠胃没问题吧。

她的肠胃好得很,石头都能消化掉。但最近几天让她最好吃点稀饭面条之类的。

这个好办,我回去跟炊事班说。大队长说完,转身走了。

刘月湘看清了那个微胖的、戴着眼镜的男军医的目光在她的小腹和脸之间游移。她把自己的衣服往下拉了拉,遮住了小腹。然后她看清了另一个叫汪嘉慧的矮个子女兵。她长着一张充满童真的圆脸，一双水汪汪的圆眼睛总是充满好奇地扑闪着。在火车上，汪嘉慧一直坐在她的对面，晚上躺下的时候，她们会两脚相抵，但两人并没有说多少话。汪嘉慧看到她醒了，对她笑了笑。刘月湘感觉汪嘉慧的笑也是圆的。

医生说你的身体啥问题都没有，你自己感觉怎么样？

现在好多了。

那我背你回去。

刘月湘一想自己一米七的人让不到一米五的汪嘉慧背，就觉得不行。

你怎么能背得动我？

刚才就是我背你来的。

汪嘉慧一边很认真地对刘月湘说，一边扶她起来，像个姐姐。

刘月湘对她笑了笑，谢谢你，我自己能走。

那我扶着你。

汪嘉慧扶着刘月湘走出了医院的门。

到处都是阳光，这让她觉得自己更是虚弱。她又想呕吐，但她强忍住了。

河西走廊

在西安学习、休整了二十来天，队伍继续出发。由于铁路只通到西安，余下的路程改乘汽车。三十多辆老旧车辆组成的车队看上去很有气势。

那时候，进疆的路特别难走，它在惨遭战争破坏后，还没有来得及修复。好多地方女兵们得下车来修好了路才能前行，公路上积满了灰白色的尘土。车一开过，尘土扬起老高，被汽车一压，就陷进去好深，车一开动，灰尘就从车底往上翻腾起来，车队所到之处无不尘土飞扬。一天的路走完，车厢底要积两三寸厚的泥沙。那尘土一扬就是几十里，灿烂的日头隐没了，蓝色的天空昏黄一片。

刘月湘离开西安后已是春末，所以最热的月份全在路上。他们当时乘坐的道奇牌汽车是从国民党军队缴获的，美国军队在第二次世界大战中使用过，一九四五年第三次国内革命战争爆发后，美国政府用这些汽车支援国民党政府，后被解放军在战争中缴获，历经十几年硝烟烽火，车辆早已破旧不堪。有人为此给它编了顺口溜——"一走二三里，趴窝四五回，修理六七次，八九十人推"。由这样的破车组成的车队，一天能勉强走上百多里路就谢天谢地了。但即使是这样的车在当时也很少。车少人多，一辆车往往要挤四十多人，车厢里还装着大米、水泥等物资，大家只能坐在那些东西上面。每个人的怀里要抱一个才能坐下，挤得腿都不能伸展。这种老式卡车车帮很低，为防止女兵从车上掉下去，就在车帮上插了许多棍子挡着。道路颠簸，汽车摇晃，好多人和刘月湘一样，呕吐得一塌糊涂。

虽是四月，但过六盘山时，却下起了雪。雪像是从太阳里面落下来的，然后把太阳涂抹掉了，天空中只有飞扬的雪。狭窄的简易公路刚好容汽车通过，绝大多数路段都没法会车，对面如有车来，整个车队就只好找个路面稍宽的地方早早停下，等对面的车通过后，再继续前行。因为下雪，路变得又烂又滑，泥泞难行，老式汽车"突突突"地响着，像一只只笨拙的蜗牛，缓慢地爬行着。好多人是第一次坐汽车，也是第一次翻这样的大山，害怕得闭上了眼睛。走到最险要的地方，不知是谁开的头，女兵们都不坐车，说那路太吓人了，要求步行，要自己徒步翻越六盘山，等车到了山下再坐，大队长赶过来，又是一阵厉声吼叫，才把大家吼上了车。

大家闹闹腾腾的，天终于黑了，天黑之后，看不见那些险要的地方，才不害怕了，车上终于安静下来。

翻过六盘山后，贫穷的景象触目惊心，军车所过之处，在升腾、弥漫的尘灰之中，总有饥瘦得像骷髅一样的流民跌跌撞撞地围上来，伸出枯槁的双手，张着饥渴至极的、黑洞洞的大嘴，发出屏了力气呼喊出的乞讨的声音，向大家要东西。新兵大队在西安给女兵发的号称"陕西大饼"的麦面饼的确名副其实，跟脸盆一样大，厚达三指，就垫在大家的屁股下面。对于吃惯了大米的湖南女兵，要咽下它们就跟咽下石块一样难。她们把这些饼子大都施舍给了饥民。

河西走廊一带土匪成群，特别是乌斯满经常在新疆和甘肃之间流窜，因此要特别提防。所以到了兰州后，西北军区专门派了一个全副武装的连队护送女兵车队。每辆车上都有三名男兵，每辆车的车头上都架着一挺机枪。战士们眼望前方，全神贯注，趴在机枪后面，严阵以待，搞得空气骤然紧张起来。

　　大队长让女兵把头发盘在帽子里，扮成男兵模样，还教大家一有情况，就端起手中的洋伞，虚张声势。

　　进入河西走廊后，无边的荒凉让人难以承受，好几天走不完的大戈壁，更让刘月湘吃惊。

　　从西安出发后，车后的尘土就在飞扬，刘月湘觉得那些尘土已很难落定，会一直飞扬在天空中。汽车整天被尘土包裹着，车上的尘土越积越厚，无论怎么清扫，也扫不干净。每个人浑身都是泥土，耳朵、鼻孔、嘴巴，凡是能钻进泥沙的地方，都塞满了。那种泥土的腥味闻着就让人憋气、恶心。每个人都如同土陶，像是从泥尘中刨出来的。

　　刘月湘当时觉得，那些泥沙每天都要把她们掩埋一次。她最害怕的就是车子在遇到坑洼时突然减速，因为车一减速，灰尘会从车底猛然升腾而起，把她们严严实实地掩埋，连呼吸都十分困难，以至于她到了新疆后想起来，都觉得牙齿缝里还有路上的泥沙，还觉得它们碜牙，还觉得积在耳朵、鼻孔里的灰尘没有掏干净。

　　刘月湘当时还作了一首名叫《进疆路上》的顺口溜——

　　　　女兵进疆真叫苦，
　　　　颠翻五脏和六腑。
　　　　稀饭大饼吃不饱，
　　　　补上一斤河西土。

　　女兵们平时都爱干净得很，但在西进路上就顾不得那么多了。从西安出发后，只在兰州休整时洗过一次澡，刘月湘和其他女兵一样，浑身结满了泥垢，脏得不得了。由于路上缺水，有时好几天洗不上一次脸。这是女兵们最难忍受的。在湖南老家，她们就像水中的植物，离开了水就没法活。而在这里，她们只能这样捂着，一直捂着，那种难受和痛苦可想而知。

　　到处无遮无挡，有时一个大戈壁要四五天才能走到头。太阳贴着头皮烤，即使车跑起来，吹过来的也是烫人的热风；车要是停下，就觉得天地整个成了大烤箱。白天身上总是臭汗淋漓，很少干过，汗水和泥沙黏在身上，身上的污垢一搓就是一大卷子，身上的馊味儿自己闻着都熏人，所以这些女兵很不好意思走到男兵身边去。

车队上路后，不能随便停车，所以解手时只能解在盆子里，然后再从车上倒下去。那盆子也就成了多用途的，除了在车上解手时用外，宿营了洗一洗，再当洗脸盆、洗脚盆；吃饭时又把它做了盛菜的工具。开始每个人都觉得恶心，最后也不得不习惯了。那是在甘肃定西的时候，有一次每个分队分了些生骆驼肉，没有锅煮，队里的领导就让用盆子煮。大家怎么也不干，只能望着骆驼肉干瞪眼。直到那些男兵煮出了肉香，她们才忍不住了，也不管那么多，把盆子反复洗了，把它当作煮肉的锅用。最后大家吃得津津有味，以后再把它当菜盆饭盆，再也没人觉得恶心了。

因为单车容易遭到土匪袭击，所以一辆车坏后，整个车队都得停下来，有时一天要停好几次车，很少有能到达预定宿营地的时候，只好在半路过夜。

队伍宿营也没有定处，有时是在老乡的驴圈、马棚里；有时是在汽车底下凑合；有时是在戈壁荒滩上；有时是在荒无人烟的山沟里；最好的一次是住在酒泉的戏台子上，比较干净，又通风。因为长时间没换衣服，每个人身上长满了虱子，哪里痒一摸就是一头，虱子之多，令人想起来就浑身发麻。休息时大家就互相帮着挤头上的虮子、掐身上的虱子。

星星峡

部队到达甘新交界之地星星峡正是傍晚，暮色正在下沉，自从上路以来，刘月湘就不喜欢夜晚，她对路上的夜晚有一种莫名其妙的绝望和恐惧，她觉得路上的夜晚是最折磨人的，觉得那些夜晚自从她上路以后就变长了。

虽然有种种传闻，但刘月湘并没有像其他女兵那样莫名地担忧和害怕；即使面临这个大荒原，面临这风，她也只有好奇。因为她每往前走一步，所面临的东西都是超乎想象的。她怀着那个年代很多年轻人都有的英雄梦，无所畏惧地向前走。

部队正准备宿营，突然，马蹄声、呼啸声、枪声骤然响起。哨兵高喊：土匪来了，土匪袭击我们来了！

护卫女兵的战士一边低声喊叫大家不要动，一边端着枪，像一股转瞬即被黄沙吞没的风，向前扑了去。

前面那种尖厉的声音变得洪大、激烈起来。刘月湘的身体紧贴在温热的砾石地面上，恨不得让身体陷入地面之下，她感觉自己的身体因为恐惧，在和大地一起发抖。

她明白了，那种尖厉的声音是枪声。无数子弹"嗖嗖"地从身上飞过。有些击打在汽车玻璃上，发出一种死亡般的破碎声。

刘月湘乘坐的汽车比较靠前，所以离战场很近。她可以看到骑在马上的土匪的影子如沙尘暴一样掠过，能够看到弯刀的闪光和子弹飞离枪管时的火星。

一个受伤的战士被人飞跑着抬了下来，那个战士痛苦地大声喊叫着。

大概半个小时后，枪声渐渐稀疏、远去，有人高喊，没事了，没事了。

刘月湘站起来，她感觉自己的腿发软，身体比趴在地上时战抖得更厉害了，她突然大声哭起来，有几个女兵也跟着她哭了。

走在最前面的一辆军车遇到了袭击。一名班长牺牲了，他趴在汽车上，没有看清从车侧飞马跑近他的是土匪，他被土匪用套马索拉下了车。找到他时，他的头已被割掉，身首异处，护送女兵的连队第二天派出两个排，用了半天时间才在六十多里远的甘新公路旁找到他的头。他的头用一根白杨树干挑着，立在公路旁。

新兵大队为牺牲的班长举行了追悼仪式，掩埋了那位班长的遗体，继续前进。

刘月湘到达哈密那天，天已黑透。为了不惊扰老乡，新兵大队在城边找了些老乡废弃的房屋住了下来。刘月湘所在的小队住的是一栋两层的土坯房，已没有屋顶，残墙参差。一些破布、旧家具和草料扔得到处都是，它们在干燥的空气中缓慢地腐烂着。尘土和腐烂味混合成又腥又霉的、十分刺鼻的气味。

女兵们在路上已整整颠簸了三个月。早就想伸展一下身体，好好睡一觉，所以大家也不管——大家早已习惯了，因此稍稍打扫了一下，倒头便睡。汪嘉慧是挨着刘月湘睡的，临睡前两人还说了一会儿话。汪嘉慧说她喜欢骑马，自己到部队后最好能当一名骑兵。刘月湘说，还从没听说过有女骑兵。汪嘉慧说她可以争取。汪嘉慧是个很懂事的女孩子，一路上很会照顾人。谁也没有想到，第二天早上起来，她却死了。

她是头天晚上起来上厕所时，没注意楼梯没有栏杆，睡得迷迷糊糊的，从楼上摔下去的。次日早上，天刚刚亮，楼下就喧哗开了。刘月湘听到他们在喊汪嘉慧的名字。她这才发现汪嘉慧已经不在她身边。她赶紧下楼，看见汪嘉慧躺在地上，再也起不来了。

刘月湘抱着她，一次次喊她的名字，但她再也醒不来了。由于要急着赶路，新兵大队派了几个战士，用她的被子把她裹了，埋葬在城边一棵沙枣树旁。

一进哈密，就开始留人，然后迪化、焉耆、阿克苏都留——还有一部分去了北疆的伊犁、奎屯、石河子等地。好多人分手之后再没见过……

南疆公路

到了迪化，刘月湘已在路上走了近四个月时间。她觉得自己已把世界上所有的路都走完了。开始停车宿营时，她还会问一问前面还有多远——他们总会说，不远了，还有百十里地，就这样，一直是那百十里地。后来，她也不问了，任那破道奇车摇晃着，颠簸着前行。其实，他们不告诉女兵们具体的路程，是怕吓着她们。如果他们说，哦，还有五千里路，或者说只剩下三千里路了，要么说还要走两三个月时间，这些女兵恐怕早就吓得逃回去了。

记得在迪化，刘月湘听说还要往前走，就心有余悸地去问大队长，请问首长，我们前面将到哪里去？

大队长说，先到库车。

首长，库车在什么地方？

他想了半天，说在塔克拉玛干沙漠的北边。

那么，塔克拉玛干沙漠在什么地方呢？

具体位置我也说不清楚，反正翻过了天山就是。

那到库车还有多远？

不远了，就一千六百里路。

您说多少？我的天，还有一千六百里！刘月湘一点也不相信，还以为自己听错了。

就一千六百里路，不过，你已从长沙走到了迪化，所以那点路根本不算什么了。新疆这地方大，几百上千里的距离算近的。他毫不在乎。

还有那么远呀！刘月湘有些绝望，觉得身上没有一点力气了。不知为什么，她只想哭。但她知道自己不能在这个时候流泪，就咬牙忍着。过了一会儿，她觉得自己已把泪水咽进了肚子里，继续问道——她的确想听到一句不再往前走的话，哪怕是暂时不往前走也好——报告首长，我还想问个事。

随便问。

报告首长，我考的可是军政大学，我们在哪里上学呢？总不会有一节课不上、只在路上走的大学吧。

大队长笑了，说，我们的大学就是在路上读的，能走到目的地的，就毕业了。

刘月湘呆住了。她想说什么，却说不出来。

往南疆去的人少了多半。从迪化到库车的路比西安到迪化的路还难走，尘土也更大，加之人越来越少，长路就显得越来越孤寂。

右边一直是伴着南疆公路而行的、焦枯的南天山；左边是浩瀚无边的塔克拉玛干沙漠。偶尔会有一个简陋的城镇或一片脆弱的绿洲点缀其间，但他们在这无边的荒凉面前显得微不足道，像一个轻飘飘的、模糊的梦，转瞬即逝。

颠簸了二十多天，终于到了库车，刘月湘觉得自己快不行了，一路上，她觉得心中好像被什么东西憋着，随时都要爆炸。现在，她终于可以长舒一口气了。她在心中喊叫了一声，总算——到了——

但进疆后，哪些女兵分到哪里，只有征兵干部才知道，而他们把这当机密，不会跟任何人说。所以刘月湘得知库车并非她的目的地，自己还得往喀什走后，简直不敢相信自己的耳朵。她到处找地图，想知道喀什在什么位置。但那时找地图跟找藏宝图一样难。她不敢问到喀什还有多远，但最后还是忍不住，就问一个忠厚的老兵，同志，你知道，这儿到喀什还有多远吗？

不远了，不远了，库车刚好在迪化到喀什的中间，车子跑得顺当，二十来天就到了。老兵热情地告诉他。

妈呀，这不走死人了吗？

其实，刘月湘可以猜想那路很烂，但她像是要寻找寄托和安慰似的，对老兵说，那路总比迪化到库车的好走吧？

老兵一听就笑了，说，那哪能叫路啊！司机都说，那是鬼路，鬼都害怕走的路！很多地方根本就没有路，全是车子自己在沙漠戈壁里闯出来的。有时车不小心陷进沙窝子里，两三天也刨不出来。你想那样的路能好走？

刘月湘强装笑脸地跟老兵道了谢，但转过身，就忍不住哭了。现在，她已不害怕别的什么，只是害怕那些灰尘。她一定要在库车洗个澡再上路，但澡堂要星期天才有水。而车队说走就走，她只好匆匆用冷水擦了擦身子。即使这样，也觉得身子骨一下轻松了许多。你想一想，她刚刚发育好的青春之躯承受的可是真正的万里征尘啊。

然后继续往前走，车由两个司机轮换着开，白天黑夜不停。余下的一百多个女兵坐在车上，把头发拢在帽子里，把手一抽，往装满了给养的敞篷车上一躺，白天望着被沙尘染黄的流云和烈日，晚上望着黄色的夜空和星辰，任由车拉着，颠簸着往前跑。

和田

刘月湘看见艾提尕尔清真寺的时候，有人说喀什到了。

但时间在她的意识里，已像一摊稀屎，分不清是哪一月哪一天了。

喀什被肥沃的绿洲环护着，一条小河忧郁地从它身旁流过。绿洲之外，就是莽莽昆仑和茫茫沙漠。所以，喀什和当年其他南疆城镇一样，街上、路上都积着一尺多厚的尘土，一有人畜走动，地上的尘灰就会飞扬起来，浮到白杨的枝丫间。

喀什是一座古老的城市，但这里还不是刘月湘的目的地。在二军军部休整了三天，通知她继续往和田走。

她已听人说过，喀什到和田还有一千多里路，但她对里程早已麻木。

到迪化后，部分接兵干部就陆续返回了各自的部队，大队长王得胜到二军军部交接完最后一批女兵，也返回了他垦荒的索狼荒原。现在，只有刘月湘和另外八名女兵往前走了。二军给她们换了一辆车况好些的道奇牌汽车，但看上去还是快要散架了。车上装满了货物。她们费力地爬上车，在货物上坐下来，双手紧紧抓住用白杨木加高的车帮，任凭那辆车孤独、凄凉地在绿洲、戈壁和塔克拉玛干边缘的沙漠中"哐当哐当"地颠簸。

沿途村民第一次见到女兵，都好奇地站在道奇车扬起的尘土里使劲看。有些小伙子还骑着马在尘土里追着车跑，一直追出很远才停下来。大家的心情已被看似没有尽头的长路弄得十分焦躁，见到那情形，便振奋了精神，即使车上很难坐稳，也尽量把腰挺起，在满是尘土的脸上绽放出真诚的笑容，露出白牙，向友善的维吾尔族乡亲挥手致意。

一出英吉沙，突然刮起了大风。灿烂的日头突然隐没了，蓝色的天空猛然间变得昏黄，远远地听到了大风的啸叫，然后越来越近，声音也越来越尖厉。紧接着，啸叫声变成了咆哮——像千百头被激怒的雄狮发出的咆哮，又像是黄河壶口从高处倾泻激扬起来的涛声。尘沙轰轰隆隆地迎面扑来，好像一片沙漠兀地站立了起来。天地间一片昏暗。在路边看热闹的人听到啸叫声，大声叫嚷着，惊恐地四下里逃开，转眼间就躲得没了踪影。然后，数米开外就什么也看不见了。车"吱嘎"一声停住，那位在国民党军队中开了二十年汽车、起义后又在解放军部队开车的老汽车兵从车窗里挣扎出身子，朝着不知所措的女兵们大声喊叫，下车，下车！到车子背风面躲着，这是黑沙暴，能把人卷得没影的黑沙暴！

他刚喊完，女兵们就跌进了无边的黑暗中。无数的沙粒像利箭一样扎着她们的脸，大家不敢睁开眼睛，紧抱着头，滚下了车，然后相互拥抱着，躲到了车子的背风面。黄沙灌进了她们的衣服里，汽车被风刮得来回摇摆。一个多小时过去了，沙暴才缓和下来，大家四下里望望，地貌已完全改变，沟渠被沙漠填埋了，农田铺上了一层黄沙，地里的作物再也不见踪影，洼地堆起了沙丘，树上的绿叶已被捋干净，只剩下了光秃秃的枝条。风停后，天上的沙尘还在往地上落。

然后继续往前走，车由两个驾驶员轮换着开，白天黑夜不停。在麦盖提、莎车各留下三名女兵，就只剩下刘月湘和范志群、曾可兰了。三个女兵坐在车上，更加孤单。已是九月底，新疆的天气已变冷。三人把发给她们的毡筒和大衣都穿上。汽车在荒凉的大地上颠了九天八夜，总算颠到了和田。刘月湘觉得自己的身子骨已被颠垮，散落在路上。

刘月湘已经知道自己要去的是赫赫有名的六军五师十五团，知道送她们一起前往的是该团司令部的李参谋。十五团曾在一九四九年十二月初，从阿克苏出发，用十五个昼夜，徒步横穿近八百公里的塔克拉玛干沙漠，解放了和田。

汽车并没有在和田城里停留，又走了一天多，才终于停下了，但她们没有看到城市，也没有看到兵营，甚至连村庄的影子也没有看到，只有一望无际的戈壁荒原，只有头顶褐黄色的天空。李参谋跳下车，说，到了，我们到家了。

到了？刘月湘看看周围，傻乎乎地问道，这是到哪里了？

对，到了。李参谋有些木然地说，同志们都开荒去了，不能欢迎你们了。

三名女兵坐在车上，像泥塑似的，一动不动，她们的头发和眉毛都被沙尘染黄了。她们用满是怀疑的眼光盯着他们。

到了这里，我们就不再往前走了。李参谋望着她们。

范志群说，你不说这是哪里，我们就不下车。

李参谋笑了，难道你们怕我把你们带到这里图谋不轨吗？

曾可兰说，这里鬼都没有，你把我们带到这里来做什么？

李参谋连同驾驶员都咧开了嘴，笑声爽朗，震得身上的尘灰扬起，尘土掉下。好半天，李参谋止住笑，说，这里就是我们的营地，是你们没有见过的地窝子营地，我们整个团机关和直属队都住在地下，看，那里还有一根旗杆。

三人顺着他手指的方向看去，是有三根白杨树绑接在一起的旗杆高高地竖立在旷野之中，旗杆顶上那面红旗已被风撕掉了至少五分之二，剩下的部分也被撕裂了，颜色已被漠风和烈日漂白，偶尔"呼"地被风有力地扯动一下。往地下看，地面的确有无数个黑色的孔洞朝天排列着，像墓穴一样。

风是唯一活着的东西，会突然间旋起地上的尘土。

女兵们看到这些情形，似乎更害怕了，她们相互挤得更紧了些。

驾驶员的眼睛里布满了血丝，已累得说不出话。他们开始上来卸货。三名女兵只好往最里面挪了挪。

一个面色黑黄的驾驶员说，同志，下车吧，可没人能再把你们拉回去。

曾可兰问，难道我们再也回不去了吗？

没人回答她。

曾可兰抱着头，"呜"的一声哭了。刘月湘和范志群也"呜呜"地哭起来。

驾驶员停了手里的活。李参谋显然已不耐烦，赌气地命令道，停下干什么？把东西继续往下扔！

货物很快卸到了女兵脚下，驾驶员像没有看见她们，把她们的行李扔了下去。

刘月湘站起来，抬起衣袖，想把泪抹了，但看到衣袖过于脏了，就不管了，任泪挂在脸上，说，只有不想活命的人，没有活不了人的地方。说完，就站起来，要下车。但她在车上坐得太久了，两腿无力，差点摔倒。她扶住车帮，站了一会儿，然后逶下车来。范志群和曾可兰也先后下了车。

李参谋把手上的灰土搓了搓，没有看她们，说，拿上行李，跟我走。

三个脸上有泪的女兵跟着他。他把她们带到一眼地窝子跟前，指了指，这是你们的宿舍，是可住一个班的，现在只有你们三人，住着很宽敞，先好好休息休息吧。

这其实是一个宽不到八尺、深约一丈五的地下坑道。从倾斜向下的入口进去，正对的是两尺宽的过道，过道右边便是用来做床的一溜两尺高的土台，上面铺着新鲜的芦苇，一看就是刚铺上去的。再无别的东西。看着这个住处，三名女兵傻了，她们害怕地退到了入口，似乎是想退到外面下午的阳光中去。

她们相互拍打着身上的土。

难道这是住人的地方？范志群问。

没有人回答她。

刘月湘进到地窝子里，把行李往铺上一扔，坐了下来。芦苇散发出一种类似稻草的清香。她说，进来吧，他们能住，我们也能。

两名女兵犹疑着进来了。

刘月湘利索地把床铺好。也不管身上的灰尘，马上躺了下去。能躺下来，真是太舒服了，快铺好吧，我们找个地方洗澡去。这身上的灰尘洗下来，我的体重至少能减轻二十斤。

两名女兵一听，立马来了兴致。走走走，现在就洗澡去。

四周空旷、荒凉，新垦的土地还没有播种，还是一片无边的荒野。她们找到了一条水渠。见了水，三人心中顿时痒痒的，看看四周无人，不管三七二十一，脱了衣服就下到了水渠里。她们不知道十月份新疆的水已冰凉，到了水里，顿时感到了刺骨的寒意。三个人尖叫着，一下从水里跳出来，抱着双臂，瑟瑟发抖，但又经不住水的诱惑，再次进入水中。

水虽然冰冷刺骨，但三位少女觉得终于把自己的青春胴体从污垢里剥了出来，那是她们一生中最舒畅的一次洗浴。从水里出来，觉得浑身一下轻松了许多，有一种飘飘欲仙的感觉。

傍晚的空气透明，露出了一角湖色的天空，三个女兵的心情好久以来第一次变得和那天空一样美了。

一杆旗

一路劳顿，刘月湘在地窝子的第一夜睡得格外香甜。一觉醒来，如在梦中。看着从入口漏进来的朦胧天光，一时不知身在何处，当她发现自己躺在地下，她脑子里的第一个意识是，难道我被埋了？然后她听到了从地上传来的哨兵和早起士兵的脚步声，意识到自己是住在地下，她感到太新奇了，她觉得自己和另外两名女兵成了某种生活在地下的动物——她还不知道哪种荒漠动物是生活在地下的。但她知道，故乡已然遥远，这里已是异乡——闻一闻空气中的气息，与老家——包括长路上所有的地方都完全不同，干燥泥土散发出来的土腥味、无处不在的尘土的气味、地下泥土的潮气、风沙的气味、常年没有洗澡的男人的气味、枪油味、战马和驮骡的气味混合成了只有南疆荒漠营地才有的特殊的艰苦气息。

穹隆形的天空在黄昏中显得很低，似乎伸手就可以触摸。由于天空中积满了漠风扬起的沙尘，天空和荒原是一色的，天空好像不是空的，而是悬着同一个荒原。荒原的边沿与天空的边际一片混沌。能被风刮跑的东西——包括一些石头——都被刮跑了，风干净得没有一点颜色，这么大的风从天地间刮过，眼睛却看不见它的一点影子。西边的地平线上隐隐约约可以看见一棵孤独的胡杨，它被风一直按倒在荒原上，被风强暴着，偶尔挣扎着站起来，但很快又被按倒了；那些白色的闪光的碎片是死亡的骆驼的骨架，它们的灵魂不知被大风带到了什么地方；她脚下的戈壁石被数十万年的阳光和风打磨得乌黑，像墨玉一样光滑润泽，渗着油光，反射着夕阳微小的光芒。

弧形的荒原袒露在那里，夕阳的余晖铺在上面，荒原显出了几分柔和，像是为了刘月湘，要把那无边的孤寂和荒凉掩盖住。

三人都分在团部，刘月湘在卫生队任卫生员，学伤病护理；范志群在政治处任图书管理员；曾可兰在收发室收发邮件。三个女兵在那个三千人的团里很是引人注目。她们住的那眼地窝子，一下成了众人瞩目的圣女殿。但刘月湘发现到部队一个半月了，却一直没有给她们发被子。她们都只有各自从老家带来的一床薄被，三个人挤在一起睡，还常常被冻醒。她们提了几回意见，也没有发下来。后来才知道，组织上已有意图把她们介绍给老同志并尽快结婚，所以觉得不用再单独给她们发被子了。

刘月湘开头听到这个说法，还批评别人是胡说，觉得这种事根本不可能发生。当这样的事真正摆在她面前时，她震惊得说不出话来。

给刘月湘介绍的是二营营长陈阿宝，三十一岁，满嘴被旱烟熏得黑黄的牙齿，牙结石把牙缝都填满了。他高大、魁梧，喜欢扎腰带，腰带上随时挂着一把美国柯尔特 M1903 型手枪，说一口陕西榆林话，满嘴粗话中带着一些自己都还没有搞明白意思的术语，官兵们可能更不明白那些深奥术语的意思，所以都觉得他很有水平。他的右腿在保卫延安时受过伤，有点瘸，但他走路很快，来去带风。

刘月湘只见过他一面。他到卫生所来过一趟，说是看病，其实是来看组织分配给他的老婆是个什么样儿。他如一股瘸腿的风一般刮到卫生所，把所有的人快速扫了一眼，发现只有刘月湘一个女兵，憨笑着说，那就是你了？这句没头没脑的话让刘月湘感到莫名其妙，她礼貌地问，首长，你身体哪儿不舒服，需要看医生吗？他哈哈一笑，舒服，舒服，我身体哪儿都舒服！说完，又旋风般地刮出了卫生所。

第二天下午，政治处秦主任把刘月湘叫到了办公室，他客气地请刘月湘坐下后，和蔼地说，今天，我代表组织跟你谈个话。

刘月湘很紧张，不知道他跟她谈话和代表组织跟她谈话有什么不同，以为就是聊聊天，或者是一个领导跟女兵聊天，要避嫌，所以就把"组织"抬出来。

他开始东拉西扯的，问她家里有什么人，到部队后是否习惯。他问一句，刘月湘答一句。谈话的气氛颇为尴尬。主任让他放松些，突然问他对陈阿宝营长的印象怎么样。

陈阿宝是谁?

他就是二营营长，出身好，贫苦出身，一九三六年就参加革命了，能打仗，是六军有名的战斗英雄，横穿塔克拉玛干沙漠进军和田，他的二营一直走在最前面。

报告首长，我来的时间短，我认识的人很少。

你们昨天才见过面的，他到卫生队专门去看过你，陈营长对你的印象很好。

哦，好像是见过，以为他有病，但他并没有看病，风一样来又风一样走了。

他是专门来看你的。

他来看我干什么?

这样吧，我就不绕弯子了，他坐端正了身子，说，组织决定让你们成家。

刘月湘一听，满脸羞红，一下站起来，生气地说，首长，我是来革命的，为了革命，让我上刀山、下火海都可以，让我跟别人结婚的事我坚决不答应!

她说完，转身跑开了。

主任在身后说，你会同意的。

刘月湘带着哭音说，绝不!

范志群介绍给了副参谋长，曾可兰介绍给了三营营长。她们都是利用元旦节会餐的便利结婚的。

因为刘月湘拒绝了组织的安排，政治处主任就批评她晃晃荡荡，鼻子上点灯，只照着自己，看不到别人。她就装糊涂，说，我不知道这些话是什么意思，我只知道婚姻自由，别人不能干涉。主任说，哪有这么多的自由! 在部队，只有命令，没有自由。她说，没有一支军队的首长会命令他的战士与他的军官结婚。主任被她的话噎住了，半晌才说，好吧，我不勉强你，不过明天你要到昆仑山上修新藏公路去，也让你了解了解陈阿宝。她说，只要不让我结婚，让我到哪里去都可以！

刘月湘被送到了距和田一百多公里远的于阗普鲁村，二营营部就在那里，陈阿宝就是这个营的营长。她有些尴尬，只能假装啥都不知道。营长坐在营地的一块石头上，一边把玩手枪，一边抽着自己卷的莫合烟，没有抬眼看她，只是大声喊叫了一声通信员，通信员从一顶帐篷里跑出来后，他吩咐道，把这位女同志安排到西边那顶帐篷，给她准备一匹马，她明天一早上山。

通信员小心地问，就她一个人？

营长深吸了一口烟，吐出来，看了一眼西边辉煌的落日，你说呢？

通信员不敢吭气了。

刘月湘说，首长，我一个人能去。我知道哪些是部队走过的路。但我没有骑过马，我要人先教教我。

营长把枪收好说，通信员，你等会给她讲讲怎么骑马。

通信员立正，很有力地说了声是。

昆仑山

傍晚，通信员给刘月湘教了一些骑兵的基本要领，比如怎么用马鞍、怎么上马、怎么勒马停住、怎么让马跑起来；然后牵着马让她骑，最后放开了缰绳让她骑了好几里路，折腾一番，刘月湘算是学会了骑马。可能是太累，她昨晚睡得很好。次日洗脸时，她记起自己做了一个梦。她梦见了一座覆盖着白雪的高山，白得如果没有灰蓝色天空的映衬，就像没有一样，她一个人在往山上爬，快到山顶时，雪山突然坍塌下来，把她埋在了里面。但那些雪是透明的，她可以看到外面的世界。

通信员牵出一匹独耳老马，说，这马是我们营长从宝鸡一直骑到这里来的，它的那只耳朵就是在打仗时被敌人劈掉的。这马通人性，听话。刘月湘感激地要和通信员握手，吓得通信员黑红的脸变得紫红，赶紧把手缩到背后去了。

刘月湘笑了，说，看你，我又不是老虎！

通信员说，你不是老虎，可你是嫂子。

嫂子？什么嫂子？

通信员知道自己说漏嘴了，连忙否认，我没说别的，只说你不是老虎啊。

我要是愿意听从组织的安排，做了嫂子，我就不用到这昆仑山里来了。

我们知道。

你们怎么知道的？

我们团第一次有了女兵，你想想，你们就是笑一下、哭一声全团马上都会知道的。

没想到我们这么受关注啊。刘月湘上了马，说，谢谢你教会了我骑马，我走了。

记住，沿着最宽的这条车马大路一直走，就会看到我们部队的人。

从营部到筑路工地有近百里路。开始还有零星的绿洲，然后就是荒原，远处是昆仑的群峰组成的灰褐色的齐天高墙，支撑着向东倾斜的浩瀚天穹。刚开始，刘月湘还是有些害怕，她把头发绾进帽子里，装成男人的模样。开始还有骑着马、骑着驴、赶着驴车的老乡，然后就没有人烟了。她顺着那条最宽的路一直往昆仑山里走。

她去的地方属于世界屋脊——一个人类需要永远仰望的高度。她对那里一无所知，只管骑着马往前走。她突然喜欢上了这个没人的世界，喜欢上了这恢弘的旷野和无边的寂静。她觉得自己仿佛进入了洪荒时代，自己是天地间诞生的第一个人类。

随着山势增高，她感觉到某种气势非凡的东西正向她逼来，但即使如此，她也没有感到害怕，感觉自己完全有能力面对。她不知道海拔是多久升高的，直到高原反应使她感到了晕眩。她小心翼翼地来到了云雾与冰雪交融的达坂下。夕阳砸在高处的冰峰和旗云上，圣火般辉煌。刘月湘抬头望，感觉大地从来都不缺大美。正陶醉着，一匹狼突然从旁边的沟谷里蹿出，军马受惊，猛地直立起来，嘶鸣一声，把刘月湘从马背上摔了下来。她眼前冒了一阵子金星，感到胳膊不对头，一看，小臂骨折了。她想，这下完了，这里有狼，我不能让马把我一个人扔在这里。她忍着伤痛，给自己做了简单的包扎，然后不顾一切地冲过去，抓住了马缰。军马惊悸未定，加之她摔断了一条胳膊，怎么也爬不到马背上去。正没办法，忽然听到一阵马蹄声，她赶紧朝那声音喊叫、挥手。一会儿，三个战士来到了她跟前。他们是被派来接她的。他们下马后，给她做了包扎，然后把她托上马，带着她，继续往山上爬。

马一走起来，刘月湘才感到胳膊痛得很厉害，痛得她眼泪直往下掉。

那条公路原是为新疆部队进军西藏阿里修筑的，准备从于阗直达阿里。但后因山高路险，只得放弃，选择了从叶城、穿越喀喇昆仑到达阿里的新路线，即后来的新藏公路。刘月湘去时，老新藏公路已修到了海拔四千多米的地方，高山缺氧带来的呕吐、头痛欲裂加上伤痛使她欲死欲活，但高原反应一周之后就缓解了，伤痛也在慢慢愈合。

那是世界上最艰苦的地方，大家从事的也是世界上最繁重的工作。她一个女兵在那里，很是受宠。战士们都护着她。连长跟她说，你待在这里，就是对士气的鼓舞。

这里充满着一种类似于战斗的情谊，所以，刘月湘宁愿待在这样的地方，也不愿回团部去。

但半年之后，这个连队接到了返回驻地，前往阿尔金山剿匪的命令。

阿尔金山

刘月湘是作为卫生兵参加剿匪部队的，除了药箱，还给她配了武器。五师抽调了三个连的兵力，组建骑兵营，陈阿宝任营长，组建完毕后，在他的率领下，开往若羌集结。当时前往若羌还没有公路，骑兵绕着沙漠，沿着戈壁走。有半个月时间，刘月湘都在马背上，每天风餐露宿，下马后两腿都合不拢，只能叉着两腿睡觉。到达若羌后，整个部队都像是从沙尘中钻出来的，刘月湘一跳下马，就引得一群好奇的老乡前来围观。待她把脸上、头上的灰尘拍打得差不多了，老乡才惊叹道，哦哟，原来是个阳冈子（女人）！阳冈子还去打仗，好威风啊！

若羌是座只有三四百人的小城，没有一条像样的街道，一条三四丈长的巷子是它最繁华的大街，巷子两边胡乱地堆着些土坯房子，好像真是刚刚翻耕过的土坯。街道两边有两家馕铺子、三处卖羊肉的地方，还有几个卖杏干和葡萄干的小摊。他们身上和所卖的东西上全停留着厚厚的灰尘。他们也就在灰尘中招徕着顾客和对顾客微笑,白色的牙齿和淳朴的笑一起在尘土中闪光,每个人都是风尘仆仆的,好像与战士们一样走了上千里路。杏子树下拴着灰溜溜的驴或马,它们的屁股下面,总会有一堆冒着热气的粪便。毛驴那像古代武士冲锋时发出的高亢得过分的大叫声不时响起。

从二军和六军各师抽调组建的骑兵团一千六百名官兵聚集在这里,把这座小城一下塞满了。听到汽车的声音,人们纷纷从土坯房里钻出来看稀奇。大人站在巷子两边,小孩子跟在车后,即使用最慢的速度,车子碾过后腾扬起来的灰尘还是把人、房子、树、驴和马淹没得不见一点踪影。

部队在这里休息了两天后,开始向阿尔金山挺进。骑兵在阔天阔地中行进。太阳似乎把所有色彩都吞没了,只留下眩目的浩浩平沙,直抵阿尔金山脚下。阿尔金山沉默地横卧在塔克拉玛干沙漠南缘,那些拔地而起的险峻峰岭直插云霄,那些峰岭上亘古的冰雪,在阳光下发出晶莹剔透的光芒。

部队要去征剿的是乌斯满匪帮。这个羊贩子生于阿勒泰,是个文盲。一九四〇年落草为寇后,势力越来越大,他在北疆呼风唤雨,为所欲为。在新疆部队的围剿下,一九五一年初,他从老巢北塔山逃窜到了新疆、甘肃、青海三地交界处的铁木里克地区,投奔叛乱的哈萨克胡赛音王爷,密谋卷土重来。刘月湘所在的骑兵团是新疆剿匪部队的主力。

铁木里克地处阿尔金山与昆仑山之间的高山巨谷之间,环境恶劣。刘月湘没想到自己能出没于冰峰雪岭之间,参加真正的战斗,既有些害怕,又感到自豪。

时值严冬,大地一片萧条,太阳冰冷地挂在天上,干冷的风一阵阵从旷野里刮过。即使穿着皮大衣,也难以抵挡那凛冽的严寒,呼出的热气随即在毛发和帽檐上结了白白的一层冰霜,马汗也结成了冰珠,凝在马身上。翻过塔什达塔后,全是冰雪世界,气温零下四十多摄氏度。但部队为了抓住战机,依然前进,十三天后,到达阿拉尔,才安营扎寨。

到达当天,就刮起了可怕的黑旋风。

中午,湛蓝的天空还与雪白的峰峦呼应着,显示出一种寒冷的宁静。突然,天空变得阴暗了,不久就听见了从远处传来的风的呜咽声,随着那声音越来越大,天空也越来越暗,几乎是在一瞬间,风声由呜咽变成了轰鸣,好像惊雷从两列焦枯的山脉间的谷地碾过，好像一切都被它碾碎了，一切都被狂风裹挟而去，了无踪迹，黑夜随之骤然降临。

营地乱成了一团，人在喊叫、奔跑，马在嘶鸣、跳跃，厚厚的毡帐被风掀起，十几个战士要把它拉住，它竟然像鼓起的帆，拖着他们直到一座雪丘下才停下来。一些顺风站着的战士被风扳倒了，刘月湘伏在地上，也被风掀了几个滚儿。每一个人都得抱着头，伏在地上，不然，狂风夹杂的冰雪和沙石就会像利箭一样击中你。

风暴过后，所带的大多数帐篷已找不见影子，最后，部队觉得还是挖地窝子保险。冻土比石头还要坚硬，战备镐挖下去，只有一个毛乎乎的白印子。大家只好捡来柴火，一边烧，一边挖，刚挖鸡窝、脸盆大一个坑，风暴又来了。这次大家已有了准备，听到那种鬼哭魔泣般的呜咽声，就赶快奔向瞅好的背风处，躲藏起来。

这一次的风刮了近一个小时，官兵们伏在那里，待风过后，好多人都冻得站不起来了。

就这样断断续续地在风暴的空隙挖着住处，天黑了，每眼地窝子才勉强能蹲进去两个人。

四五天的骑马行军，战士们已疲惫不堪，刘月湘在马上更是颠得受不了。早就想从马背上跳下来，钻进帐篷里好好躺一躺，没想风暴偏偏作对，像要考验她的意志，叫她不得安生。她被冻得忍受不住，索性哭起来，眼泪从眼眶滚出后，刚滑到脸蛋上，就被冻成了冰珠子。有些直接掉在大衣上的泪也迅即结成了冰。

陈阿宝见到后，不再让她挖，甩给她一件棉衣，叫她披着，让她专门负责往火里加柴火。

不挖好地窝子，人在夜晚就可能被冻死。后来，经过侦察，发现匪徒也盘踞在附近，就又派了一部分人加筑工事。

那场黑风暴整整刮了三天三夜，最后才没趣地停歇下来。风一停歇，马上就闻到了血腥味。乌斯满要给骑兵团一个下马威，趁风暴之时，残酷地屠杀了距骑兵团最近牧场里的少数民族牧工及其家属和孩子，二十多人无一幸存，并抢走了所有的牛羊和马匹。

那天，刘月湘跟着通信员到牧场去，远远看见牧场上空腾起一股烟尘，然后直往西南方向而去，两人觉得不对头，马上报告了团部，团里派出一个连的人马飞速赶到时，牧场已被洗劫一空。

尤为可恨的是，部队把死难者掩埋后，土匪们又把尸体挖出来，把耳朵割掉，眼睛剜掉，皮剥掉，再五花大绑挂起来，使死者备受凌辱。再次把死者埋葬后，土匪又掘出尸体，大卸八块，分尸后甩得到处都是。

但土匪的作恶多端不会长久，一九五一年二月十九日，在骑兵团及甘、青部队的围攻下，乌斯满被活捉。是年四月二十九日，经过公审，乌斯满在迪化被判处死刑。

刘月湘随部队撤回若羌，已是五月底。不久，骑兵团进行整编，说骑兵团没有女兵编制，便把刘月湘调往驻焉耆的六师师部。

和她一起归建的还有配属骑兵团的六师直属骑兵连。一百五十人马浩浩荡荡，从若羌越过塔克拉玛干沙漠，用了十八天时间，回到了焉耆。刘月湘分在师医院，经过战斗的洗礼和锻炼，她已是一名名副其实的护士。

没有想到，她到师部才半个月，又说整编时整错了，骑兵团没有女兵编制，但不是不要女兵。

一位干事找她谈话。他说，我是组织科王干事，根据革命工作的需要，骑兵团需要一名女医生，你愿不愿意回去？

可我是护士。

你回去就是医生了，他强调说，这是革命工作的需要。

虽然同意回去就意味着还将横穿罗布泊，得走那可怕的险途，她还是毫不犹豫地点了点头，说，既然是革命工作的需要，我当然愿意回去。

罗布泊

刘月湘虽已穿越过塔克拉玛干沙漠，但她当时是随骑兵团行进，似乎没有感受到那一千里路是怎么走完的，对自己穿越的是死亡之海也有些麻木。虽然如此，她心里还是知道那征程的艰险。这次要重新穿越，她还是心有余悸。

乌斯满的武装匪徒被打散后，有一些流窜到了南疆一带，那条路上常有流匪出没，王干事叫刘月湘跟随去若羌执行任务的六师一个骑兵排同行，这样，一路就可以保护她。

排长叫邛五福，原在陶峙岳将军的部队当过五年兵，是一个相貌堂堂、英俊魁梧的回族小伙子，骑术超群，是一名名副其实的骑士。他后随陶峙岳将军参加"九·二五"起义，改编为解放军，担任班长，半年后，由班长提升为排长。

队伍第一天在绿洲行进，可以看见远处褐色的群山和铺满新绿的原野，可以看见近处的村庄和农舍，不时还可遇到一些骑手，骑驴牵马的商贩，赶着牛车下地劳动的维吾尔族农民。当天的行程让刘月湘很兴奋，除了不能忍受弥漫的尘土外，她觉得骑着马，在绿洲里穿行挺浪漫的，比起进疆时闷在汽车篷布里好多了。

但第二天的行程就变得艰难起来，绿洲抛在了身后，迎面而来的是一道峡谷。古道夹在山河之间，两边千姿百态的山脊和山峰交错耸立，峰回路转，景象不同，河水的轰鸣声回荡在山谷之间，不时有一棵杨树或榆树站在河岸，目送着流水奔腾远去。骑兵小伙子们的面色开始显得严峻起来，像是马上要准备着临阵冲锋。

之后，除了长天烈日，大漠黄沙，什么都没有了，似乎风都逃走了，扑面而来的是滚滚热浪。人往前走，就像是往火炉中钻。因为热沙灼了马蹄，马总是跳跃着。它们大张着满是白沫的嘴，呼呼喘息，不停地打着响鼻。

没有路，向导是一匹曾多次往返过这一险途的老马。所带的当时的军用地图是陶峙岳将军的部队原来用的，对这一带的绘制很不精确。骑兵们相信这匹老马，而刘月湘则充满担忧。虽然她知道有老马识途这个词，但认为这只是一种带着传奇色彩的说法。特别是后来，由于实在忍受不了大漠的高温，大家改在白天休息，晚上行走，仍然全靠那匹老马带路，就更是担心它会把大家带进绝境里——这毕竟是闻名世界的"死亡之海"啊。

走到第四天，他们看见了一座古城，那是蒲昌城遗址。它掩映在一片胡杨林中，远远就能看到高耸的碉楼。这里在清末是管辖尉犁、若羌、且末一带地方的军事和政治中心。当地人称它为杜拉里古城。总面积十二万平方米，其始建于一八九二年，废弃于一九〇三年，仅驻兵十一年。城墙为泥块夯筑而成，上部有土坯砌筑的堞墙、碉楼，城中建筑仅存败瓦颓垣。清朝政府斥资数十万两白银建筑的这座城池是清王朝管理塔里木盆地东缘地区，实行屯垦戍边的重要物证。但随着清王朝的灭亡，它也最终被废弃了。

第二天，大家奇迹般地听到了水声。排长高兴地说，老马没有带错路，它把我们带到了铁干里克！

当时大家已渴了半天，突然看见了一条河，内心的喜悦可想而知。连疲惫至极的马听到水声，也飞奔起来。而刘月湘却觉得再也动不了啦，她想，即使再坚固的东西，颠簸到现在，也会散架的，她从马背上滚下来，朝河边爬去。骑兵们也是一到河边，就滚下马来，趴在河岸上，狂饮一气。

据说，铁干里克是一个古镇，古镇的遗存是一些城墙的断壁残垣，和一些显然曾是人工种植的红枣树。被沙漠围困着的这个地方，凭借塔里木河的一点余波——它到这里已快被塔克拉玛干沙漠榨干了血液，顽强地与大漠抗争着，保存了一星不朽的绿意。

宿营后，战士们迫不及待地跳进河里，在河水里洗了个澡。刘月湘听不得水声，不跳进水里，就浑身发痒。她趁男兵们睡着后，躲过哨兵，到了河边。明月升起，月光洒在起伏的大漠上，隐隐泛着金色的光芒。一棵胡杨孤立岸边，多半死亡的枝干如虬龙一般，活着的部分枝繁叶茂，则如伴着虬龙飞腾的祥云。河面波光闪烁，流水声使大漠显得更为寂静。刘月湘脱了汗渍斑斑的军装，把自己慢慢渗入河水里。夜晚的河水很凉，但她喜欢河水从皮肤渗入肌肉、渗入骨头、渗入五脏六腑的感觉。她把自己沉入水下，看着月光在水面波动后，照入幽暗的水里，有些波光文在了她的身上。她感觉流水穿过了身体，感觉自己成了流水的一部分，那种感觉真好。数日旅程的艰辛，都一一洗去。她留恋那荒漠流水，在河水中待了很久，才偷偷回到营地。大地为床，蓝天为帐，枕着水声，她做了个梦，梦见自己回到了湖南，正在湘江边慢慢地走，她还梦见了云雾缭绕的衡山，梦见了父母、弟妹和故乡的老屋。从梦中醒来时，看着那轮明月高悬在深蓝色的夜空，遍地月光，静静流泻，更显奢华。

继续前行，河流的气息越来越微弱。始如游丝，继而只余一段干涸的河床，最后则只有沙漠了。塔里木这条大河在与沙漠进行无数次生死决战后，到此为止了。看到这番情景，刘月湘深感恐惧，一条大河尚且如此，一个生命在这沙漠面前简直就跟滴水一般，会很轻易地被耗干。

一名新兵看着迎面而来的无边沙漠，用哭腔对骑兵排长说，排长，能不能不往前走了，或者在这里多停留几天？

排长笑了笑，说，你是害怕了吧，告诉你吧，这个时候，谁都害怕。但我们不能停下，根据命令，我们必须赶到米兰，前面是罗布荒原。往东就是近于干涸的罗布泊和举世闻名的楼兰古城，不破楼兰誓不还，我们是不到米兰誓不还。

大家骑在马上，从四面八方来的阳光像火一样烤着士兵和战马，阳光灼得眼睛发痛。汗水湿透了衣服和马鞍，酷热使战马烦躁得直打响鼻。无论在大漠中走了多长的时间，因为大漠一色，没有任何参照物，所以感觉自己还是在原地踏步。这使本来就十分漫长的道路显得更加漫长，也使这茫茫大漠显得更无边际。

走了三天，还是令人绝望的沙漠，骑兵排带的水越来越少，每人每天最多只能用一军用水壶水。自离开铁干里克，就没有洗漱了。泥尘和汗水使每个人都像古戏中的花脸。衣服上汗水干后凝成的汗碱已白刷刷一层，衣服变得很硬，一动就"呱呱"直响。食物只有由两匹马驮的馕，因为整日被马汗浸着，早有一股浓浓的马汗味了。刘月湘闻到那味儿，就想呕吐。现在，那馕经过二十多人这么多天的消耗，已所剩不多，也得省着吃才行了。

刘月湘连续骑马，大腿和臀部都已磨烂，汗水一渗，钻心般疼。走到最后，由于劳累和缺水，她走着走着，眼前发黑，好几次差点从马上栽下来。

沙是微不足道的，但当它们聚集，就显示了毁灭一切的力量。它使塔里木河在铁干里克一带中止，又让发源于昆仑山和阿尔金山的车尔臣河也在罗布庄附近消失。两条河流似乎是联盟着要走到一起，汇为一体，与大漠抗争，但都是徒劳。沙战胜了它们，把一个无边无际的死亡地域摆在了两条河流的面前。

骑兵们就走在这死亡地域之中。从地图上看，为了赶时间，自尉犁开始，基本上是沿东经八十八度线直插若羌，所以那条路线一直在沙漠之中。

也是第十天的下午，那匹带路的老马走着走着，突然栽倒在地。它不想张嘴，不想抬起眼皮，甚至都不想呼吸了。它的嘴扎进黄沙里，有一边的嘴挂着发黄的白沫。它和人一样想着，与其这样走下去，还不如死掉。其实，它是实在坚持不下去了，它的生命被这九天的行程榨干了。

大家想把它扶起来，但它已没有一点力气。最后，它体现了一匹训练有素的军马的品质，它挣扎着把自己的头支撑起来，指向前进的方向。

然后，它停止了呼吸。

骑兵们纷纷下马，向它默哀。排长拔出刺刀，按照骑兵的规矩，郑重地割下一绺马鬃，放在自己怀里。

马头所指的方向应在托尕木，这里距托尕木应该不会太远。我们先到那里去吧，那里有一些胡杨树和零星的草地，也许可以找到水，运气好的话，还可能碰到牧民。排长声音沙哑地说。

其他马匹也不行了，它们像被沙漠战胜了的俘虏，低垂着头。汗水把它们的马鬃黏结在一起，凌乱地垂在脖子两侧。它们已载不动人，有两匹马不使劲地拉，就迈不动步子。大家只好下马步行。离地一近，更感到灼热。每往前迈动一步，都好像要用尽平生的力气。

水只剩下了排长省下的一壶。他一手拉着战马，一手护着那壶水。虽然他十分饥渴，但他保持着一个骑兵的尊严，不让喉咙发出"咕噜咕噜"的声音，不用舌头舔焦干裂口、冒着血珠的嘴唇。他深陷的、淡蓝色的眼睛里闪着光，他薄薄的嘴唇在不说话时总是紧闭着。

不知离托尕木还有多远？刘月湘用掩饰不住的绝望的声音问排长。

靠双脚走，得一天多。排长说。

刘月湘一听就沉默了，大家都沉默了。只有凝重的脚从沙里拔出，再迟缓地踩进沙里的声音。不时有人把水壶盖旋开，把脖子仰起来，希望里面还有一滴水。当里面连一点湿润气都没有，那人就贪婪地盯一眼排长的水壶。

排长走在前头，当他见大家赶不上他，就会停下来等一会儿，然后又往前走。

刘月湘觉得自己的身体快干了，干得像一张"呱呱"直响的纸，一小阵风，就可以把她刮上天。

刘月湘没有被刮上天，但她走着走着，就觉得自己要倒下去，她扶着马，但天地还是旋转起来，天地以她为中心，旋转、扭结，世界像一个巨大的漩涡，要把她旋到最恐怖、最黑暗的中心。那一轮灿烂得过分的太阳一下子变成了无数个，风车似的旋转着，像一群正围着她狂吠，并要把她撕扯得粉碎的疯狗。她仿佛听见自己呻吟了一声，然后就倒下去了。灼热的沙烫得她直抽搐。

大家围过来，排长取下水壶，给刘月湘灌了一些水在嘴里。然后把她横着绑在马上，让马驮着她走。她不知是多久醒过来的。

排长用冒着火的嗓子对大家说，在即将断水的时候，在沙漠中绝不能停留。多往前走一步，就远离危险十步，多停留一分钟，就多了十分危险。这水要到了刘月湘这样危急的时刻才能饮用。现在……现在……只要是水，不管是自己的尿，还是马尿，都不能浪费，都要喝。这里，只有人尿和马尿是水。大家不要害怕，特别是刘月湘同志，这样的事，对于在沙漠中行走的人来说，是经常发生的。只要到了托尕木，一切都会有了。但我们也许会因为缺少一口水，最后走不到那里。所以，我再说一遍，只要是水，就绝不要浪费。

其实，骑兵们从昨天开始，就一直靠自己的尿解急。排长说完后，大家只管迈着机械的步伐往前走。

刘月湘从马背上下来了，听着排长的话，在心里说，我宁愿死，也不愿喝尿。

馕已干得像百年老陈土，一见火，似乎就会燃起来。嚼在口里，满口是灰，除了马汗味，很难闻出粮食的味道，大家已饿得两眼发直，但没人能咽下那玩意。

天地间只有这支在沙漠里艰难行进的小队伍，他们像是行进在另一个星球上，除了头顶的星空，就只有孤寂。

第二天傍晚，大漠被镀上了一层瑰丽的霞光。排长看见了一株真正的树，那是一棵不知道支撑了多少岁月的，一半鲜活，另一半却已经枯朽的胡杨。循着那棵杨树望过去，还有三棵。他知道，快到托尕木了。

他想告诉大家，但他的眼泪先流出来了。他自己喃喃地说，我们没有走错路，我们没有走错路，老马指引的方向是对的。其实，自老马死后，他的心就一直悬着，现在他终于放心了。他又往前走了好远，待到眼泪擦干了，相信再也没有泪水流出来，才转过身对大家说，同志们，前面有树的地方就是托尕木，我们从死亡之海中走出来了，我们不会葬身大漠了！

大家一听，高兴得纷纷倒在地上，再也不走了，也没人能走动半步了。

托尕木有一个不大的湖泊，一片胡杨林。湖里有很多鱼，战士们捞了一大堆，大家在湖边烧了篝火，吃了一顿烧烤鱼宴，休整了一天，再行军两日，达到了若羌。

克孜勒克

刘月湘躺在帐篷里，闻着浓烈的马粪味、马汗味，想一动不动地躺着，就那样躺上三天三夜。但第二天，她得知，鉴于骑兵团已完成剿匪任务，除一营改编为六师独立骑兵营，继续留驻若羌，清剿残匪，其余部队一律开拔归建。第二天，刘月湘所属二营经且末、民丰返回于阗。

刘月湘费力地跨上马背时，呻吟道，我的天，又得在马上待半个月。

陈阿宝因剿匪有功，已升任副团长兼骑兵营营长，而刘月湘现在是骑兵营文化教员——也就是说，她已经提干了。陈阿宝让刘月湘随营部行进，见她在马背上难受的样子，就把自己的大衣垫在马鞍上，说，这样坐着，你就舒服多了。

营长同志，你不是说，这样影响军容，不允许吗？

你是伤员。

有几个老兵见了，哧哧笑，有人说，我们营长也知道爱惜嫂子了。

刘月湘把目光向那几个老兵投过去，盯着他们，几个老兵赶紧把头转过去了。她把营长的大衣取下来，递给他说，多谢营长同志关心，我没有受伤。

营长把大衣接过来，什么也没有说，走到自己的战马跟前，左脚一点马镫，飞身上马，大喊了一声，出发！

四百余匹战马引颈嘶鸣，一千六百余只马蹄叩击大地，征尘腾起，向西而去。

十三天后，部队到达于阗，但并没有停留，而是直接转向于阗以北、克里雅河左岸的克孜勒克附近屯垦开荒。得到这个消息，部队一下沉默了，马蹄声也没有了力量，变得有些轻飘。

没人说话，刘月湘想听到他们说话，但他们只是机械地一步一步往前走。

怎么都不说话了？有人终于受不了，喊叫道。

走路都够费劲了，哪还有心思和力气说话啊！有人回应。

你们不说话，这路没法走。

大家要营长唱歌。

我就会唱《大刀向鬼子头上砍去》，你们都听腻了。

那也要唱。

营长，鬼子已经被我们砍跑了，不能唱这个，我们营第一次来了女同志，人家又是我们营最有文化的人，你要给刘月湘同志唱个有文化味儿的歌。说这话的是一个脸像是被烤焦了的老兵，大家叫他"鬼脸"。

鬼脸，我这人粗得像戈壁滩一样，哪唱得了有文化的歌啊！营长有些不好意思起来。

哈哈，你们看，我们营长害羞了！另一个叫"老鼠眼"的小眼睛士兵大笑着说。

老鼠眼，你不要扯淡！营长脸上的伤疤变成了紫色，他掩饰着自己的害羞，擂了那家伙一拳，然后像下了决心似的说，那我就整上一首。这是一首流传在这一带的古歌，是我在团部跟政治处的文化干事学会的。我先说说这首歌的来由。说是很久以前，这克孜勒克荒原本是一片绿洲，绿洲里有一个小村子，克里雅河从村边流过，人们用河水种庄稼，养牛羊，日子过得蛮好的。后来塔里木河改道，水源断了，绿洲荒芜了，人们的生活越来越贫穷。有个叫玛洛伽的姑娘，决心去寻找水源，她背着一袋馕和一葫芦水，只身走向荒原。人们等待着，盼望她能和甘甜的流水一起回来。但一年又一年过去了，人们再也没有看到玛洛伽的身影，就知道她肯定回不来了。每年五月，人们看见她走过的地方，会盛开着一丛丛、一簇簇的野麻花，像锦缎一样好看。大家认为那盛开的野麻花肯定是她的灵魂化成的。

鬼脸说，哎呀，我们营长这故事讲得多好，这可是我听到的他讲得最好的一次。这歌好听，可你那公鸭嗓子，恐怕会把这歌糟蹋了。

鬼脸，闭上你的鬼嘴，营长是第一次唱这首歌，等他唱了再评价。

那我唱了啊，吓到了你们我可不管。

营长伸了伸脖子，大漠中便响起了一个苍凉、沙哑而又雄性十足的声音——

哎——

看见白碱黄沙，

　想起了玛洛伽。

　幸福泉找不见，

　只见野麻花。

　如果葫芦里还有一滴水，

　玛洛伽决不会倒下；

　如果裕袢里还有一块馕，

　玛洛伽一定会回到她的家……

他唱完这首歌后，大家有好大一会儿没有说话。有些人是被营长的歌声打动，有些人是为这样一个荒原还有如此动人的传说而惊讶。

然后，大家都唱了歌，说了故事。刘月湘唱了一首苏联歌曲《三套车》。刘月湘唱完这首歌的时候，天已经快黑了。晚霞给天空以及斜在西边的月亮和飘在天空里的十七朵白云都染上了淡淡的胭脂红。沙丘的曲线柔和、舒缓，连绵不绝，也被镀上了一层瑰丽的颜色。偶尔可以看到一丛红柳在晚风中摇晃。

在白天感觉分明的时间现在变得模糊起来。但当太阳再次升起，时间又会变得分明。

气温变化如此之快，清晨的大漠还有凉意，太阳一冒出东边浑圆的沙丘，滚滚热浪就从脚下蒸腾起来。扑面而来的热气令人窒息，没过多久，大漠就成了一个大火炉。

从四面八方来的阳光像火一样炙烤着大家，大家像被放在油锅里生煎的鱼。阳光灼得眼睛发痛。刘月湘仿佛听见自己呻吟了一声，一头栽下马来。陈阿宝把她抱起来，她闻到了他身上浓烈的汗臭味，一下醒过来了，她从他怀里挣脱，踉跄着重新回到自己的战马跟前，但她没有力气再爬到马背上。她突然想哭，她真的哭了。陈阿宝吃惊地看着他，以命令的口吻说，你竟然还能流出眼泪！赶紧擦掉，我们最见不得那玩意。

刘月湘仍没忍住，她抽泣着。

一个叫"豁嘴"的战士为了逗刘月湘高兴，指着一片海市蜃楼，说，不要哭了，你看到了吗？那就是我们要去的地方，我们马上就要到了！

刘月湘真的看见黄沙紧接着浩渺的碧波，岸边是一座高楼林立的城市，那里有匆忙的人群，美丽的花园，气派的广场，被风吹动的绿荫……

看，多么漂亮的城市！另一个战士也说。

大家都向那个方向望过去。

刘月湘擦干了泪，真有一座城市，一座好气派的城市，真是不可思议。

刘月湘好像突然有了力气，她翻身上了马背。

第二天，队伍到达了克孜勒克。这里奇迹般地看到了一个小小的湖泊。这个营就是要凭着这一小湖水，在这里生存下来。

烈日在天，官兵们稍事休息后，正在挖地窝子准备栖身。

刘月湘问营长，我们要驻扎在这里吗？

是的。

原来我们不去那座城市？

营长开始还有些蒙，一回想，他知道她说的是哪座城了。呵呵一笑，说，我们是奉命到这里垦荒，等完成任务，我们就可能去那里。

我昨天没过多久就看不见那座城市了。

被沙山挡住了吧，有时候要天气很好才能看见。反正它会在那里的，跑不掉。

刘月湘还想问什么，天空突然变得昏黄一片，太阳很快就被抹去了。有一种奇怪的声音在远方响起，越来越近，越来越洪大；开始像蜜蜂嗡嗡地叫，继而像波涛涌动，很快就变成了飞机轰鸣，最后变成了大海呼啸。远处的沙丘上，传来几声沙狐忽高忽低、单调凄厉的怪叫声，湖水颤抖着，岸边的芦苇和湖水因为恐惧而瑟瑟发抖。

大家还没明白是怎么回事，突然狂风怒吼，飞沙走石。

沙暴！不知是谁喊了一声。

大家赶紧抱住自己的背包，但还是有行李像纸片一样被刮上了天，转眼间就被沙尘吞没了。

天地顿时陷入黑暗之中，感到风推拥着沙丘，正在移动，脚下的沙漠仿佛突然立了起来，正在向某个地方奔跑。沙子灌得人满身都是……

约莫一个小时，沙暴停止了，整个营的人马都已陷在沙中，涌动的流沙已埋到了部分人的腰上，好多人凡是身上带的，诸如帽子、毛巾、水壶、挎包之类的东西早就没了影子。刘月湘个子小，沙子已埋到了她的胸部，两名战士费了很大的劲，才把她刨出来。一个战士半开玩笑地对她说，你这算是真正地扎根边疆了。

刘月湘的嘴里、衣领里、头发里、耳朵里，凡是能钻进沙子的地方，都有沙子。

沙暴过后，天空很久仍是暗黄色的。沙漠里更热，地表温度达到了摄氏七十余度。一旦赤脚，会烫得人直跳，胶鞋也会被烫得发软。奇怪的是，湖里那些黑压压的蚊子却没有被沙暴刮走，沙暴只激怒它们使它们更加疯狂。战士们新鲜的血液使它们变得贪婪无比。它们不顾一切地扑向每一个人、每一匹马。大家的脸上、手臂上，凡是露在外面的皮肤全被它们叮得惨不忍睹，最后大家只好用衣服把脸包起来，只露出两只眼睛。

大家挖好了地窝子，全营驻扎下来，开始了把荒漠变成良田的梦想。

官兵们整天都是那把巨大的砍土镘，用它没日没夜地挖呀挖呀。手上裂开了口子，砍土镘把上全是血，红的变黑，黑的结了痂，痂上又染血。发的黄棉衣是大号的，袖子长，刘月湘人小，手上渗出的血把半截袖子都染红了。

那时他们每天三点半起床，简单地洗漱之后，干到八点钟吃早饭，然后带上两个玉米饼子一壶水，一直干到晚上十点钟才收工，回来后还要搞政治学习，思想教育，搞完这些，就晚上十二点了。所以休息的时间很少，加之吃的东西很差——玉米饼子硬得能把驴砸死，所以刘月湘总感到困，感到劳累。即使这样，还要唱歌，说话。

冬天开荒更加难受，一是寒冷，冻得人受不了；二是地被冻得像石头一样硬，开垦起来十分吃力，砍土镘挖下去，地上只有一个白印子，把砍土镘弹得老高，震得虎口一阵阵生痛；三是脸和手极易皲裂，最后手和脸上的皮肤变得像哈密瓜一样难看。而冬天也是粮食最紧张的时候，所以就把吃玉米饼改为喝玉米糊。那时的人干活不要命，但饭必须吃饱，那点糊糊管什么用？所以，好多战士干着干着活儿，就饿晕过去了。

刘月湘留着两根又黑又粗的长辫子，但这里连肥皂也没有，没法洗头，头上长满了虱子，最后只好用碱土洗头。那东西蛰得人头皮发麻，她一不做，二不休，就把头发剪了，剪成了个小平头。

那时候每个人都想当劳模。刘月湘也是，她决心先当团劳模、师劳模、军劳模、兵团劳模，再当大了，成了全国劳模，就可能见到毛主席。她还有一个想法，就是当了劳模，组织就不会介绍她和老同志结婚了——虽然她当初拒绝了和营长陈阿宝结婚，但官兵们都觉得她是他的人，把她从六师医院调回骑兵团，似乎也是因为这个。她所有的抗争——去昆仑山筑路、到阿尔金山剿匪——似乎都归零了，现在，她还在营长的麾下。

记得部队到克孜勒克开荒时，团里除了五百多名军人，还有当年一月和四月分配给营里的内地遣犯六百余人。军人和遣犯一起劳动，分不清谁是遣犯谁是军人。其实，军人的劳动强度比遣犯还大，目的也有些相同，那就是"挣表现"。但遣犯的目的更明确，那就是表现好了可以减刑释罪；当兵的则是为了建设新新疆的崇高目标。那种工作强度，那种发自内心的、自愿的劳动，像是把自己当作了一把把被挥舞着的、粗劣的、经久耐用的砍土镘。

刘月湘性格外向，不怕吃苦，再苦都是乐呵呵的，因为留着个小平头，大家都叫她"假小子"，她的大名刘月湘反而给人忘了。一副男同志模样，也给她省了不少麻烦。因为当时遣犯多，那时的厕所是用芨芨草搭的，也就能挡个视线，一刮风，就没了踪影，怕晚上遇到坏人，一个人上厕所，就得去一个班跟着。

一九五二年秋天，营里来了一台马拉收割机，是苏联过来的。那东西虽然靠马拉，在当时已很先进。虽然组织曾让刘月湘跟营长结婚被她拒绝了，后来每次开会，都说她没有扎根边疆的思想。但营长仍对她不错，培养她当了马拉收割机手。

有一次，刘月湘到一个连队去割麦子，连里建了一溜土坯房。连里以为她是男的，就把她安排在遣犯们住的过道里。劳动一天，本来十分劳累，却听到两边屋子里遣犯们脚镣发出的叮叮哐哐的响声，刘月湘心里很害怕。但想着想着，也就呼呼入睡了。

刘月湘睡得正香。教导员来检查工作，见过道里睡着一个人，就问，是谁睡在这里的？

从营里来的收割机手。

怎么能让她住在这里呢，难道你们不知道她是个女孩子？你们这不是把羊送到狼窝旁了吗？

哎呀，教导员，我们还以为她是男的呢。

这太可怕了，太危险了，赶快让她搬到连部去住。

当时的连部也就一间小房子，是连部人员办公兼睡觉的地方。里面挤了好多人，刘月湘再挤进去，里面显得更加拥挤和闷热。加之她是女的，大家都只能穿着衣服睡觉，更是汗流浃背。她那天割了近七十亩麦子——创了马拉收割机割麦的最高纪录，累得不行，不管三七二十一，一躺下就睡着了。

一九五二年，刘月湘评上了师劳模，但由于不愿结婚，说她看不起革命老同志，就把师劳模改成了团劳模。

海市蜃楼

刘月湘到团部开劳模表彰大会的第二天，组织股的夏干事找到她，说政治处侯主任要找她谈话。

主任找她，她不得不去。她很是忐忑地跟着夏干事往政治处走。

政治处仍设在地窝子里，不过土坯房已在建，建好后就会搬进去。

主任在地窝子里一边抽着莫合烟，一边等她。见她进来，主任请她在对面的土墩子上坐下。刘月湘同志，你在剿匪中立了功，在开荒中又被评为劳模，表现很好，值得表扬！

刘月湘站起来说，谢谢首长！

坐下，坐下。你和陈阿宝同志的事，你现在是怎么想的？

我和他的什么事？

不要揣着明白装糊涂，让你去昆仑山修路，上阿尔金山剿匪，到克孜勒克开荒，都是组织安排的，就是想让你们有足够的时间彼此了解，这也是组织对你的关心。

刘月湘一听，愣了好久。首长，我从没有想过这件事，我也没有想过组织会这么安排。

那还不感谢组织？！

我说过，我不会跟他成家，我这么小，都两代人哪。如果首长是跟我谈这件事，我就走了。刘月湘说完，转身就走。

主任在她身后爽朗地笑了，你这个女娃挺犟啊！

主任没有再提这件事。表彰大会结束那天，她在团部碰到营部的副官，她问他干什么，副官说他来买糖的。

还没过年就买糖，今年春节是不是要好好热闹一下？刘月湘一边问副官，一边笑着抓了一颗糖。

副官笑着说，这是喜糖，可不能随便吃。

又给谁配对了？

副官笑而不答。

说说看吧，是谁和谁？

到时候你就知道了。

回到克孜勒克的第二天上午，刘月湘被带到了一眼小地窝子里。全营连以上干部都喜形于色地坐在那里。桌上放着两小堆糖，每人跟前放着一杯水。一见刘月湘进去，教导员就说，欢迎新娘子！接着就是"噼里啪啦"的掌声。

刘月湘一下愣住了。她愣在地窝子门口，要转身退走的时候，已被人推到了陈阿宝身边。

教导员宣布，经组织批准，副团长兼骑兵营营长陈阿宝同志与文化教员刘月湘现在结为革命夫妻，让我们以水代酒，向他们表示祝福，愿他们永结连理，白头到老，早日生下革命后代！

刘月湘不知什么时候哭的，她哭得很伤心，还没搞清是怎么回事，婚礼已经结束。人们完成神圣使命似的，鱼贯而出，把一对"新人"留在了"洞房"里。

地窝子里异常寂静，似乎连尘埃落地的声音也能听见。

陈阿宝的脸憋得通红，这个曾经一百多次冲锋陷阵的男人感到异常尴尬。那么冷的天，他的额头上却冒出了一股股的汗水。是的，对于女人，这个老兵还是个新兵。他不停地抹着额头上的汗水，脚不安地在原地动着。

过了好久，他才鼓起勇气说，刘月湘同志，我们家世代贫农，成分很好，我很早就参加了革命……我这人战争年代是英雄，生产劳动是模范……

刘月湘没等他说完，就打断了他的话。我不需要知道这些事，这跟我没有任何关系！她觉得自己的内心很难受。突然，她不顾一切地冲出了那个地窝子，向着无边的旷野冲去。

凛冽的寒风一阵阵从戈壁滩上掠过，笨重的毡筒使她一次次跌倒。她索性把毡筒脱了，挂在脖子上，脚上只有一双布袜子，她没觉得冷，也没觉得硌脚，只觉得身后有一种强大的、不可违抗的东西在追逼她，她跌跌撞撞地飞跑着，那么快，像荒漠中的一阵风。她呼出的气息喷在脸上、头发上，凝成了冰霜。大半个夜晚的奔跑，使她的一双脚早已血肉模糊，没了知觉。

她没有回头，这时，她突然在泪眼朦胧中看见了一座城池，只见黄沙紧接着浩渺的碧波，岸边是一座城市，高高的楼房，匆忙的人群，美丽的花园，气派的广场，被风吹动的绿荫……

那不是那座城吗？她笑了，义无反顾地向那座城池跑去。

后面的话

纸张脆薄，墨迹变淡，我把折痕小心地捋平顺，把衣鱼咬噬过的地方修补好，突然感觉刘月湘一直在某个地方活着，只是换了个装扮而已——把军装换成了维吾尔族女人的头巾和沙丽。

在骑兵团那份《关于女兵刘月湘同志失踪案的报告》中，我们很奇怪地都认定她是第四种结局：也就是隐姓埋名，过起了别样的生活。我曾去过塔克拉玛干沙漠深处的村庄——有些被大漠隔绝于流沙深处，数十年，甚至上百年与外界隔绝——比如达里雅布依，是二十世纪八十年代石油开发时，才被石油勘探队发现的。我想她肯定是被海市蜃楼所诱惑，在大漠里迷失了方向，然后找不到回营地的路，就在某个世外桃源般的村庄安顿下来，喜欢上了某个维吾尔族小伙子，结了婚，有了一大群孩子。

但她在我的记忆中，永远是当年那个年轻女兵的样子，俏丽的脸型，黑亮深沉的双眸，丰满倔强的嘴唇，略带忧郁的神色……这也是她在很多战友梦里的样子。我们说起她，也都是她当年的模样。

我现在九十多岁了，能够隔着时间之河去打量昔日往事。我知道，在那个特殊的时期，战士们的爱情故事有些特别，并不能用简单的人性伦理去衡量。因为每一种牺牲和付出都是珍贵的。我常为战友们感到自豪，我觉得我之所以活着，就是为了他们。

高干病房的墙过于白，过于洁净，洁净得就如同我们当年的理想。我恍

然看见很多战友从白净的墙里走了出来，英勇的副团长陈阿宝、骑兵排长
尕五福、一张童真圆脸的汪嘉慧……最后走出来的是刘月湘，她走得不快不
慢，一直微笑着，她的微笑显得那么贵气，那么迷人。

　　我望着那面墙，不禁老泪纵横。我支撑着衰老的身体，坐直了身子，用
尽我平生的气力，向他们敬了一个标准的军礼。

如歌军旅

想写这篇小说已有些时日。那些晶莹而美丽的盐使我浑身是劲，盐的动人歌唱无论梦里梦外都萦绕在我的脑间、心间，挥之不去。

一九九二年一月二十五日夜两点整，我便很庄严地决定，要写写他们。

窗外没有月光，边城的寒灯也已稀疏，甜畅的鼾声在凛冽的冬夜里飘荡，枝间的积雪"簌簌"飘落，没有北风。夜，宁静、和平。

有"扑哧扑哧"的踏雪声由远而近，在一个连队驻地前停住了，接着便有位军官在叫："哨兵！"

"到！"

"口令？"

"军旅！"

"回令？"

"如歌！"

军旅如歌！我的心猛地一动。想起吴小宝为陈革命出的诗集就叫《如歌军旅》。我便有了这篇小说的题目。澎湃的创作欲望更难平静，便在这和平的深夜提起笔来。

大沙漠，大日头，大荒凉，
兵们感觉一切梦想都粉碎了

大大的沙漠。

大大的日头。

大大的荒凉。

当近百号兵颠簸了一天一夜，来到这沙漠深处时，才发现这里对于他们意味着什么。

——一切梦想都粉碎了。

近看是起伏的沙丘，远看是失血的驼血，再远看是黄蒙蒙的一片混沌。看看天空，漠色的太阳，漠色的云彩。近百个绿色的兵的到来，却让人感觉不出生机，倒觉得又添了几分荒凉，几分寂寞。

没有一个兵说话。大家愣了好久，才像忽然记起了什么似的，一齐解开裤扣撒尿。每个人的尿都不多。

扣好裤扣，尿已没了影儿，还等不到这液体往沙里渗，已经挥发掉了。

王凯歌拿出温度计，量了量，叫了一声："地表温度七十三摄氏度。"

兵们都围拢去看，都感叹，都骂。

连长冯大山集合好队伍，强打了精神，硬挤出一丝对环境的无所谓，把个一百八十斤重的大个子往队前一撑，讲了几句很实在的话。

"不用说，同志们都知道了，这里，就是我们马上要战斗、生活的地方。有些同志要待一年，有些两年，有些还要在这里待三年。这地方其实也不错，大沙漠，大日头，更主要的是这里有不少盐，这里方圆六十公里蕴藏着二亿六千多万吨盐，这储量，可供全国人民食用一年，按每年开采五十万吨计算，也可开采五百年，我们就是为这个未来的盐业基地奠基的。当地政府从二十世纪五十年代就开始搞，没搞成，这次叫我们当兵的上，我们也搞不成的话，那么，大家想想看，群众会如何说我们？因此，我们只能进不能退！这里环境恶劣，条件很差，活儿也不轻松，因此，大家要做好吃大苦的思想准备。是条汉子，还是个软蛋，到时候就看出来了！好了，现在大家马上去收拾住处，好好休息，解散。"

兵们有气无力地散开。

"是让我们来服兵役，还是让我们服苦役来了？要爷们儿在这鬼地方待三年，没那么容易。"胡强强首先发开了牢骚。

"就是，卖命下苦力就想起当兵的了。"

"当兵的劳力，不值钱，没见扫个大街，都几个连几个连地上吗？"

胡强强的话题一开，大家就你一言，我一语地说起来，把个陈灼强听得冒了火："有啥废话闲了说好不好？有精神劲儿敲盐盖去。"

大家顿时哑然。对这个"元老义务兵"，大家都让着几分。

三下五除二搭好了帐篷，大家便上床躺下了。连长从口袋里摸出一撮莫合烟，卷上，放入口，深深地吸了两口就扔掉了。嗓门儿本来就冒着烟，再一熏，就可以点着了。

连长姓冯名大山，可战士们背地里叫他冯大嗓。他嗓门儿大，大家都说当年大吼三声喝断当阳桥的张飞恐怕也就他那样大的嗓门。但今天，由于好久没喝水，他的嗓门儿再也大不起来了。刚才说话时的每个字音都像被撕成几绺儿几绺儿的，那声音就像在风中飘着的碎纸片儿。

他们连是先遣连，没带多少水，吃的也全是自带的干粮。这是团长有意要锻炼部队在艰苦条件和环境下的生存能力。今年三十八岁的团长在摔打部队方面能狠下心，他从不放过任何一次机会。他把这次挖盐作为一次仗打。但他的十多个连队中，他最看重五连，如果他的这个团是一把利剑，那么五连就是他心目中的剑刃。

兵们开头不相信水会宝贵到这种程度，又不是真正打仗，他们不相信真会缺水。因此，尽管连长一次又一次地强调，大家还是没有节约着用。大多数战士的壶早干了，压缩饼干咽得很是艰难。

陈革命坐到冯连长对面的床上，在口袋里摸了摸，摸出一支几毛钱一盒的天池烟，再摸，已没有了。他就把一支烟折为两段，把带把儿的一头递给连长，点燃后，两人悠悠地抽。

"连长，这地方恶呢。"

"是恶。"

"还有水，刚才收集了一下，只几壶了。"

"坚持吧，让大家看看这水究竟值不值钱。"

"还有家里，听陈灼强说，你收到嫂子的信后，难过呢。"

"他这个犟牯牛，骂过我后，还没找我讲和呢，从哪儿知道我的事，瞎担心。哎，现在顾也顾不上那么多，不如不提，提了心乱。你也休息吧，明天还得靠你们带头呢。"

陈革命便倒在床上睡了。

陈灼强骂冯大山："人家把你当牛使，你还要给自己鼻子上扎根索子……"

陈灼强是一九八〇年的兵。这个团的"元老连长"是冯大山，"元老义务兵"是陈灼强，两个"元老"在一个连队，是应有些故事的。

陈灼强是二排代理排长，壮实得像个石墩，长着一头钢针样的粗黑头发，浓密的络腮胡子，两天不刮，就蹿黑一张脸。他性烈如火，做事快，质量高，雷厉风行。兵们给他个绰号"黑脸钟馗"。他喜欢这个绰号，现在大鬼、小鬼不是没有，能捉住些鬼当然是他希望的，只遗憾自己没那能力。

他是师里的典型，军区的先进，上面想方设法留下他。并非是部队离他不可，而是为了留住这个典型。他上过中央的报纸，在电视里也露过脸，各种荣誉称号一包装箱。可就是没提成干，甚至连志愿兵也没转上。这除了上面要使他更典型外，也与他的牛脾气有关。

他眼里从来容不下一粒沙子。谁不对，他都敢指出，他多次给领导们指出过问题。比如，他得知团里招待客人一下就花了上千元时，他就去了团长办公室，交上了自己的意见书；又如，上面组织考核八连的军事，团里为了得高分，就把其他连的训练尖子充到八连，他又指出了。别人都劝他放聪明点，他说："我是个党员，这种聪明我搞不来。我这脾气也决定了我没治。"

他与连长很少闹矛盾，他服连长。连长当了九年连长，把落后连队带成了先进连队。连长说："只有不好的干部没有不好的兵，再钝的刀只要下功夫都能磨得锋利。"他很赞同连长这个说法。

那是来盐场之前，也就是连长当第十年连长的时候，原报他任营里副营长，他和兵们都满怀期望地等着。结果，等来的是"鉴于冯大山同志上有四位老人，下有腿残儿子，妻子体弱多病，同意该同志转业"的消息。兵们都愤愤不平。

"三连连长当了三年连长，连队三年没达标，还不时出娄子，何功之有，来当我们营的副营长？"

"连长，哪方黄土不养人，回吧！"

连长本人却不想走，跑到团里要求，"到这个连刚抓出了点起色就走，团里又缺干部，让人代理五连的连长，这连搞不好又要滑下去，请团里再留我干一年，干够了十年连长，我一定回。"

陈灼强得知后，去找连长，劝他不看在别人面子上，看在自己儿子面子上，转业回去算了。连长却仍是那几句话。陈灼强的牛脾气就没忍住，像疯子一样，指着连长的鼻子骂开了："冯大山，人家把你当牛使，你还要给自己鼻子上扎根索子。混得这么窝囊，与你同年入伍的，谁不是正营、副团了？一个连长有啥舍不得的？都像你这样待下去，你就是干到六十岁，也还只是个连长。"

战士们要拉走陈灼强，冯大山大吼一声："让他嚷完！"连部门口的白杨树枝被震得颤了颤，几片焦黄的叶子"簌簌"落下。

"好，我就要骂完，你只配做一头任人使的笨牛，你应该是一个独人，你哪配要女人？哪配要儿子？哪对得起你老爹老娘？你是一个冷血动物……"陈灼强还要骂，被几个战士硬架走了。

冯大山立在阳光下，久久未动，他一脸平静，只是那脸上的皱纹特别明显，他红黑的脸上汗水横流。

全连战士除了陈灼强，都不约而同地站在连长面前，他们满含泪水的眼睛安慰着他。有一些小声的抽泣使得冯大山心潮汹涌。小弟弟一样的兵们那祈求和同情的目光使他热泪盈眶，他强忍住不让泪水流出来。在自己的战士面前，他认为任何泪水都是怯弱。一转身，他朝连部走去。

兵们发现，连长的脚步从未有过的沉重。

刚才连长与陈革命的对话陈灼强清楚了，他于是难以入睡。他早就想给连长道个歉，只因那事之后，他就去做自己的"事迹报告"了。挖盐之前才结束，没有机会。看见连长的铺空着，就知道他又在站岗。陈灼强决定去把连长替下来，无意中看见王大河拿了张女人的照片对着一束射入帐篷的月光，在专注地看着，就探过身子，拍拍他："睡吧，小老弟，想开点儿。"

王大河背过脸，无声地哭了。

没有云彩的
月亮，它是多么孤独

月亮徐徐升起，是个圆月。连长一只手叉在腰上，一只手握着下巴，月光把他那张轮廓分明的脸勾勒得更加坚强和刚毅。莫合烟在他手上一直燃着，他没抽，芳香的莫合烟味儿弥漫在夜里。

碧空如海，那轮月匆匆地走。没有一丝云，没有云彩有月亮，再圆再大都让人感到它的孤独。

他躺在微热的沙地上，仰望着，儿子和妻的脸便占据了整个夜空。他只觉得天空中有个声音惊雷般地一阵阵滚过："大山，你回来回来回来——"他看见儿子脸上的每个毛孔都往外流淌着对父爱的渴求，他只觉得天空中有个声音惊雷般落下："爸爸，您在哪里哪里哪里——"

临来队前，妻来信说，儿子冬冬去年冬上学时，由于没人照顾，摔坏了一条腿，没有治好，他想着儿子小小年纪就只能一步一拐地走他的人生之路了。他的父母就他一个儿子，妻子蜻蜓的爹妈就她一个女儿，结婚后，蜻蜓不但要种田顾家，还要照顾四位老人，有了冬冬，还要成天为儿子操心，她一个妇道人家，长年累月没个男人在身边帮助一把……一想起这，他就觉得好愧好愧。他觉得脸上湿漉漉的。

陈灼强走过来时，他没顾上把泪水抹去。

"连长……"

"……"

"难过就哭哭吧，哭了心里好受点。"

连长抹泪。另一只手把就要燃尽的莫合烟吸了一口后，扔掉了。

"原谅我那一回吧，当时我只恨人家都不要良心，就把火发向了你，最应该支持、理解你的人没有理解和支持你。"

冯大山拿出装着莫合烟的塑料袋，很熟练地卷了两支，递给陈灼强一支，点上，说："其实，你骂得对，但很多时候，人这个东西，却让人说不清楚。"

王大河一拳
把陈革命的鼻血给打了出来

第二天起床后，兵们就进入了工地。但这天最大的收获就是在那坚硬如石的盐盖上打出了几十个脸盆大的坑。

胡强强一直躺在床上，口口声声说自己病了，连长让他吃药，他不吃，说自己这种病啥药都吃不好，除非让他离开盐场。

吴小宝干了不到一个小时，满手就长满了大大小小的泡。不久，就中暑晕倒了。之后，又中暑晕倒了三名战士。

收工回来，王大河倒着水壶里的水一边洗脸，一边故意叫着舒服。陈革命上去，一把夺过壶，正准备给他讲点什么，王大河已一拳打在了他的脸上，鼻血顿时泉水样涌了出来。

王大河打了人，把洗脸毛巾往肩上一搭，没事儿样在床上一躺，吹起了口哨。架在左腿上的右脚一翘一翘地打着拍子。

一旁的王凯歌早按捺不住，走过去，一只手把王大河给提了起来："真没数了，竟敢打人，你王大河明知水如此紧缺，为啥还要这样做？"

"老子想这么做，正因为水不多了，才这样做，你'洋芋蛋'要怎样？"

王凯歌一听这话，脖子粗了，满脸涨红，这个谨小慎微、老实巴交的山民儿子这是入伍以来第一次出面管事，他血红着眼，低吼一声："你不给陈革命道歉，老子就捶你！"

王大河从没见王凯歌那个凶恶样子，但嘴上仍硬着："道歉，不会。你放开手，不然，反正是受罪，老子先把你报销了，我判个死刑倒痛快！判不了死刑，劳改也跟这儿差不多。"说完，就要动手，这时，连长过来拉开了王凯歌。

兵们都以为连长要大发雷霆，但他没有，他把王大河审视得低下了头后，让大家休息，就走开了。

王大河受伤的手上，血滴滴答答落下来，溅成几朵灿烂耀眼的花朵

连长冯大山很为昨天晚上的事伤脑筋，胡强强、王大河都是今年才入伍的新兵，就这个样子，搞不好这五连就要栽在他们手上。

胡强强这兵是个谜，自入伍以来就有些反常，啥事情在他眼里都无所谓，像看破了红尘。王大河虽是城镇兵，起先干劲儿还是不错的，但自从接

进盐场的命令不久，就反常了，经常出些风头，闹些事情，发些脾气，昨天他竟给了陈革命一拳，要是碰上别的老兵，不把他个"新兵蛋子"揍出点儿颜色出来才怪呢。

还是陈灼强告诉了他王大河反常的原因。

陈灼强说，昨天晚上他看见王大河看着个女孩子的照片出神，是不是他女朋友跟他有了矛盾。他来盐场前剃光头的原因估计也是因为这。

王大河其实很有些书生气的，打人的事与他似乎根本联系不上，但他竟把比他多当了三年兵的陈革命的鼻血真给打了下来。连长找他谈话，问他是不是女朋友的事儿影响了他，他直言不讳。

他以前一说起白珊珊这个音乐感很强的名字时就幸福万般、眉飞色舞。他有他女朋友的四英寸半身和四英寸全身的彩色照片各一张，他一有空就拿出来看，看着看着就很响地"嗷"地吻一下。

他女友比他大两岁，他说他十六时他现在的女友就跟他好上了，接吻这些还是他女友教他的。虽然如此，这到他二十三岁当兵他们的关系还是发展得不错。他当兵的原因就是因为他腻烦了挣钱的生活，要到部队来尝尝另一种生活的味道，花了点钱，他没费多少劲就把年龄从二十三岁改成了十九岁，之后，没费啥劲就穿了绿军装。

当兵时，白珊珊也没说啥，没想到才半年多，那女人的心就变了。

临来盐场之际，白珊珊给他来了封信，一张三十二开的大白纸上写着让人心碎的洋字：Bay-bay。

更让王大河不能忍受的是，在这两个丑恶无比的洋字下面，毫无感情色彩的白珊珊三个字后面，签有另一个男人铜臭味儿十足的名字：陈万财。

当时，王大河两眼发直，须眉乍立，一脸凶气，咬牙切齿，双拳紧握。良久，他一拳击在门上，那木板竟出现了一个洞，他血淋淋的拳头从那里伸出来，血滴滴答答落在地上。

他没想到自己不当兵，挣钱时白珊珊对他那么好；自己当兵了，不挣钱了她又投入了有钱的陈万财的怀抱。

他剃了个光头，刮得贼亮，有些不知道他因何剃光头的兵就给他取了个绰号——灯泡。

但他仍带着那两张照片，那照片上如歌的白珊珊仍对着他妩媚地笑。只是再无响亮的吻声。有时只有一句骂："陈万财是个什么东西！"

他走不出白珊珊的美丽和妩媚，无论如何，他与白珊珊八年的相爱史中都有许多值得回味的地方。

"那你准备怎么办？"连长在知道了事情的原委后问他。

"准备搞钱，然后把白珊珊从有钱的陈万财手中夺回来。"

"但是这里没有条件挣钱。"

"你准备怎样争取？"

"争取除名，我现在已在努力了。"

"这是一个大男人说的话做的事吗？"

"是。"

"一个大男人为一个女人而自甘堕落那是可耻！"

"不，一个大男人因为是穷当兵的而女人都不愿跟才可耻！"

还没碰上过这样的兵。冯大山有点哭笑不得，又有点不知所措。冯大山知道这个兵的思想问题不是谈一次话就能解决的，等着自己的事情还多着呢。

面对如此的美丽，兵们觉得自己应该做点什么，于是他们便做了

冯大山已明白摆在他这个"挖盐先遣连"连长面前的是什么。

昨天有好些兵吃不下干粮，水也只剩下三壶了。需要完成的任务还早着呢。这三壶水至少还得坚持两天。

早上起床后，谷满仓找到连长说，让他带一个班搞突击，实际上是作个榜样，激发斗志。为节约水，谷满仓昨天没喝一滴水，他的嘴唇干裂，声音沙哑。连长点头同意。

谷满仓的军事技术是顶呱呱的，参加过军区的两次比武，一次亚军，一次冠军。有提干的可能，他因此干劲不减。他带的搞突击的班是他自己一直带着的三班，只要他一声招呼，三班没有哪个战士不跟他走，哪怕是火海刀山。他当这个班的班长当了三年，该班连年立功受奖，是团里的一根标杆、一面旗。

谷满仓是个英武的兵，英武的兵有个俊俏的未婚妻，叫喜鹊儿。这其实不是他未婚妻的大名而是乳名。他说他喜欢这名儿，就叫这名儿，给别人也只介绍这名儿。

喜鹊是一种吉祥的鸟。谷满仓曾说过，他的喜鹊儿一定会带给他幸福和好运。正好大漠深处这个名叫夏孜盖的地方，蒙古语的意思也就是"喜鹊多"。这无疑给了他一种安慰。虽然这里连一只鸟的影子也看不见。但只要一有空，他就往天空望。

在古尔班通古特沙漠的腹地，他一直想否定掉"天上不飞鸟"这个魔鬼般的说法。但他没见天空飘过一片鸟羽。见不着鸟，他就魂牵梦系般挂念他的喜鹊儿。

谷满仓没有把一个关于寻找鸟的梦做完，就惊醒了。惊醒后，他对连长说了带一个班搞突击的话，太阳就已如一团火燃烧在天边。战士们看看东边的天，就变得烦躁不安起来，心中像有猫爪子在抓一样。

这种境况下的人对阳光有一种自然而然的恐怖。

穿好衣服，根本没人去撒尿。

谷满仓带着他班上的十二名兄弟，已经干开了，在清晨的朝霞里，他们的青春身影被朝霞点燃了一般。

此时的大漠，像是被固定了的红色海洋，无比壮阔。那金色的沙浪抹着鲜艳的霞光一排排自天际涌来，使人听到了大海的涛声，澎澎湃湃，气势恢宏。兵们一阵躁动，然后情不自禁地走进霞光，挥镐而战。

是这霞光激动了他们。

面对如此恢宏的美丽，兵们觉得自己应该做点什么，于是他们便做了。

但没有人说话，只有纷杂的打击盐盖的声音。

这种美丽不久便消失了，兵们很快感觉自己掉入了灼灼燃烧着的大火炉里，又好像感觉自己掉进了滚烫的黏稠的液体里，每个兵都感觉阳光就紧贴在背上，这热沉重无比，压得他们喘不过气来。

没有任何人说话，从清晨到中午，大家只是埋着头，尽自己的一切努力干活。也没有一个要提出吃饭，一壶水从一班传到八班，还是满满的。其实，大家又渴又饿，但每个人都以为自己说出了饿字，也就是勾起了别人的饥饿一样。

兵们头脑里的盐放射着动人的光辉，他们看见盐在欢歌和舞蹈。这些想象一直到兵们一个个倒在盐盖上。冯大山拿来个吃饭的小勺子，命令每一个人必须喝一勺水——把一壶水传来传去，他只能如此。

他一个一个挨着喂，兵们的眼里潮潮的，问："连长，你喝了吗？"看连长点点头，才张开口。每个兵都把这水留在口中，但到了喉咙口，这水也没有了。兵们感觉自己整个身体的每个部件都沙漠化了。

喝了水的兵们支撑着继续干活。谷满仓那个班的进度也比别的班没快多少。不自觉地，大家都较上了劲。进度较慢的要数七班，这个连除了三班，就是七班，两个班在团里都叫得响。这个班的班长便是四川兵陈革命。七班长业余时间爱写点东西，曾有几篇小文在《新疆日报》和《人民军队》报上发表。他原来看着这些文字，感觉好极了，每一个铅字都光芒四射。得意之后便赶紧把这些文字复印一份，寄给中学时一个文学社团认识的叫橡树的女孩子。这个女孩在社团办的内部小报上登了不少"探索诗"，社团称其为"诗歌皇后"。

那时，他是怀着崇拜的心情带了自己的作品去拜访这位同龄的年轻女"诗星"的。进那"诗星"的宿舍，却见她一手握烟，一手握笔，双目含泪地吟道：假如有一天／太阳成了跳蚤／我的羽毛成了草……他敲门，她并不反应。她只继续吟道：那么我将吸很多的烟／吸很多的尼古丁／尼古丁美丽无比／无比美丽。好像吟完了，才徐徐转过身，高傲地抬着头说："进来。"陈革命诚惶诚恐地走进去，递上自己的诗稿，她看了看说："这碗饭不是每个人都可以吃的。"然后在纸上龙飞凤舞地写了几行句子：这些金贵的纸／应写上真正的诗句／赠你一把黑色的锄头吧。然后说："还有诗友聚会，恕不奉陪。"下了逐客令。可怜陈革命还真的认为自己不是写诗的料了。

如今，陈革命认为自己在正式报刊上发表了东西。比橡树那小报上的东西好，就特意寄给她，并抄上了舒婷《致橡树》的诗，一同寄去，橡树还真的很热切地回了信，说她正好丢了那首诗，多谢他寄给她。两人的信从那以后，就热烈地通着。

陈革命是城镇兵，党入了，功立了，他本可复员的，但他一听说要挖盐，就申请留下来。说要到那里体验体验生活。他与小白脸吴小宝是这个连的"笔杆子"。

只是，来大漠不久，橡树不再写诗了，她烧了她所有的诗，然后学裁缝去了。

这使革命很感震惊，就准备劝她把"诗歌革命进行到底"。可现在，这封信上还没写，班上的一个兵却病倒了。班里的挖盐进度落在了后面，全班抡圆了双臂也赶不上去了，他急得要死，大骂胡强强是个"脓包"。

可人家有病，不管真病假病、大病小病，现在都只能关怀，体现战友间的温暖。

谷满仓追信追了四十多里，而那封以"亲亲的满仓哥"开头的信只剩下了两个字——"再见"

望鸟成了谷满仓的一种执着的精神寄托方式。虽然这天他这个突击班班长格外累，收工后，他仍坐在那个金黄色的沙丘包上。

临来沙漠前，喜鹊儿给他来了封厚厚的信，他舍不得看，一直揣着。他把这份精神食粮一直储备着。但来了这几天，没见到一只鸟，他决定要看看，可是当他非常珍贵地启开了那信，刚看了句"亲亲的满仓哥"，平静的漠海就刮起了撼天动地的风，他手中的信纸被风撕得只剩下了一只角，其余的被刮上了天。他看着那一星雪白的信纸在被风蹂躏着掠向远方，他跳起来就追。

"谷满仓，你不要……"他没听出是谁在他身后叫了半句，其余的半截话被风刮走了。满是飞扬的黄沙，脚下是移动的沙浪，他如一片在风中颠沛的叶。他不能张嘴，不敢睁眼，只顺着风不要命地狂奔，好像那风卷走的不只是一封信，而是他美丽迷人的喜鹊儿那个人。

风小了，风停了，他睁开眼睛，夕阳早已不在，夜幕四合。这是什么地方？他不清楚。大漠已在四合的夜幕中停止了喘息，偶尔有一小阵残风在四周寂寞地转来转去。没有一缕月光，没有一颗星辰，四周是黑暗无边恐怖的沙漠。

他体味出"世界死了"这种情况的可怖，他急于想看到一点光亮。摸摸口袋，有火柴盒，有火柴！他小心地摸了摸，只有一根！

他有些害怕，他想起应当寻找连队的灯火，然后走回去。但他没动。厚厚的夜幕无边无际，他不知自己跑了多久，跑了多远。他弯下腰，在四周摸索，摸到了一截冰凉的棍子，他的胆子壮了些。他想喜鹊儿的信说不定就落在风停的地方。他坐下来，衣服被汗水打湿了，在夜晚的沙漠里，他感觉到很冷。肚子早已空无一物，肠胃里的响声像山塌了一样。他努力地想着喜鹊儿，以使自己少想些食物，以使自己不睡过去。说不定这地方有狼，睡着了，狼吃了自己，还不知道呢。

他跟喜鹊儿谈了四年朋友了，信也通了上百封，但在信中称他"亲亲的"可还是第一回。这可恶的风还没有让他看成具体内容。喜鹊儿乌油油的辫子，笑意盈盈的眼睛，调皮地上翘着的小鼻子，丰厚滋润的小嘴巴……他回味了千百次，仍回味无穷。

就在这时，他猛然警觉，发现周围有些异常的气氛。全身在不知不觉中起了一层厚厚的鸡皮疙瘩。接着便传来一声凄厉的狼嗥。他往后一看，发现有四只绿莹莹的眼睛在贪婪地、悄无声息地向他逼近。

狼！

他顿时冒了一身虚汗，把棍子用力朝空中抡去，发出呼呼的响声。

那四只绿莹莹的眼睛停在了那里，离他最多三四丈远。

他不停地朝空中抡着棍子。

人和狼就这么对峙着。

谷满仓的脑海中闪着他入世以来这个时候所有能记起的人，他心中涌起一股即将诀别人世的那种悲壮和眷恋。他盼望着天亮，战友快来。

他知道，狼是种狡猾的动物，它们现在不敢进攻你，是因为不知道你的实力。天亮后当它们看见只有一个人时，它们就会对自己发起进攻。

谷满仓在心里说了声："喜鹊儿，你快给我带来好运。"

他的双臂已酸软异常。时间在一秒一秒地流逝。饥饿加劳累已使他眼冒金花。就在此时，他想起了火。野兽怕火。

他用一只手舞着棍子，一只手摸出火柴，可是点燃什么呢？他想起了脚上穿的军用胶鞋，他摸索着脱下一只，又从口袋里摸出废纸烟盒，塞进了鞋子里。

就在这时，他发现周围又多了好几双绿莹莹的眼睛。原来这是一个狼群！狼们血腥的呼吸越来越紧地裹住了他，在他四周涌动。

生死就在此一举。喜鹊儿，你得保佑我把火柴擦燃，把鞋点着。伸出手，试了试有无风后，极小心地擦亮了火柴……鞋子慢慢地燃烧起来。他用棍子举起鞋，权当火把，朝狼群冲去，狼群果真嗥叫着逃遁了。

他这才松了一口气，看看那根所谓的棍子，原来是根人的白骨！

回到刚才那地方，才看清尽是些人和动物的骨架。苍天保佑，他发现那沙中还伸出几块木头，他刨了刨，刨出好几块来，他便把它们点燃，烧起了一堆火。天亮后，他拖着又饥又饿的身子一寸地方一寸地方地寻找喜鹊儿的来信，可除了沙和偶尔一丛骆驼刺，什么也没有。他最后才想到，自己这行为跟"刻舟求剑"差不多。他下了很大的决心，才离开这里。

整个连队兵分数路，终于找到了谷满仓。他追信追了四十多里远，当他晕晕乎乎地回到连队听到战友们说话时，他还不肯相信。

那没被风撕剩下的一角来信中，只有两个字"再见"。他看了，有些惶恐，赶紧给喜鹊儿回信。在回信中，他没讲那一夜的经历。从此，他更加迫切地盼望能在天上寻找到一只鸟。

吴小宝确实是男的

不管怎样，王大河和吴小宝比胡强强好多了。他们两人还都能坚持着去工地。

昨天晚上由于寻找谷满仓，他俩都没睡好觉。吴小宝手上的泡也还没消，一镐下去，十字镐被弹得老高，差点钉在身后王大河那三百瓦的光头上。还没来得及说对不起，"灯泡"已暴跳如雷地蹿在他面前："你干不了就站远点儿，我还不够寿数！"

小白脸吴小宝是个不吃亏的人，但他忍住了，他不想再给连长添乱了。他觉得连长是个真正对得住良心的干部。连里没指导员，副连长因为闹转业没成不愿管事，大小事情全是由连长来忙。他于是忙向"灯泡"道歉："对不起，对不起，我不是故意的，我没想到盐会这么硬。"的确，盐在海水中时，它哪来的硬度呢？但当条件一改变，随着岁月的铸造，这东西也就坚如铁、硬如石，很坚强了。吴小宝在挖第二年盐的时候收获了这句哲理，这句哲理使他成熟了不少。

军营这个简单的地方好怪，十八九岁对于好多人仍是一个不懂事的年纪，但往这军营一走，两三年下来，就成了一个个铁血男儿。

吴小宝他爹妈就他一个儿子，视若宝贝，就取了这名儿。初入伍时，文文弱弱，一副林妹妹的样子。粉白脸蛋，一双弯眉，一对杏眼，一只玲珑鼻子，一张小巧嘴巴。当时，好多兵怀疑他是女扮男妆、花木兰再世。身体复查，才确认是男的无疑。他入伍时刚十六岁，家在某省城，家中很有钱。新兵训练结束，他的脸虽黑了点，但黑中泛红，仍像个女孩。据说他死活要当兵时，他父亲亲上托亲，打听部队的状况，在得出和平时期的部队并非想象中的艰苦后，才让儿子去报了名。他父亲送儿子当兵，有一种孩子闹着要去外婆家玩玩就让他去玩玩、到时不想玩了就回来的心理。但他没想到，他的宝贝儿子一下到老兵连就碰到了到大漠中挖盐的苦差事。

小白脸从"小皇帝"到"少皇爷"，哪握过镐柄？到部队后才正儿八经学会了扫地。新兵时洗衣服，拿钱让别人帮着洗的。上衣每件三元、裤子每条两元，鞋子每双一元。他家里除了今天寄蜂王浆、明日寄麦乳精外，另外每月按时寄一百元零花钱。于是吴小宝一是因为太"林妹妹"，二是因为包裹、汇款太多而成了这个部队的"新闻人物"。

但兵是他自己来当的，即使到了大漠，他也怀着新奇和激动。面对一片荒凉，他还写了几句诗：

面对大漠
我想起稻子
 波波涌来
尽是丰收的温柔

以前没吃过苦的吴小宝起始不知他即将面临的艰辛，现在他才终于明白了。

他为七班赶不上别人而着急，也为胡强强的行为难过。他知道胡强强的病是装出来的，但他没想到胡强强会把那壶里的水全喝了。作为同年兵，他为胡强强感到羞愧。

全连官兵劳累了一天，才喝了三勺水，
而胡强强却把壶里的水全喝了

人是铁，饭是钢，强撑了一天的兵们这顿晚饭吃得很艰难。

连长下了命令，每人两勺水，必须尽可能地多吃些干粮。

但吃了几口后，好多兵就被噎得脖子伸得像鸭脖子一样，吞不下去，只有再吐出来。

饥肠响如鼓，干粮却要往外吐，这种饿滋味不知有多么痛苦。

在沙漠，没有水将意味着什么，兵们终于尝到了。

胡强强这几天拒绝吃东西，费了不少口舌，他就是不吃。陈革命和连长来到他身边，要他无论如何也得吃。"连长，给你明说了，我不会干，你们干的我爷我老子早替我干了，我家祖辈几代都是革命者。"

连长说："你干不干先不说，骂娘骂老子也可以，但你得先吃东西。"

胡强强说："好，我吃，我吃。我有什么不能吃的。给我水！"连长把水壶递给他，把仅剩下的几个驴肉罐头递给他一个。他一边冷笑着，一边用水和着驴肉有滋有味地吃起来。

连长和陈革命对他的这一举动有些震惊。陈革命甚至愤怒地握紧了拳头。只是因为连长的一只手在暗暗地攮着他，他才没有冲上去。

胡强强把一罐驴肉吃完，一仰脖子，便把那水壶中的水喝得一滴不剩。陈革命和连长的心像被刀子捅了一下，揪心地疼。

"胡强强！"陈革命终于忍无可忍，从连长身边跳起来，一巴掌朝胡强强抡去。胡强强用手臂一挡，涎笑着说："陈班长大人，你身为党员，能这样对待群众？"

连长拉住了陈革命，把他推出帐篷。陈革命看看燃烧的天，燃烧的地，蹲在地上，号啕大哭。

其他的兵们目睹了这一切，他们无声地回到自己床上，拿出干粮，一点一点坚持着往肚子里压。

大漠无际。烈日的余晖也灼热无比。不知何时，全连的官兵坐在了陈革命的周围，他们一边强咽着干粮，一边用理解的目光望着他。陈革命更加感动，一感动泪就流得更尽情。

作为一个班长，他多么希望胡强强在连长递给他水和罐头时推让一下，像大家一样，相互爱护、相互关怀，把生留给别人，把苦留给自己，但是……

这壶水全连一天才喝了多半壶，而胡强强吃驴肉本可以不喝水，少喝水的，但他却把剩下的水全喝光了。胡强强哪有一点战友情谊？哪有一点儿良心？他陈革命当兵至今，还从没遇过如此薄情寡义的人。一想到这，他这个班长哪有脸面面对战友？

陈革命被大家劝回床上，强按着躺下，但他怎么也睡不着。

与他脚对脚睡下的胡强强没有鼾声。陈革命知道他也没有睡。

呜呜的尖啸声由远而近，好好的月夜，大漠又起风了。

这个地方留不住一切美丽的东西，
也留不下任何悲壮的痕迹

盐盖仍然坚硬，大部队还要在二十四小时后才能来，水只有一壶了，需完成的任务离团里规定的还很早。

这一壶水由连长保管。一壶水对于正常人算不了什么，而在那时那地，它却比黄金还珍贵。

连长下了命令，全连必须休息。不得再消耗体力。连长下这个命令时，已说不出话，他前几天没喝一口水，加之一连之长，这几天不得不说话，喉咙沙哑得早冒火了。

这个命令是他在沙地上用手指划出来的。

一静下来，才感到热，热得要命。数日来积在身上的灰尘汗垢经汗水一浸，兵们感觉全身像糊了一层厚厚的稀泥。

大家都只穿着"大裤衩"，用手在身上搓，一层层的脏东西从身上搓了下来。

谷满仓说："每个人身上的东西搓下来，可肥一亩秧田呢。"但他说不出来。

王凯歌一边搓着，一边在复习化学，他想考军校，不得不抽一切能看书的时间进行复习。

他发誓一定要考上军校，以此来报答父母，来改变自己和一家人的命运。

那个遥远贫瘠的革命老区，那几间飘摇欲倾的茅草房里，父母病痛的呻吟声终年飘出，那呻吟声蛇一样绕着王凯歌的军旅生活，使他难以轻松、难以安宁。

为了给父母治病，他从没乱花过一分钱。他的津贴除了买牙膏、洗衣粉等极少必不可少的生活用品外，其余的一从司务长那里领出来，就如数寄给家里。每月都寄。入伍以来，从没见过他用过香皂、擦脸油之类的东西。更不用说吃什么零食了。一包洗衣粉，不到一元钱一盒的"两面针"牙膏，他半年都用不完。但家中的困难他从没向连队和战友讲过，很多人不知他的钱干啥了，还以为他吝啬抠门呢。

老天似乎真要与兵们作对，王凯歌看书看得正专心，大家搓污垢搓得正带劲，起了大风，顿时地暗天昏，飞沙走石，帐篷都被掀起来。一些没收拾好的脸盆、水壶、衣服被刮得满天飞扬，霎时就没了影儿。由于吃不进去干粮，饿得弱不禁风的兵们被大风齐扑扑地按倒。

连长把那壶水和上衣拴在一起，挂在帐篷上，帐篷一掀，那衣服被风一刮，带着那壶水一下子跑了几十丈远，连长嘴巴一张，大概是在叫：水！就追了出去。

那衣服由于拖着一壶水，被大风刮起随着沙流贴着大漠往前飞跑，不时被风掀上半空，又重重地摔在地上。连长跟跄着奋力追去，无情的大风把他魁伟的身躯一次又一次按倒。眼看要抓住那壶了，一阵风又掠出好远。后来连长瞅准那壶一次停住，趁大风还没跟上来，就一个饿虎扑食，压在了那壶上面。接着他也就晕了过去。他倒的地方，咯着好大一摊血。随大风涌起的沙浪随即一次又一次地淹没了他，只有那一部分没压住的军装，在风中一直扬着，像一丛在与大风博斗的绿色植物。

战士们扶起连长时，那被鲜血浸染过的黄沙迅即被大风卷去。

这个地方留不住一切美丽的东西，也留不下任何一丝悲壮的痕迹。

因为大家都没有多少力气了，费了很多的劲才把连长弄回了驻地，风停了，才又扯好帐篷。连长这几天操够了心，兵们连拖带扛，也没有醒来。兵们给他喂了水，一勺，两勺……连长慢慢睁开眼睛，看看大家，首先问的是水。这些，兵们都只在革命战争回忆录里或者小说里读过，可在这个时代的兵们却真遇上了，一个个唏嘘不已。

连长咂咂嘴，又看看陈革命手中的水壶，拿过去，把眼睛凑进壶口，对着光亮看了一会儿，问道："你们给我喝水了？"他马上冒了火，指着陈革命咆哮："妈拉个巴子，谁让你给喝的？我问你，你有什么权力动这水？今天，老子先撤了你的班长，出去，出去，滚出……"

连长这么一吼，刚才经过几勺水润的喉咙又干了，没把最后一个"去"吼出来，就咳了起来，直咳得回气艰难，脸红脖粗。连长从没骂过战士，但他今天第一次骂了人。

陈革命一点儿也不觉得委屈，要扶连长躺下，连长阴沉着脸，示意他走。陈革命就坐到另一张床上。他为连长终于喝了几口水而高兴，好像是给连长吃了几大口龙肝凤肉似的。

连长看着那壶，仍气哼哼的，他刚才吼那几句，把嘴唇又挣开了好几道口子，往外渗着血，小白脸递给他毛巾，他没擦，把那血吮入口中。

第二天一早，陈革命感到自己几天没有刷牙`，口臭得很，便想抹点牙膏。这一抹，他顿时跳了起来："伙计们，有水了，有水了。"大家兴奋地围过来，他举着牙膏，说："这东西有水分，可以吃，可以润口，我们出发时，怕来这里不好买，都买了好多嘛。"他说完，拿出饼干，挤一点儿牙膏在上面，开始有滋有味地吃起来。"哈，就这样，就这样，味道好极了嘛。"于是大家纷纷效仿，饼干蘸牙膏，第一次吃了顿饱饭。

连长也很高兴，也吃了不少，吃毕，上来一拍陈革命的肩："真有你四川佬的，好，这算你一功，昨天的处分撤销！"

吃饱了肚子，大家又干开了活。这一上午，任务完成得不错，有些战士口干了，口渴了，就挤点牙膏在口里，沙漠中到处都飘溢着刺鼻的牙膏味儿。

饭是吃下去了，可当晚很多战士拉不出屎，牙膏那点水分毕竟有限。肚子、肠子干得厉害，每个人都感到腹胀，不时地撅起屁股想拉一通。可是用尽了劲儿，也拉不出来。拉不出来比吃不进去难受多了。好在团里规定的任务已完成，大部队明天也该来了。大家也不怕，开玩笑说，这样倒节约粮食。

大部队在次日黄昏浩浩荡荡地来了。团长问连长怎么样。连长报告说，一切按团里的规定办，规定的任务已完成，战士们的肚子都饱饱的，这里还剩了半壶水。报告完，把那水壶递给了团长。

团长接过来，过来摸了摸几个战士的肚子，说："吃得进去拉不出来了，这半壶水肯定有许多特别的意义。"

团长开始向新开进来的五个连队的官兵训话："这证明，我们的五连是经受住了考验的！现在若是遇到上甘岭的那种情况，我们这个连也能坚持住的！"之后，团长一手提壶，一手拿着勺子，自己先喝了一口，然后给每个连的代表倒了一勺，让他们喝下去。

这些代表感到非常荣幸，虽然那水已有些变味。

陈灼强举着"接吾妻蜻蜓"的牌子，如举着一面爱的旗帜

团长把整个部队分成两部分，一部分负责修盐场通往外界的沙漠公路，一部分负责挖盐。劳动加这环境，单调而艰辛。这种艰辛和单调随着时光的延伸而日益加剧。

灰白色的原盐，灰黄色的大漠，白晃晃的日头，天天如此。

兵们便希望有一种精神寄托，而这种沉重的寄托最终落在了女人身上，而寄托的方式就是一封封捎出盐场的信。

谷满仓自始至终地坚持望鸟；

王大河恋恋不舍地看着已属于别人的白珊珊的照片；

十七岁的吴小宝也希望与初中时的一位同学取得联系；

王凯歌在想着如何还了菊菊家那一百元钱，好给菊菊去信。

陈灼强的竹青青与别人结婚后孩子都五六岁了。他现在也是三十一岁的人了，可还没有谈到对象，这使他既伤心又惶恐，暗地里对女人想得很厉害。

竹青青被迫嫁了人后，他听指导员的话，要以事业为重，不能陷入失恋的深渊中。当他看到自己那张逐日衰老的脸和肩上扛着的上士肩章时，着急了，四处撒网，竟网不着"鱼"了。三十一岁还是个兵，每月除了几十块津

贴，啥都没有，哪个姑娘想往他"网"里钻呢？对那些功呀、将呀什么的，有个姑娘说，我嫁给你吃那些行吗？何况，既然那么劳苦功高，你为啥还是一个兵呢？

我无法回答别人。

他憋得受不了啦，有回上面一位首长来检查工作，见了他，问他有啥困难，他竟说："报告首长，我想，我想要个女人！"那首长便严肃了脸，说："你这个样子对自己不利，说话要注意自己的身份，切不可居功自傲，骄傲使人落后。"他也根本不想说那句话，他原是想说，没啥困难，多谢首长关心。但张开嘴后，那句话就不知咋蹦出去了。

他羡慕那些有女人的男人，更羡慕连长，连长拥有那么好的一个女人。他认为连长女人没有哪一点不好，包括那双农村妇女的粗壮大手。一看到连长女人，他就想起连长女人像一穗成熟了的、丰硕的高粱。

其实，他见连长女人是五年前的时候，这五年间，连长女人就来过两次部队，五年前那一次和挖盐临出发前那一次。五年前那一次来，连长要出去开会，不能去接他女人，便给了女人一张照片，让他陈灼强去帮忙接，并告诉他女人叫红蜻蜓。而其实是叫冯蜻蜓，陈灼强没听清楚，把"冯"听成了"红"。他见了冯蜻蜓，也就喊成了"红蜻蜓嫂子"，大家也就这么叫，居然叫开了。连长觉得这名字听着怪顺耳，也没纠正，以后又听吴小宝说这名儿诗意浓得流淌，连长更喜欢上这名儿，也红蜻蜓长红蜻蜓短地叫。

部队驻地比较偏僻，公共汽车很少，陈灼强开了一个大解放去接人。这是他第一次去接一个女人，他心中莫名其妙地产生了许多联想，心中也莫名其妙地颇为激动，他又一次深刻地认识到自己该有个女人了，至少该拥有个对象。想到这里，他停下车，掏出连长给他的红蜻蜓的照片，仔细看起来。这是张四英寸的半身黑白照片。照的技术还不赖，只是照片右下角也许是经常拿的缘故，已没了图像，照片上的人上身侧着，脸却是往正面扭，听人说，女性这样照，可以突出胸部曲线美。蜻蜓嫂脸的轮廓柔和、明丽，发辫油油的，眼睛黑亮，嘴唇丰厚，只是图像明显模糊。他想这大概是因为连长经常把嘴往那儿凑的缘故。连长这人真有意思，他莫名其妙地骂了一句，便也想把嘴凑上去，但他又咒骂了自己这个罪恶的想法，把车飞快地朝汽车站开去。

到了车站，他拿了连长原来用纸箱壳子做的"接吾妻蜻蜓"的牌子，高高举起，其实这里并不拥挤，但他总不能把照片拿在手里去挨个儿对照，凭那照片他也组合不起蜻蜓嫂的模样，虽然觉得自己举这块牌子未必合适。那块高举着的牌子便如一块充满爱意的广告，一下吸引了不少人的目光。

车子一辆接一辆地驶进车站，人们一批批从出口处走出来。走出来的人们首先就注意到了这充满爱意的牌子。有不少女人的目光久久地盯着它，表情复杂。"吾妻蜻蜓"这多么甜蜜的话，那些表情复杂的女人离去时，一脸痛苦，步履踉跄。陈灼强想，这些女人的婚姻一定有许多难言之隐。

陈灼强举着牌子，如举着一面爱的旗帜，所有渴望爱的人们都聚集在他的周围，他拥有无限的爱，如一个富有的国王，毫不吝惜地把爱洒给他们。他想，假如他是在接自己的女人，那将是什么情景，他将名副其实的是爱的拥有者，见到妻子后，他一定要深情地拥抱她，长长地亲吻她。他想，人类的情爱之所以摄人心魄，大概就是因为它一旦喷发，一旦产生真爱，就势不可当。此时，他想起了他过去的对象竹青青，假如他能够早些回去，他一定帮她种着美丽的庄稼，养一群温驯的山羊，在一座黄泥筑成的、盖着黄泥做的瓦、周围种着各种竹子的泥土芬芳的房子里，养一对聪明的儿女。日出而作，日落而息，夫唱妇随……

"接吾妻蜻蜓"的牌子继续高举着，也有一些男人用打量疯子的目光看着他。此时，那个名叫冯蜻蜓的女人也已下了车，她看见了那个牌子，但她迟疑着，因为举那牌子的不是他男人，虽然那人一样地充满渴望、期待和焦急，也同样一脸的神圣，像是在迎接一个庄严时刻的来临。

陈灼强没有注意，他沉浸在对于竹青青的无限遐想中。把他从这遐想中残酷地拖回现实的，是两个无聊的赖皮青年。

那两个赖皮夺了他的牌子，然后毁了它，并满口喷粪，陈灼强忍了又忍，那两人还以为他软弱可欺呢，就更加放肆，陈灼强忍无可忍，就左右各攥住一个家伙的一只手，用力一握，两家伙立刻感觉铁钳钳住了他们，哇哇大叫。"道歉！"陈灼强用低沉有力的声音吼出两个字，那家伙赶忙说："同志，对不起，对不起。"陈灼强就放了他们。两个赖皮一脱手，溜了。

就在这时，有一个女人站在了他身边。她一手牵个壮实的男孩，一手提着个肥大的老式帆布包，满脸关切地注视着他，说："不要计较了，我们走吧。"

"蜻蜓……您来了。"他没有叫嫂。

蜻蜓只点点头。他们在人们艳羡的目光中从围观的人们不自觉地让开的通道里走向那辆草绿色的解放汽车。

人们的目光说:这个军人拥有一个多么漂亮的女人,这女人给他养了个多么壮实的儿子。

连长拥有那么好的一个妻子,可他却不知道珍惜和爱护。

现在他与他的连长来到了这漠海深处,也深入爱情的荒漠深处。

世界和爱情离他们那么遥远,于是他更加清清楚楚地记起蜻蜓嫂的所有一切。

那朵代表"参军光荣"的红色纸花, 也是菊菊给王凯歌的爱的信物

有一件事自入伍以来就困扰着王凯歌,为了能当兵,他送给乡武装部长的一百元"跑腿费",至今还没还。这一百元钱是从他喜欢的本村的菊菊的父亲那儿借的。

这使王凯歌痛苦不已。

菊菊他父亲是他们村出了名的"老抠",要从他那里得到啥东西比登天还难,哪怕是借,更何况那一百块钱是从六十多里外的乡信用社贷的款准备买牛的呢。但一听王凯歌为了前程需要花钱时,菊菊父亲破天荒地慷慨答应了。还死活要留他吃一顿饭。炒了一个山药蛋和一个山药蛋片炒肉。开了半瓶苞谷酒,把他灌得醉醺醺的。王凯歌后来想起这些,仍无比感动。

一百块钱在那山区可是笔不小的钱呢。菊菊爸能借给他,是一万个看得起他。他当时答应到部队领了"工资",就马上还给他,可一拖快一年过去了,这笔钱还是没能还上。他也急,他怕再不给菊菊去个信,菊菊就要被别人提亲了。但他没还钱就写信给菊菊,又怕乡里人说,他向菊菊求亲是不想还那一百元钱。他有两个生病的老人躺在床上,他的每一分钱都寄给了两位老人抓药治病。

他时常想起在菊菊家吃饭,菊菊给他添饭时脉脉含情的眼神。

他记得临别，那个野菊花一样的菊菊，藏在人缝里凄凄地张望，卡车启动的瞬间，才从人缝里冲出来。王凯歌不由自主地向她挥手，菊菊看到他挥手后，也用一条红围巾向他使劲地挥。王凯歌便记起她的村主任父亲让她给全村三名当上兵的青年戴花时，她在他面前低垂头，一脸潮红，颤抖的手老把花戴不上。另两位的花都戴在了右胸上，唯独他的花戴在了左胸上方。他的心就在那鲜红的花下急急地跳动。

王凯歌在车窗旁看着胸前鲜艳的红色纸花，怅然苍凉中又有几份甜蜜和幸福。

他摘下花，嗅了嗅，然后轻轻地抚弄它，他这时发现有一片很明显的花瓣上写着几个醒目的字：

我喜欢你，如果你也喜欢我，请来信，菊。

这几句话使他豪情万丈，但忽然又想哭。于是，他就很自然地哭了，哭得很感人。

他至今珍藏着那朵花，那朵代表"参军光荣"的花，也是菊菊给予他的爱的信物。但他却因为那一百块钱还不起至今没勇气去信。他想，不知道菊菊会多么伤心呢。

那个遥远的山乡，一个清丽的女子，在村头往西北期期艾艾地望啊，望啊。在那崎岖坎坷地通往乡邮电所的山路上，那个清丽的女子一次又一次地往返奔波，但一次又一次地失望……王凯歌一想起这，心里就好痛好痛。

佛子把我化作一棵树
长在你必经的路旁
阳光下慎重地开满了花……

入秋不久，大西北的冬天就来了，随着冬天的来临，陈革命等二十多名老兵也该复员了。

陈革命很恐惧，又很希望这个季节的来临。

在这个季节，是兵们心绪最复杂的时候，他们本应该有一种逃离"苦海"的高兴，但却看不出来。他们干活似乎更卖力，每个人的心中都有一份浓重的依恋之情。

可就在这时，与陈革命由诗友关系发展为恋人关系的橡树来到了部队。团里领导出于多方面的考虑却没让她来这大漠之中。

女性总是一片美好的风景，没有女性装饰的世界，是一个有着严重缺陷的世界。这大漠中的好些兵已半年没见过异性了。团里是怕这个异性的出现，搅乱了军心，更怕有些不理解军人的女青年看了那境况后同男友"吹灯"。因此，只通知陈革命回团里一趟。

忧伤的橡树早就望眼欲穿，两人相见，既惊又喜。没有别的言语，只有两双手久久地紧紧相握。

"你怎么找到这里来的？你为什么不发电报让我接你？"

橡树一听这话，转过身，委屈地哭了。

原来，橡树发了电报，由于发到团里，团里是有车往盐场去就捎去，没有车就搁着。橡树的信和电报都还在收发室搁着。没有回音，橡树还是来了。没人接她，她又在招待所等了四天，她还以为陈革命一直在躲她，看不起她，不愿见她呢。

陈革命便给她讲了自己干的事情，又说了回来的路程。橡树才高兴了，说："革命，我是专门来看你的，因为我太想你，太挂念你，你可得好好陪我，我还有好多好多的话要给你讲呢。"

陈革命转过身，轻轻地把橡树揽入胸前，然后紧紧地拥抱住了她，像怕她跑了一样。他们感觉自己的每一根血管都奔涌着热血，每一个血细胞内都充满了幸福。陈革命说："橡树，我一定好好陪陪你，听你讲好多好多的话，讲好多好多的故事。"

他们久久地紧紧拥抱，面对这期盼已久的幸福，他们都有一种渴望流泪的感觉。于是，陈革命的泪水就滴滴答答落在橡树黑漆漆的头发上，滚进橡树如玉的脖子里，每一滴温热的泪水顺着她的脖子再滑入她的身体，橡树都会一阵阵战栗。她久久不愿动，不愿抬头，陈革命有力的臂膀拥得她呼吸维艰，她只是把头紧紧地贴在陈革命宽厚的胸前，让陈革命的汗味和盐味袭击她的芳心。

橡树心中翻卷着爱的狂澜，使她冲动，产生了一种崭新的渴求。她悠悠地抬起头，伸长了脖子，慢慢地吻着陈革命的泪痕，然后把自己的嘴压在陈革命的唇上，一双动人的有几丝惊疑的眼睛也慢慢合住。

陈革命只感觉自己的肺腑之内顿时充满了一种自己从未体味过的幽香，他的一身筋骨全被幸福所融化。他的眼前一切俱无，只有一轮猩红的太阳从空漠的世界里徐徐升起。他移开自己的嘴唇，小心翼翼地吻干了橡树满眼的泪花后，才重新把自己的嘴唇压在她的唇上。

橡树此时已如一汪柔水，她觉得有一阵腥咸的大风无情地掠过她颤动的心海。那大风似要摧毁海上的一切……

一切都无须再解释。他们商定好了，陈革命复员后他们就结婚。他们这样做也不是一时的冲动，而是感情发展的最终解决方式。陈革命来回只批了五天假，除去往返，他们在一起待了两天多，他们设想了如何建立一个家，甚至想到了要个什么样的孩子。

第四天一早，陈革命送橡树去车站。两人才意识到自己从一场美好的梦中醒来了。两人盼望中的相知相诉还未如愿，梦中的一切美好还来不及品味，就不得不分手了，每往前迈一步，都感觉异常艰难。

"如果部队同意，我想在古尔班通古特的大沙漠中举行我们的婚礼，你同意吗？"橡树在默默的行进中停住步，抬头问道。

"那当然好，我早就这么想过，只怕你不愿意，才没提出来，到时，部队同意了，我就通知你，来接你。"

"不用接，你忙，我自己会来。"

橡树坐在车窗边，用一只手握着陈革命的手："革命，你，你保重，啊？"

陈革命知道自己这个时候千万不能把泪掉出来，就故作坚强地说："为了我们，我们都保重。"

"你能，能给我背那首诗吗？"

陈革命点点头。

佛子把我化作一棵树 / 长在你必经的路旁 / 阳光下慎重地开满了花……刚背到这里，车子开动了。那握着陈革命粗壮大手的小手松开了。变为挥动，挥动。

陈革命也挥着手。口里木然地又背出一句：

朵朵——都——是我来世的——期待。

为了拦住惊马，陈革命牺牲了

老兵复员日期一日日逼近，由于没有一个兵有一套完整的、像样的衣服，所以使连长很犯愁。

汗浸盐渍，肩扛背磨，一套军装穿不了多久就是稀烂，而部队却不增发服装，来这里干活的战士仍然是原来的服装标准。陈革命这位老同志，原来没穿的军装还有些，现在也没一身好衣服了，那天回团见橡树，还是到了团里后，才借的一套衣服。

决不能让战士们这个样子回家。冯大山反映到团里，问能不能给战士们多发一套军装。

结果是否定的。但最后由于各连都有这样的反映，团里研究后，决定想办法。结果给每个连队发了十五套。冯大山一想，能增发十五套也不错了，不够的自己再想办法。他便把自己的积蓄六百二十元取出五百元来，在别的有多余军装的战士处又买了八套，然后又在驻地县城的商店，买了鞭炮、红纸、瓜子、糖果和几束花——团里已同意橡树来部队和陈革命举行婚礼。橡树今天就到，营里让他顺路接橡树去盐场。买了东西后，他就去车站接橡树，接到橡树后，次日便启程往盐场赶。

入冬的大西北到处是毫无生机的灰黄色，而橡树的心中却满是春花绿叶。她一路问连长，还有多远，连长便开玩笑，问她是不是等做新娘等急了。

次日早饭时到达盐场，却见一片死寂，兵们的脸上有难以掩饰的悲伤。连长心中蓦地一沉，直觉告诉他，连里可能出了事，当他走下车，问一个兵时，那兵就掉了泪，却什么也没说。

连长装出一脸平静，回头对橡树说："你先在车里坐坐，我去去就来。"便急匆匆地往教导员的帐篷里走。

走进帐篷，看教导员把自己全罩在"雪莲"烟的烟雾里。他就知道，肯定出了啥事，便急切地问："教导员，是不是出了啥事故？"

教导员点点头，问："橡树来了没有？"

"来了，一路挺顺利的。"

"陈革命为了抢救群众，已牺牲了。"

"昨天，陈革命随拉东西的汽车去县城，想买点东西。买了东西后，正准备搭车往回走。远处一匹拉着车的惊马从公路的一头狂奔而来，车上趴着一个不知所措、惊叫呼喊着的妇女。人们纷纷躲闪，惊马继续朝公路狂奔，而前面，也就是这段路的尽头是一道十多米高的石坎，惊马再往前，肯定会出现危险。情况已万分危急。这时，陈革命朝狂奔惊马扑去，但他没有抓住马缰，只抱住了马的一条前腿，狂怒的惊马拖着他，仍往前飞奔。人们便看见有一道殷红的血迹刷过路面。陈革命抱住惊马未放。在离石坎几丈远的地方，惊马慢了下来，陈革命也松开了手，马的后蹄从他身上踏过，那车轮碾到他身边，不动了。陈革命也再没动。当群众把他抬到医院，他已停止了呼吸。"教导员用低沉的声音简略讲述了陈革命牺牲的经过，眼圈有些红。

"那，教导员，你说咋办？你说这咋办，姑娘满怀喜悦几千里路赶来，她能经得起这保卫祖国头一棒吗？陈革命呀陈革命，你叫我这个连长咋向你的橡树交代呀——"连长冯大山抑制不住悲伤，捶头顿足，泪水横流。

教导员强按冯大山坐下，擦了擦眼睛，说："现在还不是怄气的时候，我跟营长左捉摸右捉摸，认为还是尽早告诉橡树的好。"说完，让冯大山擦干眼睛，说："我们去接她。"

教导员和连长强挂上笑，走出营房，见橡树正兴奋地忙碌着，一边哼着歌，一边往车下搬东西。连长走拢，向她介绍："这是我们教导员。"橡树便伸出手，热情地问教导员好。把橡树迎进帐篷，彼此都不知该说什么好，就都沉默着。于是，到处便没有一点声音，包括所有的兵和整个沙漠。

好久，也没见陈革命来，也没见眼前的首长们提及，橡树就小心翼翼地问："陈革命他是不是有啥任务？"连长、教导员"哦哦"地点点头。她看着他们的神情，似乎感觉了点什么，便说："是不是部队，部队有啥任务，如果我和革命的事影响了什么，我们就先不办，你们不要怕给我讲，我会理解部队难处的。"

这时，添着茶的通信员听了这话，手一颤抖，水一下子冲进了茶杯，溢了出来烫了他的手，手一松，茶杯落在地上，他捡杯子的时候，有泪水滑落下来。他终于没忍住，便伤心地哭了。他捡起杯子，又冲上茶，哭着出了帐篷。教导员用低沉的声音开始对橡树说："陈革命，他光荣、牺牲了。"

橡树一听这话，手中的茶杯落在了地上，砰的一声碎了。她的目光久久地盯住一点什么，忽然扑到教导员膝前："牺牲？您……您是说他……他死了？"她抬起一张蓦然苍白的脸，一字一顿地问教导员，那只紧抓住教导员的手抓得那么狠，好像要把整个手嵌进教导员的肉里。教导员拿出手巾，替橡树擦了泪，点点头，把陈革命勇拦惊马、抢救群众的事又讲述了一遍。教导员感觉橡树手颤抖得越来越剧烈，最后陡然地松开了。橡树感觉从未有过的虚弱，她把头伏在教导员的膝上，两腿仍跪着，像个伤心的孩子，惊天动地地痛哭起来。连长也哭了，教导员也哭了，帐篷内此起彼伏的哭声响成一片。

也不知过了多久，橡树终于止住了哭，她颤抖着，步履踉跄地走出帐篷，漫无目的地朝大漠深处走去。高高的晶莹的盐垛堆得好长、好长，泛着白色的光，一派肃穆。盐中散发着泪一样的气息，盐垛也在哭泣。兵们步履沉重地跟着橡树姑娘。

铅灰的天幕从远方低沉地压过来，辽阔的沙漠蕴满初冬的寒意也压过来。没有风，为什么没有风。天地间一派肃穆。橡树的红色风衣，依垂轻动，如瀑长发无任何飘摆。她走进一处盐池，默默蹲下，用手捞起盐，盐粒徐徐地从指间滑落，忧伤无比。此时，她记起临来部队时收到的陈革命写给她的诗：

> 捧着圣洁的盐粒恭候你
> 让幸福如鸟　飞临
> 盐粒从指缝间滑落
> 如动人的乐曲
> 流过我们甜蜜的心
> 有些咸的亲吻
> 会让我们认识幸福的含义

橡树感到自己那被冰冻的灵魂在奄奄待毙。

这时，战士们已围在了她的身边。吴小宝走到她面前，流着泪恳求："大姐，你就哭一场吧，痛痛快快地哭一场吧，哭了，心里会好受些。"她听了这话，再看看战士们，她好感动，她感到有一阵春风袭过她封冻的灵魂的原野。她忍不住又大声痛哭起来。

那夜有一轮清寒的残月挂在天边，不久就模糊了。

官兵们想着，以后定会有一棵绿色的树立在大漠之中，然后是一片绿色的林，再然后是一片肥沃丰腴的绿洲

陈革命的遗体火化后，橡树把一部分骨灰留在了夏孜盖，另一部分捧回家乡去了。掩埋陈革命留在夏孜盖的骨灰时，寒寒的太阳寒寒的天，寒寒的大漠寒寒的风，寒寒的泪水寒寒的心，寒寒的雪悲伤地飘落。

官兵们用一捧捧金黄的沙掩住了他。那坟垒得好圆好大。好圆好大的坟表面铺着各色戈壁石镶成的五星和八一图案，四周植满了从很远的地方移来的红柳。

橡树走的那天，特意装了一罐原盐，包了一包黄沙带上。

战士们列队目送着载橡树的绿色卡车渐渐远去，起始如一团绿色的风，然后成一片绿色的叶，最后成为一颗绿色的种子，植入大漠深处。

官兵们想着，以后定会有一棵绿色的树立在大漠之中。然后是一片绿色的林。再然后是一片肥沃的丰腴的绿洲。

陈灼强在陈革命牺牲后，心情一直十分阴郁。

陈革命新兵时就是他带的，第二年陈革命当了班长才离开他的班。陈革命说他家起先是农村的，后来转了非，搬进了城里。搬到城里不久就当了兵。他说他们县城很美。他说他们四川无处不美，任何一处都是好风景。他说他们四川出大作家。他说他的理想是当诗人，他写了不少"盐场诗"。他还说他复员后准备挣钱，自费把当兵后写的诗出一个集子，诗集的名字也想好了，叫《如歌军旅》。

但他却走了。他在橡树要来的那几天，整天一脸喜色。陈灼强记得，陈革命牺牲的头天晚上，他还与他开玩笑说，不要采取避孕措施，在这里怀上的孩子吃得苦，心胸开阔，可成志士伟才。陈革命红着脸笑，笑了后说他也是那么想的。然后又说，说不定这个地方数千年来，从没诞生、繁殖过"人"这种生命呢，这样的话，我的小天使可是第一个在这儿种下的"人"！

但现在他却去了另一个世界。这里从此是会有不少生命在此播种、在此

诞生，但谁在这里播种第一个生命就不知道了。凭这里的盐矿储量，可以预测，这里在不远的将来可能会是个现代化的盐城。但这城的基石却只有子弟兵能垫。

兵们原都商议好，要是橡树真怀上后，才让他们回老家。兵们约定要为这个生命举行隆重的祝福仪式。但现在这希望没了。兵们除却悲伤就是惆怅，大家的头脑空荡荡的，全进雾一样的东西，挥之不去。

而橡树又何时才能让心中的悲伤消失，重新面对新的生活呢？陈灼强决定等几天写封信去安慰她。有这个想法的人不止他一人，全连大多数战士都给橡树写去了真挚的信。兵们认为，这样可以支撑她的生命，让她冰凉的心快快温暖。

吴小宝他妈说："你们不就是为了挣钱吗？我们替小宝把钱给了，你们不让他干活，或者我们出高价雇民工，顶他。"

夏孜盖这地方经过千百年的碱化，地表是一层细沙和盐水结成的硬壳，揭去硬壳，下面便是和在水中的原盐。挖盐其实也就是捞盐。主要工具是一个长四米的漏耙，至少盐水有一定毒性，溅到身上，轻者疼痛发痒，重者中毒生疮。

在这种环境下，宣传鼓动工作尤为重要，战士们需要解的思想疙瘩也很多。但指导员一直没配下来，原有一位政治处干事说要下来，可后来一听说这个连要挖盐，那干事迟迟不来了。没人做思想工作，冯大山感到很吃力。他有很多道理心中知道该给战士说，嘴里却倒不出来。他已给团里请示了好几次，都还没作答复。后来，听说那位原准备到他们这个连当指导员的干事也调走了。调走就调走，冯大山其实很怕这个干事下来，他怕那干事做不了战士的思想工作。反倒要他冯大山给他做思想工作。那干事长得白白胖胖，军校出来当了几天排长，对军事一窍不通，后有人找团领导关照，就把他调到政治处当干事，干事又干不了什么事，就供着，多他一个也不很碍事。可升得倒快，三糊弄两糊弄已是正连职了。上面让他到这个连，只是让他"锻炼锻炼"，然后再升。

冯大山想，他必须有一个过得硬的指导员来协助抓连队，便又找人带信回团，要上面马上想办法。

前不久的一件事，已把他搞得太累了。

那事是小白脸的爸妈来到部队看望他们宝贝儿子。两口子先找到团的驻地，留守的战士告诉了他们该如何走，两人便租车赶到盐场。

当小白脸的母亲看到她儿子时，没说一句话，握着儿子长满盐疮的手便哭开了。

哭后，一拉小白脸的手，说："这个兵不当了，走，马上跟爸妈坐车回家！"说完，也不顾连长冯大山的劝解，拉着小白脸就往那辆虽蒙着沙尘却仍然泛着豪华之光的小轿车走去。

冯连长拦住了她，说："你这样做是不对的，吴小宝，我命令你不要跟你母亲走，不然我处分你！"在这个时候，冯大山的话本不该如此生硬，但不生硬的话他又说不出来。

"我儿子还怕你处分？告诉你，一个提着，两个挑着，我儿子是来当兵的，不是来服苦役的。"

"哎，大嫂，有话慢慢说，有意见先歇歇再提，大老远跑这里来，总得坐坐，喝点水吧。"是教导员！冯大山松了口气。

"冯连长，你说话咋就不能轻点？"教导员转过身来假意训斥他，向他使个眼色。

冯大山便走过去道歉："大嫂，的确是，我这人是个粗人，急不得，刚才的态度，请你原谅，是的，既来了，总得坐坐，天也快黑了，这茫茫沙漠，往哪走。"

这样一来，搞得吴小宝的母亲反而不好意思起来。吴小宝早已挣脱了母亲的手，回工地去了。母亲喊了一声"宝宝"，见儿子没搭理她，有些不解，然后往车里望了一眼，车门开了，下来一个四十来岁的男人。待那男人走近，那女人指着教导员和冯大山对他说："这位是首长，这位是连长。"又向教导员和冯大山说："这是吴小宝他爸。"

吴小宝他爸伸出戴着高级手表和金戒指的手要和他俩握手。教导员摊开手，抱歉地说："好，这手就暂不握了，我这手……"吴小宝他爸妈看着那一双手，眼睛直了。那双手不很粗大，但也是满手的盐疮，有些还流着脓，虎口等处有几条皲口，有的好了，有的用线连着，满手是盐末化后的脏印子。

"首长，你也和他们一起干？"吴小宝的妈似乎不相信，又朝那手看了几眼，然后打量起教导员来，教导员浅平头，汗水正顺着那又脏又黑的脸往下淌；脸上有几处经过日晒，还在脱皮；也许是嘴唇裂口了，糊着牙膏；短袖军装的背后划了一道口子；穿着黄胶鞋，挽着裤管。再看看冯大山，也差不多。

"官兵一致，是我们老传统啰，战争年代没有丢，现在就更不能丢啰。我们这些战士中有农民，有工人，有的原来是学生，也有些是高干的子女，大家都得一样干。"

这对夫妇便往那盐池看，兵们有的在抬盐袋，有的挥动着盐耙在捞盐，来来往往，吼吼叫叫，说说笑笑，一片欢腾。他们的儿子也在里面，干得挺欢，好像根本不知道苦累，也不知他们来了一样。

"你们这是在挣钱吧？我们有钱，我们替小宝把钱给了，你们让他不干活，或者我们雇民工，顶替小宝。"吴小宝他妈对教导员说。

教导员听了这话，边示意他们走向帐篷，边说："我们是在挣钱，但是在为国家挣钱，挣钱是次要的，重要的是我们在执行任务，这任务跟打仗一样，如果打仗时，我们可以雇人替自己的子弟去打仗吗？"

"既然是给国家挣钱，我先把这钱付上，你们把这钱交给国家也是一样。"好久未说话的吴小宝他爸开腔了，"首长，我就一个儿子，要是有个三长两短，我挣那么多钱又有啥用？求首长多照顾，这一万元算我小宝三年挣给国家的。不够，您再说，这一千元，给您和连长作关照费。我们得走了，麻烦首长叫人把吴小宝叫来一下，我再跟他说几句话。"

教导员让通信员叫吴小宝来。然后严肃了脸，说："我理解你们的心情，但是，我要告诉你们，你们这种做法是错误的。请你们把钱收好，如你们真要这样也可以，就先问问你们的吴小宝同不同意，如他同意，我们再说。"

吴小宝来了，她母亲拉住他的手，眼圈又红了，说："小宝，你可千万不要出事，千万要小心。你这反正也是在给国家挣钱，我和你爸商量了，决定把钱给交了，你不要再干活。这些东西你自己吃。另外，我们回去，每个月再给你增加一百元的零花钱。"

吴小宝听到这里，猛地挣开母亲的手，把父亲手上的钱夺过来，朝远处扔去，把那几样补品也全掷到地上。掷完了，冲到父母面前，吼道："谁让你们来的？谁让你们来的？回去！回去！你们认为有几个臭钱就能买到一切吗？我以后再不花你们一分钱！"吴小宝鼓着双眼，板着一脸筋吼完，头也不回地朝工地冲去了。

吴小宝的父母呆了。他们站在那里，不知所措。地上的纸票到处都是，在午后的阳光下惊恐地颤动着；那些营养品四处都是，一片狼藉。

吴小宝的父亲怔了很久，去付了那"TAXI"的车费，让司机走了。他与自己的女人坐在沙地上，双目无神，汗水湿透了他们的衣服。教导员让通信员请他们去帐篷坐，他们也不去。

他们在感觉刚才那些兵们的神情。他们在自己的儿子朝他们吼时，兵们鄙夷地看了他们几眼，就干自己的活去了。

他们想不通，自己几千里路，乘飞机、坐汽车，吃了那么多苦，拿钱不让儿子干活儿，他却不愿意，还如此待他们。吴小宝的妈越想越伤心，就又哭了。

奇怪，这部队就是奇怪，一两年，把自己的儿子调教得换了个人似的，吴小宝他爸怎么也想不通，但并不伤心，倒有几分高兴。

教导员找到吴小宝，说："对自己的父母怎么能那个态度，钱和东西通信员帮你收拾好了，你快去，我帐篷里还有个西瓜，你去给你爸妈送去，认个错，道个歉。"

吴小宝死活不愿意，说："现在没那么多闲工夫，活儿干了再说。"

"不去，我处分你，这是我的命令！"吴小宝见教导员黑了脸，磨蹭了半天，才极不愿意地去了。

胡强强把自己的灵魂化作了晶莹的盐

胡强强也许的确没有想到，他初到盐场的表现深深地刺伤了大家的心，除了以后来的新兵和复员已走的兵，他当兵当到第二年，所有的兵们仍不愿理他。

这并不是因为他吃了驴肉罐头喝了半壶水，而是大家看不起他那时临阵逃脱和遇难不前。

那几天下来，除了他，其他的兵们都又黑又瘦、又脏又丑，不少战士的手上、腿上生满了大大小小的盐疮，而他一直躺在床上，待在帐篷里，一直到大部队来，有了水喝、有了吃的，才走出了帐篷。但是，这已使他在官兵心中失去了很多很多。

也许没有一个血性男儿，能看得起一个逃兵。

胡强强也许当时的确没有想到，他的那样一个举动使他在连里一年多没有人去接近他。他终于明白了，军人之间最珍贵的是什么。那不是金银珠宝、吃喝玩乐，而是一种军人特有的品质。不论什么原因你失去了这种品质，人家就会认为你不配做一个兵。

这一直到胡强强把自己的灵魂化作了晶莹的盐，连长把他的骨灰又捧回了连里，大家才理解了他。

那是一次在炸盐时，一共十二炮，响了十一炮，候了一会儿，陈灼强以为那炮哑了，要去排掉，胡强强拉住班长，自己去了。在离那炮还有十多步远的时候，炮又响了，惊天动地的炸响之后，坚硬的盐块冲天而起，四处飞散。在那纷纷下落的盐块、盐末里，胡强强绿色的身体摇了摇，倒了下去。

他在救护车上，在连长的怀抱里，睁开了一直闭着的眼睛。他看着一脸悲伤的连长，嘴往开一咧，想笑一下，但这样轻轻地一动，也使他疼得又晕了过去。他再次醒来时，他很想看着连长笑一笑，他想起连长在他儿子摔坏腿后也是这种表情。连长喊他："强强！强强！"这喊声多么亲切，是父亲的声音。他记起父亲在牛棚里那枯若干草的身躯和充满疼爱地呼喊强强的声音，但从那以后，他再也没有听到这声音却如一片青绿之草长在了他幼小的心田。他静静地听连长一遍又一遍地叫，然后摇摇头，说："水，我带了家乡的……"他说到这里，闭上了眼睛。

胡强强停止了呼吸。

五天后，带着黑纱的连长捧回了胡强强的骨灰盒。到此时，大家才知道，胡强强原来是个孤儿。

人类创造的历史很多时候是给人类开了一些不大不小却让人沉思百年甚至永远值得沉思的玩笑。也许，人类只有这样，才能逐步走向成熟。连长告诉大家，胡强强的曾祖父是太平天国石达开的亲随，骁勇无比，执长刀、跨骏马，南征北战，出生入死，身经百战身未死，最后死在太平天国自己的钢刀之下。他爷爷一九三二年参加革命，一九四九年死在集中营，对革命忠贞不渝。父亲这位从小被祖母带着在革命队伍中长大的后代，最后却因为祖父在集中营的事在"文革"中屡屡受罪致死。母亲昭雪后恢复了职位，胡强强当兵前母亲却因为状告某副县长贪赃枉法，反被副县长牢实的关系网罩住，不得不提前退休，从此郁郁不乐，久而成病，最后逝去。家中还有一妹，高中毕业后，一直安排不了工作，在家待着业。其哥一九七九年二月二十日牺牲在边疆的战斗中。对于家中的革命史，胡强强很少提及，只是曾多次给有关部门去信，请求解决妹妹的就业问题，但杳无音信。

在他走向"哑炮"的时候，他刚探家回来两天。他把他妹送到了香港的亲戚处，大概是解决了这个问题，他的精神比未探家之前好多了。他探家回来没带多少别的东西，只带了两军用水壶水。他出事那天，连长本来让他再休息休息的，他没有。

连里的每个人都喝了几口胡强强的家乡水。兵们倾壶时，神情庄重，一脸悲伤。

凭劳动挣来的钱
何尝不是美丽的，王凯歌
希望每个月能挣上万儿八千

时光在整日的劳作中过得并不慢。初具规模的夏孜盖随着公路的修通，当地政府也迅即开办盐场，一批批民工相继涌来。

他们沿着士兵修筑的这条通往沙漠深处的路，大把大把地挣钱。有几十名从地方雇来的推土机手，他们和战士们一起劳动，收入却比战士高达数百倍，近千倍。他们推一方湿泥沙一元钱，一方干泥沙七角二分。有一个青年，一个月推了近二点五万方，共计约两万一千五百元，除去汽油、伙食、机械维修等费用，一月纯挣一万一千元。就是普通的挖盐民工一月也能挣个千儿八百的。而战士们，除了津贴以外，一分钱的报酬也没有。

凭劳动挣来的钱何尝不是美丽的。那一摞摞人民币一次次在士兵们眼前发出灿烂的色彩。能拥有财富是每个人都企望的。如果不隐讳的话，兵们也不例外。王凯歌有时做梦也在希望自己每月有个万儿八千的。

从王凯歌知事之年起，他就发誓长大后要努力挣钱，做一个有钱人，使全家，使他们那山沟沟里的人都过上温饱日子。因为自他知事之年起，他就发现自己的父母常常为一斤盐钱、一斤煤油钱、几片儿药钱而愁眉不展，以致如今他父母年龄还不到六十来岁，可人已格外老，好像是从五千年前生活至今的人，岁月的沧桑全刻在了他们的脸上。

贫瘠的山乡只能养着终身辛劳的苦难人，现代文明远离着他们，逃避着他们。

王凯歌的父亲从朝鲜战场上立过战功。他父亲上朝鲜战场那一年，刚结了婚，并自信有个儿子，他希望有个儿子。那时，他想，说不定要和美国佬打上二三十年呢，自己如果战死了，有儿子跟着上，虽然朝鲜战场那么艰苦，但他的日子并不难打发，一到战斗空隙，他便想着给未来的儿子取个名儿。他想了至少上千个名字。但只把乳名定了，叫援朝。最后听妻子来信说要生了，他们部队当时打了个大胜仗，唱着胜利凯歌，他灵感一动，郑重地决定，无论生男生女都用王凯歌这个大名，乳名援朝。那小孩生出来的确是个儿子，但没养活，待知道这事，朝鲜战争已经结束，这之后十多年他妻子没再生孩子。直到一九六九年，才又怀孕产子。先后生了一儿一女，儿子仍取他在朝鲜战场上想的乳名和大名。

这个满身伤痕，一到雨天就浑身疼痛难忍的老军人，一回味起自己的战斗岁月，便神采飞扬。也只有那时，才可从他沧桑的面容里读出一丝年轻来。战争给这个铮铮汉子留下了一身病，为治他这病，王凯歌的母亲又累出了一身病。王凯歌决定今年一定要争取考上军校，不然，他将没脸回去。他是他们村唯一的高中生，且成绩优异。他念高中在县里念，两百多里路。他家并没别人家条件好，但别人家的孩子一大了，就不让读书了，让他们回家种庄稼，或者外出搞副业挣钱。就他爸撅着屁股供他。听他的班主任说，他的成绩过了大学录取线，得赶紧跑跑，但他当时没懂得那"跑跑"的含义，他只是想，过了录取钱就能录取，跑它干啥。

他回家把过了录取线的消息告诉了父亲，父亲满是枪弹伤痕的脸就整天挂了笑容，这笑容是王凯歌以前很少见过。他想，不是父亲笑不来，而是那穷苦的山乡吞噬了他的笑。到发榜那天，患病的父亲坚持要与他同路去县城看看，他怎么说也没使父亲改变主意，为了节约钱，父亲与他没坐客车，鸡叫就出发，虽说抄近路，但也有一百多里路。两人心中都装着激动和即将变成现实的希望，因此没感觉出一点儿累。

八月的烈日烤得一座座大山无精打采，但他们父子却精神十足。

赶到县城，一看榜，榜上无名。找到班主任，班主任只怪他为什么不去跑一跑。他爸不理解，问跑什么，班主任说："跑一跑，就是去找找关系，叫主管部门的干部帮帮忙，这样，你的儿子才不会被别人挤掉。"

父亲漠然地点点头。他感觉历史留给他的枪伤出奇地疼，他没能支持住，倒下了。这位在前后近百次大小战斗中负过数十次伤很少倒下的老退伍兵，这次却倒下了。倒下的不仅仅是躯体。从此后，这位坚强的父亲就极少离开过药罐。

学校不让王凯歌交复习费，让他去复读。但当父亲的坚决不同意，却花钱找关系让他当了兵。

临走时，父亲拖着病弱的身体去送他，接兵的卡车启动时，他握着儿子的手说："到部队去要做一个硬种，如果做了官，就做一个好官。"

王凯歌点点头，看着病弱的父亲，他想流泪，但他硬是让泪水没落下来。他发现父亲那脸上交叠的疤痕麦田一样动人。他向父亲和流着泪的妹妹挥挥手，说："爸，我走了。妹妹，家里全靠你了。"

他很喜欢他的妹妹，这个乖巧听话、燕子一样可人的山里姑娘，那时才十六岁，两条羊角辫在她的头两边调皮地排站，那是他昨晚给妹妹梳的，他喜欢妹妹扎那样两条辫子。妹妹的眼睛又黑又亮，水汪汪的，代表了很多的言语。而他可爱的妹妹却只能穿着件粗陋的、补丁累累的蓝底白花的衣服——那是她最好的衣服。

他曾说过，以后挣了钱，就给妹妹买好多衣服，带她去大城市，坐火车、坐飞机、坐轮船。

对于考军校的文化分数他原很自信，但来盐场后好久看不上几页书，那些原本记得很牢的公式、定理也已模糊。他是春季兵，军训时间短，到这里后，又没怎么训练过，他于是就非常担心，非常惶恐。

陈灼强站起来，用冰凉的
手拉开窗户，让风吹进来

　　陈灼强曾痛苦地感受到当典型之累，作为典型，他的一举一动都得维护典型永不变色，以及往这典型中增添新的内容。他本来想协助连长抓一抓老兵退伍工作中的一些事情，却接到了师部的电话，让他马上、迅速赶往师部。他以为有啥要紧事，风风火火颠簸而去，没歇脚，就去了政治部。宣传科告诉他，军报和好几家新闻单位以及军区政治部的新闻干事下来了，要搞典型报道，师里和军区都非常重视，有关领导作了具体指示，要他全力配合记者采访，争取成为全军的典型。

　　他条件反射似的有些紧张。看来，每年都难逃此一"劫"。没有啥准备的，他对这些已经很熟悉了。他每年说的，反正他们也大多不会写，没说过的在报道中却处处可见。只是那些"笔杆子"们每年的宣传角度不一样，他看了那些写自己的报纸后，开头还可以，以后就不知他自己究竟是啥面孔了，好像是个多面人。也不知自己究竟是啥味了，是一锅杂烩汤。他最恼火的是那些文章中出现的"为了部队建设，而放弃了一次次找对象的机会。"以至于有次人家给他介绍一个对象，看了那报道，最后又把他"放弃"了，也就不愿再"浪费感情"。于是报道中又总有那句话："为了部队需要，恋不恋爱，成不成家都没关系。"他可以发誓，他从没说过这句话。

　　去年，有位大报记者采访他，听说他三十岁了还没成家，一边往采访本上鬼画符般地记着，一边惊喜地大叫了好几个"好！"陈灼强听到如雷贯耳，我如此年纪了，还没对象，他大叫什么好呢？莫名其妙了好一阵，然后在心里嘀咕了一句：好个屁！还好呢，说不定一辈子光棍了，爹妈为此急白了头发呢。记者听说他连对象也没找上又大叫了一声："好！"然后边记边纠正，说："不是没找上对象，而是为了部队建设，顾不上找对象。"陈灼强听了，忙又纠正说："的确是找不上对象。"那记者说："那样写不好，还是顾不上找才好些，这可以体现你一心为部队的思想。"之后，记者让他说几件实事，比如哪次给你介绍了对象，你因为没时间回去谈就吹了。陈灼强说："没有这样的事。"记者说："你还谦虚，我已了解了好些人了，你们领导也谈过，好，就不谈了。没顾上谈对象，有啥想法？"他说："想尽快谈一个，我娘都要急疯了，我大弟的孩子九岁，二弟的孩子七岁，三弟的孩子六岁，四弟的孩子也五岁了。"那记者说："这不是你要说的真心话，我知道你是想这样说，'先顾着了部队再说吧'"。好多时候，搞得陈灼强都不知道究竟是他在骗记者，还是记者在骗他了。

他现在只想好好休息一下。在招待所躺下后，又惦念起连队的冬天来了，任务日益紧迫。他牵挂盐场那一个排的兵。这些记者咋就不能去盐场采访呢？听政委说，那些记者今天采访他的侧重点是他在盐场的新奉献。可他们盐场都不去，如何写自己在那里的新奉献呢？

在那盐场的兵，哪个不是在作奉献？哪个又比自己干得少？却没有人写他们。自己却因为曾是典型，就好像每个方面永远都是典型一样。他突然有了一种用偷窃和卑鄙手段占有了战友们什么东西的罪过感。陈革命救了群众后，因为那里太远，没有人去采写他，只是当地区小报发了一则表扬稿：

解放军陈革命英勇救群众

本报讯：11 月 15 日，在沙湾县城南农贸市场附近，一辆惊马拖着一辆架子车，车上坐着一位妇女，狂奔而来，情况万分危急。这时，某部战士陈革命不顾个人安危，抱住了惊马前腿，使一车毁人亡的不幸事件得以幸免。

这则消息发出后，快一年过去了，再没见哪里报道宣传这件事。而自己的一点儿成绩却一遍又一遍地宣传来宣传去。他心里烦得很。

就在这时，他听见了笃笃笃的敲门声，他没动，他感到自己身体的各部件乏得全散在了床上。他感觉自己好像死了。有了这个念头后，他心中一紧，浑身起满了鸡皮疙瘩，他的脑海中就纷纷涌出各式各样的七零八落的人体部件来；这些部件有着各种奇恶、凶狠、变幻莫测的面孔；这些面孔张着血盆大口，扑向他，撕咬他；他挣扎，却无力；他呼喊，却没声。

笃笃笃、笃笃笃、笃笃笃笃……

是鬼的敲门声，是鬼的敲门声，是鬼的敲门声！

　　他出了一身大汗，当他从噩梦中醒来，仍有敲门声。的确有人在敲门。这么晚了，他已知道这敲门者要干什么，但他还是支撑着起床开了门。

　　进来的是军区政治部的新闻干事。陈灼强便知道他是抢新闻来的。他的心里便有怃然之感，但又不得不应付。

　　这干事很年轻，他这次争取了好久，政治部才同意让他来，他刚搞报道不久，想早点弄篇打响的稿件，他把希望寄托在陈灼强身上。他竞争不过那些大报记者，别人有版面，报社既然让他们来采访，就会用他们的稿件，因此，他只有在快与早上赶超他们，那样，才有希望。因此，他就来了个半夜采访。

　　陈灼强也许的确太累，说起话来语无伦次，新闻干事审问式的采访使他很难受。陈灼强想想别人，半夜三更地起来，但他仍提不起精神。他知道，他的事迹报道的前前后后使三名报道员提干、立功，使不少新闻干事升职、获奖，这干事很急，他理解他。

　　但是，当那干事让他谈谈他在挖盐中的感人事迹时，他马上激动了，那一张张饱经风沙的脸，那终年一色的大漠，那高高的晶莹的盐垛，清晰而生动地涌向他的脑海。

　　他把那一切从头至尾地讲了一遍，虽然刚离开大漠，但他却感觉自己好像已离开了那里很多年，像一位终身走着英雄历程的老兵，在垂暮之年回味着他的人生。那份滋味是旁人品尝不到的，那种享受也是旁人所不能得到的。

　　他的心中被一种狂潮激励着。那激励着他的东西充溢着他的全身，他感到自己是一个巨大的容器，如同天空那样的容器。他像是在对着全中国的人讲述那个大漠中、那个本是死寂的大漠中一群普通而崇高的士兵无穷无尽的故事。他感觉不到丝毫的疲惫，他奇怪自己竟有如此好的语言表述能力。

　　他对大漠中的一尘一沙都充满了深情。

　　"唉——"叹息声！竟有叹息声！随后是张大张着的嘴。这舌红齿白的朝天张着的大嘴使陈灼强想到了蛤蟆打哈欠的模样。那模样使他激昂的情绪顿时烟消云散。

　　他有几分失意、惶恐和气愤。他深情的言语戛然而止。伤害使他那张风沙虐待过的脸变得有些狰狞。那位干事一见他这神情，有些恐惧，便低垂了目光，说："离题了，你，你请休息吧。"然后夺门而逃。

陈灼强站起来，看了看窗外，用冰凉的手拉开窗户，让风吹进来。

他看到稍远处有名哨兵像铁桩一样立着。窗外静得没有任何别的声响。

是不是就没有一个人能听他讲这故事呢？他想着人们现在似乎整天都在为自己忙着，忙于搞钱，忙于升官……而忽略了不少洁净的好风景。他后悔自己把心中如此丰富的财富交给了这样一个人，这后悔折磨得他一次次地走过去关上窗户又打开窗户。

他继续失眠。沉重的孤独压迫着他，使他感到自己就像大海深处的一星孤岛。

他不愿再重复自己的动人事迹，刚才那位新闻干事的叹息使他坚定了这一想法。

娘的。他莫名其妙地对着房间骂了一句，娘的娘的娘的……回音在房间里碰来碰去，好久才消失。

有个女人该多好，在此时，他可以把那些事情讲给他女人听。这女人一定会给他生个儿子或女儿，他还可以把这讲给他儿子或女儿听。

于是他又想起了竹青青。其实竹青青姓祝名青，竹青青这名字是他叫的，也只属于他叫。因为竹青青后来的那个男人充满绿色诗意的爱称，那男人没结婚前，叫她为祝青，结婚后逢人便只说我婆娘，两人当着面，他便用"喂，喂"类代替所有的称谓。

这个女人就这样给浪费了。

竹青青对于他，原是一个多么诱人的希望，而那片希望的绿色却让自己给毁灭了。

竹青青已经易主，竹青青归属了她并不愿归属的人。

兵当到第五年，部队为了培养这个战士典型，志愿兵没给他转，因为那样，他就属于别的一个档次的典型了。到第六年的春节，他准备入伍以来的第一次探家。从当兵不久与竹青青相爱，至今已六年多没见面，他们彼此都对见面渴望得要命。更主要的是双方商定好这次回去结婚的。但由于部队刚报上他的先进事迹材料，材料中有"为了部队工作，至今没谈对象，六年未探家。今年，他原准备回家看望年老的父亲，但考虑部队工作脱不开身，便又放弃了……"等事迹，上面让他坚持坚持，以后再回，他也就不得不再坚持了。

可就是坚持，使他失去了他的竹青青。

他记得团里不同意他探家的那天晚上，他做了一个梦，没想那梦竟应验了。

初春的故乡新绿满眼，春节的余味仍在山乡悠长悠长地荡。春阳如一位慈祥、仁爱的母亲，让地球上的万物在欲睡欲醒的环境中成长。祝青青和陈灼强相依在一块茸茸的草坪，草间缀着星星点点黄色、白色、红色的小花，有几只小昆虫在花间、草间飞来飞去。沉寂一冬的鸟儿们也在四周密不透风的杂树棘间为他们欢跳、歌唱。

偌大的山林，林涛声一阵紧似一阵地拍击着阳光、鲜花、芳草和虫鸣、鸟歌。

他梦见了他和竹青青都变成了蓝羽的鸟，在那青绿的草间、五彩的鲜艳花朵间嬉戏。忽然刮来一阵狂风，一只看不见面容的兽的巨嘴叼起竹青青，闪电样遁去了。

不久，他便听到了他二十四岁的竹青青在父母的强迫下嫁了人的消息。

那个梦至今仍牢牢地扎在他的记忆里，陈灼强用拳头一擂招待所微凉的墙壁，还没体味出这一擂是否痛苦时，起床号就响了。

他便又擂了一拳墙，墙不动，自己的拳头却渗出血来。

这一天，他不知给那些记者们说了些什么，但他记得自己曾一次又一次地谈起大漠中的战友，一次又一次地被记者们以"与主题无关"而打断。一夜未曾合眼，他早想躺一躺了。谈了一整天，他口干舌燥。吃过晚饭，他没去招待所，而是去一个战友处找了个歇息的地方。这一夜他睡得格外好，并出奇地梦见了橡树。

橡树用颤抖的手
把那支吹灭的蜡烛重又点燃

陈灼强的的确确是梦见了橡树而不是竹青青。

他梦见自己用笨拙的舌头一丝丝舔去橡树又厚又重的悲伤和忧郁。舔啊舔啊，自己又累又乏、又饥又渴，橡树终于有了一丝欢愉，大概是作为报答，橡树用她动人的小嘴轻轻地吻了一下他的额……

他想起这个梦，又想起陈革命，心中便生出一份愧疚之情，觉得自己做了件对不住战友的事。日有所思，夜才有所梦，他仔细检讨了自己的所思所想，发现自己对橡树的确挂念得太多。被橡树对陈革命的真情一直深深感动着。但为什么要做这样的梦，为什么不梦见陈革命与橡树在一起幸福地漫走，欢乐地谈笑，难舍难偎地相依相偎呢？他便仇恨自己。

从师部回来，他买了草纸和香，陈革命的周年祭日就要到了。

在陈革命的坟前烧了草纸，点了香，他想，假如他不牺牲，他一定有个小宝宝了呢。可他又马上想起了自己做的梦，又感到很愧疚，"老弟，我没有别的什么，我只是太为你挂念你的橡树，太为橡树对你的真情而感动，一个当兵的，能碰上她，你有幸，你也该瞑目了……"

那一晚上，没有一个兵不感动呀。

那天晚上，橡树按原计划举行了婚礼。痛哭之后，她便回来梳妆，特意地打扮了起来，还穿上一件特意带来的婚纱服。陈革命的遗体就放在一边。婚礼开始时，她强装了幸福的欢颜，对官兵们说："新郎陈革命因为执行任务，不能回来参加婚礼，我理解他，就办个没有新郎的婚礼吧。"她的声音出奇地平静，表情恬和，使她有一种特别的、超凡脱俗的庄重和美丽。而愈是如此，愈让人感动，愈让人心碎。

没有一个官兵吃出这一晚上喜糖的滋味。

这一夜，她守在陈革命的身边，用温柔而悲伤的目光注视他的遗容。帐篷内燃着烛火，跳跃的橘红色烛光使陈革命的脸生动起来。她俯着头，注视着他，她多么希望陈革命只是因为太累了，在休息。或者只是今天的婚礼上，战友们劝他多喝了酒，暂时醉着，没有醒来。自己的泪一串串滑落，滑落在陈革命那张被风沙烈日磨砺得粗犷的脸上，那张脸上蕴藏的对爱的渴求和向往还没完全消失。她用力轻轻地为他拭去泪，她感觉那泪是陈革命流出来的，她下意识地吹灭了一支蜡烛，她认为陈革命可能快休息好了，或者酒快醒了，他就要坐起来，擦一下惺忪的睡眼，然后并不是因为冷落了她而道歉，而是急切地伸开手臂，充满渴望地拥住她，让幸福如同电流迅速彻底地传遍她的全身。然后她将为了幸福勇敢地献出自己，温顺地让他为自己解衣，把自己温馨而美丽的身体交给他。沉寂已久的大漠会汹涌海浪，会有此起彼伏的潮头把他们的灵魂冲击得一干二净。当他们一干二净的灵魂被幸福所充溢，他们已温柔地相拥着睡去。次日凌晨有几只海鸥在他们的枕边歌唱。

她想到这里，把头埋在陈革命的胸前，她不忍再目睹他那张虽死却充满着幸福期待的脸。好听听他死寂的胸脯，吻吻他冰凉的双唇，不得不从幻想中走出来。她的新郎陈革命的确死了。

她用颤抖的手把那支吹灭的蜡烛重又点燃。

那些绵延高耸的盐垛
泛着寒雪一样的光，
这个冬天似乎一开始就格外冷

王凯歌终于被军校录取了。但去院校后不久，全团二十一人退回了十七人，原因是军事素质太差。王凯歌也在淘汰之列，他们营唯有王大河没回来，他有关系。他原来是不准备考军校的，但他不想在近几年回去，这主要是因为白珊珊的缘故。

回来的十七个兵站在团长面前，团长双眼潮红。团长心里很难过。

王凯歌看着团长，他想起父母和妹妹，他恍然记得家里好久没来信了。

他把没有用的津贴寄给了家里，又借了一百三十元钱寄还给菊菊爸，一百元钱是本，三十元钱是利息，他想三十元钱的利息可能够了。之后，又分别给家里和菊菊他爸写了一封信。信中没有提自己考军校的事情。

但他没给菊菊去信，他怕别人已提了亲，甚至菊菊早就结了婚。

不久，家里的回信来了，有爸写的，也有妹写的。妹是第一次给他写信。读书到初二时因父母生病和为了他读书而辍学的妹妹有一手娟秀的好字。妹妹在信中告诉他，家里一切都好，勿念，并告诉他菊菊他爸钱已收到。菊菊他爸收到钱后不久，菊菊答应了她原来誓死不从的亲事，不久便扯了结婚证结了婚。

看了这封信，王凯歌无力地倚在盐垛上，落下了伤心的泪。

那些绵延高耸的盐垛泛着寒雪一样的光，这个冬天似乎一开始就格外冷。

冯蜻蜓对冯大山说："大……大山，离……离掉我吧。"

在王凯歌他们忙着考军校的时候，全连战士盼来了连长的妻子，他们的嫂子。所有的兵都有见着自己亲人的感觉。进入七月以后，炎炎烈日的古尔班通古特异常平静，平静得如蒸笼中蒸着的某种食品，人也就像在这蒸笼之中。

没有一个兵不想发火，火燃烧着他们，他们渴望着能把这火发出去。但四处是火，发出的火也只能烧燃自己。连长嫂子的到来，似乎给他们带来了一股清凉的风。

蜻蜓嫂热得受不了，身体老不舒服，待了二十来天，冯大山对冯蜻蜓说："蜻蜓，你还是回吧，这儿会把你热坏的。"

没想到，妻子听了他的话，就哭了。这个忍耐力极强的女人很少哭过，但这次却哭了，哭得格外伤心。无论冯大山怎样哄、劝，都没使她止住哭。问她哭啥，不问则已，一问则哭得更伤心。兵们也都劝慰她，仍不起作用。

陈灼强说："让嫂子哭哭吧，她不在这里哭，在哪儿还有痛痛快快哭的时候？"于是，兵们便陆陆续续地往班里走。

这一夜，有好多兵没能睡着，热烘烘的月亮残着在天上，似乎也没有动。

这一夜真漫长啊。

连长摸着他妻子粗糙的大手，另一只手轻抚妻子负重过度的肩，心中不知是什么滋味。他想对妻子说许多负疚的话，但一句话也说不出来。妻子不需要这些。

在冯大山来盐场的两年多时间，妻子先后送走了四位老人，送走了儿子。而她没把这些告诉冯大山。就是来队二十多天，看到冯大山如此忙碌，她也没有告诉，只说几位老人都好着，儿子也好着，明年该上初中了，成绩也好着。

而在此时，当她痛哭之后，她告诉冯大山了。

"大……山，离……离掉我吧，四位老人都已经……都去世了，儿……儿子也给你养……养没了，我……我也做了……做了丢人的事……呜呜呜……"

这话的确出自自己心爱的妻子之口，冯大山只感觉有一连串的惊雷在自己的头脑里轰隆隆响过之后，便有倾盆大雨从头顶灌下来，从头凉到脚跟，整个身体也顿时如坠冰窖之中。

突然，他猛地把妻子的身体扳向自己，带着哭腔说："蜻蜓，你，你再说一遍！"他的每个字都似乎用了千钧之力。妻子仍是那几句话。他擦干了泪水，用颤抖的满是盐疽的皲口的粗糙大手轻轻地捧起妻子泪痕满面的脸，妻子那张很动人却因为辛劳而过早衰老的脸，在来队后，经过两个情爱之雨的滋润年轻了不少。而此时，那脸却因为愧疚和痛苦而苍白，而悸动。

大漠上那轮浑黄的月呵，你俯瞰人间这么多世纪，可你是否读懂了人类的悲悲喜喜、苦苦乐乐呢？你又是否能读懂大漠深处一个并不复杂的故事？你又是否知道冯大山那滚滚泪中蕴含了多少内容呢？

冯大山的女人因为冯大山这出奇的平静而不知所措，她睁着一双惶惑的眼睛，像鹰爪下的一只兔子，等待着对自己命运的判决。

而冯大山眼前掠过的却是他和蜻蜓的过去。那一切真真切切地浮现于他脑海之中。

那个并不富庶的山乡却有着如诗如画的四季。在四周山地播种麦子的季节，他们在同一个日子降生在同一个院内，冯大山中午生、冯蜻蜓下午生。两位母亲同时怀孕，大概正是因为这，两家非常近，和睦如一家，奶也交换着喂，加之都姓冯，冯蜻蜓便叫冯大山"哥"。但知事后，冯蜻蜓不再叫他哥了，反而要冯大山叫她姐。理由是两人一天生的，分不出大小，叫她姐也可以。两人一直吵，彼此都不叫，却真如亲兄妹一样形影不离。待争吵得不再争吵后，两人见了，开始是彼此都不自在，再后就是相互避让，再往后彼此的心中便各自种了一棵青翠的树。

冯大山读了书，读到初三，开始了"革命"。老师被弄去批斗了，学校成了"造反司令部"。他只好回家，次年当了兵，当兵的第三年提了干。而冯蜻蜓只读到小学三年级就没读了，青山秀水把她喂养成一个壮实妩媚的女子。两人自然而然地相爱，虽然由于同姓受了乡里人不少的议论和亲戚的反对，但冯大山懂得即使是同姓，只要不是近亲，还是可以结婚的。

冯大山记得他在第一次探家时，山乡关于他和冯蜻蜓的事已传得沸沸扬扬。他明白冯蜻蜓在这样的环境中生活得多么艰难。但这个自小在山乡封建礼教下成长起来的女子，仍不顾一切地投入了他的怀抱，把一朵含苞的花蕾在他面前完全地开放，使他尽情地享受了爱情之花的馥郁。

他至今仍记得那鲜嫩的草地和草地上那一簇血红的花，他至今仍记得那一天的每一缕阳光，每一丝微风，每一声鸟鸣。

此时，冯大山手抚妻子孱弱的肩，心想，自己的女人决计不会干丢人的事，她是在骗自己。

而冯蜻蜓不得不忆起那个她至今仍不知是对是错、并无风雪雷电的宁静的和平之夜。

两年多来，孩子、老人、家庭、种地、请医生、抓药，冯蜻蜓忙得没日没夜，几位老人生病、去世，村人劝她叫大山回来，但她知道丈夫进了沙漠，难联系不说，而且丈夫也很难抛下一百多人的队伍，于是只字未提。但作为一个女人，无论是精神上，还是体力上都难以忍受，那些日子，她多么渴望有人帮她一把。也就在那个时候，同村的隔房表弟默默地分担着她的痛苦和辛劳。特别是儿子染病夭亡后，她痛不欲生，病倒在床，是表弟递饭递茶，请医熬药，没有他，她也许已随儿子而去。她知道，表弟很早以前就喜欢她，在她与冯大山结婚后，表弟一去数年，杳无音信，浪荡了几年回来，挣了些钱财，却不婚娶。乡里不知其由，而冯蜻蜓知道，也曾劝过他，但表弟无语。自表弟回来后，她就有一份愧疚和恐惧，在他主动帮助她时，她也曾婉言拒绝过，但表弟仍默默地帮着她。

那夜的蛙和虫叫得很急，有一只鸟啼声切切。正在昏黄的油灯孤苦伶仃，欲明欲灭之际，传来了果敢的敲门声。

在这夜晚，这样的敲门声只有大山回来时有，她不由得一阵惊喜，利索地下床，一边忙着整理衣服，一边急切地去开门。

门开后，却是表弟，她有些失望，一边让他回去，一边问他是不是有啥事情。

表弟没说话，只从容地跨进屋内，然后掩上门。油灯昏暗，但冯蜻蜓感到他眼中的火苗一蹿一蹿的，越烧越烈。她看见表弟盯着她的胸，粗壮的喉结在上下动，她一低头，发现自己汗衫的开口很低，有一截深深的乳沟裸露着。她背过身，刚要穿上披着的外衣，表弟从身后紧紧抱住了她。她骇然、惊惧。她想呼喊、反抗。可几滴落入她脖子里的泪，使她放弃了这些努力。表弟只这样抱着她，无声地流泪。良久，表弟才说："嫂子，不用怕，我是来告诉你，我仍然非常喜欢你，但我无法得到，我决定还是远远地走开，明天我就走了。"

"你为啥要这样作践自己？"蜻蜓的声音颤抖得不成句，她一边说，一边想掰开表弟的手，但没能成功。

"我说不清楚。"表弟说完，一边用嘴吻她的颈窝、脖子、耳根，一边用手抚她的胸。冯蜻蜓只想呻吟，压抑了两年多的某种东西火山样在她体内喷发。但她猛地从表弟的怀中挣了回来。

"表弟，你不能，你不能对不起我，不能对不起你大山哥！"

表弟无语，忽然扑通跪下，抬起头，他心中的火已把他燃烧得浑身颤抖："你，你应该报答我。"

冯蜻蜓落泪了，她看看徒有的四壁，想起表弟吃的苦和他的帮助，她转过身，朝厢房走去，然后木然地解衣，木然地躺上床。两行清泪自眼角涌出，流入发际。

浊黄的油灯下，冯蜻蜓成熟、饱满的身体如一穗丰硕的粮食，静静地卧于忽明忽暗的微光里……

西沉的浑黄的月光从帐篷外照进来，冯大山紧紧地拥抱蜻蜓，他说不清自己此时心头的百般滋味，但只知道他决然不能再失去最后一个亲人——他亲爱的妻。

夜空变得墨蓝，有一层夜的温柔笼着无垠的漠海。漠海在今夜有了一阵阵凉风，所有的伤痕在夜里被风抹平。

次日的次日，冯蜻蜓坐上了拉给养的汽车去火车站，她要回去了。

临别之际，连长冯大山说："我今年就复员。"

蜻蜓说："别说傻话，国家让你干多久，你就干多久吧。"

连长点点头，说了句不着边际的话："我们还会有个聪明、壮实的儿子。"

蜻蜓站在车边，坚决地点点头，说："那，我冬天再来，我不怕冷。"

王凯歌梦见地些鬼撕裂了他，把他吃得一干二净，
连一丝穷困的灵魂也没留下

王凯歌想留下来，考军校明年已超龄，他想转个志愿兵。但听人说转个志愿兵要花两三千呢，他就害怕了，一百元钱三年才还了。他听说复员名单中有他的名字，也没计较，下定决心复员了。

他想起满身有着古铜色伤痕的父亲，军功章都有好几个，最后都回了，还从没见他有过啥抱怨，何况自己本来就是尽义务的，三年义务尽满就该走了，有啥好计较的。假如每个当兵的都要来捞点啥好处才走，那还了得。

想归想，但不想又不行，这样可以安慰自己，虽然菊菊已嫁了人，回去也没啥想头，但爹妈和妹妹悬着他的心。

但让他交帽徽时，他没交，上面说不交扣十块钱。十块就十块，他把帽徽包了好几层，放在贴身的衬衣口袋里。他有他的想法，爸当了一场兵，有好几个军功章，他当一场兵，也得有个纪念物。假如以后有了女人，假如女人给他生了个娃，他可以把当兵的事讲给娃崽听，娃崽不相信，有帽徽作证呢。

下了火车，再坐汽车。下了汽车，已是下午，他没住旅馆，连夜往家赶。

故乡的冬天仍潮乎乎的，空气格外冷。在干燥的西北待久了，他有些不习惯。一阵寒风吹来，树叶就哗哗地落，下雨一般。这几十里路少有人烟，各色树密密匝匝的。松涛一阵阵撞击着峡谷，涛声不断，他感觉自己行走在海里。猫头鹰不时在阴暗处发出惊人的怪叫，野猫的叫声一阵接着一阵，但他并不害怕。父亲打美国佬练了一手好枪法。他很小就跟父亲在山里打猎，野猪、豹子都打过。父亲打猎百发百中，凡看见的猎物，很少逃过他的枪子。他也有一手好枪法，只可惜挖了三年盐，没有打枪的机会，没有显露出来，他想起这，有些遗憾。

一个人走路，很无聊。他便回味那一个个挖盐的日子，觉得咸咸的味道真好。但想到自己面临的处境，他又有些惶恐和茫然，感觉自己不是行走在山路上，而是行走在绝路上，等待他的将是累累的失败。

他想起他的高中同学，他们那年级有四个班，成绩好的大多是农村娃。

人家吃商品粮的学生整天吃得好、玩得好，无忧无虑，最终还是吃轻松饭，有好前程，农村娃再刻苦，如果考不上大学，回到农村，想给国家出点力都没地方。

非农户当兵的也是那样，不图转志愿兵，不图提干，当兵第一年还干个正事，以后有些便是想干就干，回去照样安排正式工作。

他忽然萌发起给中央军委写一封信的念头，中国反正是以农民为主，招兵全招农村兵算了，这样国家少些负担，农村兵心里也平衡。

想着想着，他又骂自己，都胡思乱想些啥呢？

他长叹一声，又大吼一声，便有一种难受的滋味，整个身体像灌满了泪水，直往外溢。他觉得这样回去对不住父母亲。他自小成绩好，自小村里、乡里人都说他是个"状元料"。在县城念高中时，父亲每一个月往县城里给他送一次粮和菜。他们那山里只出苞谷和洋芋，父亲见别的学生都吃大米，就一次次把洋芋、苞谷卖了，换成钱，买米给他吃。父亲怕花钱，每次到城里都是走路，走时在家带上干粮，走一整天走到学校，又连夜往家赶。每次送父亲走后，王凯歌都要哭一场，他发誓不考上大学誓不罢休。乡里人都盯着他以及累死累活送他读书的父母，他一定要给他们争口气。

验上兵后，人们又都说这娃有出息。可现在，自己咋走的，又咋回来了，两手空空，一无所有。

他的脚步忽地变得异常沉重，浑身无力，虚汗不止。背上那几件烂军装、几双破胶鞋、一床破军被如山一样压着他。他坐下来，想歇息歇息。他感觉到肚子有些饿。他忽然记起山里人常说一个人饿着肚子走路易碰到"饿痨鬼"，他虽有些不信，心中忽地就有些害怕了。想着想着，坐在那里，迷迷糊糊地就睡着了。他梦见周围的一切全变成了鬼，鬼们鼓着蓝色的眼睛，张着长满獠牙的、没有血色的大口，像洪水一倾涌向他。"嚯嚯"的林涛声、"哗哗"的涧水声，全成了鬼的哭嚎。鬼们撕裂了他，把他吃得一干二净。连一丝穷困的灵魂也没留下。然后两座相对的山轰然合拢，深深地埋葬了自己残留着的一线血腥气。

从噩梦中醒来，他摸摸脸，又摸摸眼睛、鼻子、耳朵、身子、双腿，都在。他努力想平静心中的恐惧，便"啊呀呀呀"吼了几声，但他感到自己的声音是虚的。他感觉自己饿极了，背包里有几个面包、半只烧鸡、两个半袋子饼干、半瓶伊犁特曲、三瓶酒泉啤酒、五包方便面，这些东西都不是他买的。下火车时，他看着其他战友弃在桌上的东西，故意磨蹭到最后下车，把那些东西像做贼一样装进了准备好的战备袋里。他要把这些东西带回去给爸爸、妈妈、妹妹尝尝。那山里吃不上这些东西。就是吃得上，他们也舍不得买。

他的确没有钱给他们买东西。复员时，各种费用加起来，他领了七百多元钱，他把欠菊菊他爸的一百三十元还了后，又拿出四百元还了自己考学时塞包袱、找门路借的账。再交了购买火车票的钱，身上只剩五十一块四毛五分钱了。又过了两次渡船，船钱最后还差五分。他在火车上什么也没买，离队时，他在炊事班偷偷装了二十个馒头。这样，在火车上就不会为填饱肚皮而焦虑了。好在火车上战友多，有时大家都请他一起吃，可三天三夜的火车，总吃别人的也不好意思，每到吃饭时，他便走开。晚上大家入睡了，他才悄悄拿馒头和着冷水啃起来，下了火车，还剩五个馒头，但今天坐了多半天汽车，剩下的他原准备赶一半路再吃，现在实在坚持不了啦，就准备先吃了再说。

馒头干得像木头，嚼在嘴里也像是在嚼锯末。他想要是有水就好了，一可以很顺利地咽下去，二可以使肚子更饱点。他记得前面的一条沟里有水，吃了一口馒头后，就再也不吃了，又走了半个钟头，走到了沟里才又边喝水，边吃起来。

他本不怕走夜路的，但经过了刚才那个噩梦后，觉得四周真有些鬼的迹象。吃了东西，稍有了点劲，恐惧心才缓和些。他便想，可能还真有"饿痨鬼"呢。但城里一定没有这种鬼。

他原来想的，如果实在考不上军校，也有笔复员费，他可以节省着花，回来把房子修一修，至少把茅草换成瓦。或者让父母去县医院检查一下，看究竟害的是啥病。但这些想法现在都落空了。

半夜里，他终于站在了自己的屋前。一片死寂。他走时的那只小黄狗也没出来叫，也没出来迎。夜风从峡谷里灌进来，异常寒冷。朽老的板壁墙发出痛苦的"吱嘎吱嘎"声，整个房子像一个在寒风中垂危的老人。

他敲了敲门，没有人答应。摸一摸，门锁着。他想，也许家人都外出了。

他家是单家独户，这么深的夜，也没处问家里人究竟去了哪儿，便找了个避风处，打开军用被，拥着睡了。

"这不是援朝吗？"有人轻推了他一下，他以为是梦中，便又睡了，他太困，说这话的是贵大爷，见他没醒，就去屋旁，朝上院喊："梅女子，你哥回来了——"梅女子是王凯歌妹的乳名。他们那里长辈叫晚辈，都叫乳名，不管晚辈的年龄有多大。

王凯歌这才醒了，赶紧过去，向大爷问好，又递上一支"雪莲"烟，这烟也是战友们不抽扔了的，还有些是官兵们给他的烟。临复员时，当官的给战士烟，战士也相互送，不接还不行，不接的话，送烟的就会说是不是我哪里得罪你了？真得罪了，就向你道个歉，送去道歉烟。推辞不得，他也就不推辞了，他不会抽烟，就存着，他知道这烟有用。几天下来，积了四盒。

老人见他递烟，有些受宠若惊，一躬身，双手接过，笑眯着眼说："听人说上军官大学了，人长壮实了，也有出息了，你大爷早就盼着你回来，好好看看你。"

王凯歌听了这话，愣了一下，手中刚擦着的火柴熄灭了。他又取出一根，镇定了一下，说："大爷，没有的事，来，请点烟。"

老人不点，把烟珍贵地放好，说："娃莫谦虚了，看你妹已来了，我走了，刚回，好好歇歇，歇好了上你爷处坐坐。"老人说完，急急地走了。王凯歌留他坐，他不坐。

"哥——"妹老远就喊，他循声望去，妹穿着一身男人的蓝布衣服，头发灰黄而凌乱，脸黑黄黑黄的，眼睛陷得很深，背上背着个沉睡的婴孩，看上去像个中年妇女。王凯歌有些不相信自己的眼睛，这是我妹？愣了半天，以致忘了答应。

"妹……"他心中有许多说不出的滋味。

"哥，听人说你上学了。"

"上过，后来被退回来了，现在复员了。"

"复员？复员也好，回来也好。"

"你帮谁背小孩，这小孩好瘦。"

"是我的，老二，叫望儿，又是个女孩，家里已没啥，到我家去坐吧。"

"你的老二？你家？你成家了？"王凯歌像被电击了一下。

妹妹没有回答，只背了背脸。

"爸呢？妈呢？"

妹终于没忍住，听王凯歌一问，就伤心地哭了。"到、到屋里再、再说吧。"一种不祥的阴云顿时笼罩了王凯歌。

原来，爸、妈在他考学前就去世了，他当兵走后，父母的病就没好过，但却一直瞒着他，每次给王凯歌去信，都说家里很好，爸、妈病也好了，不要多虑，让他只管安心在部队工作，尊敬领导，团结同志，苦练杀敌本领，为国家站好岗放好哨。前年，母亲病逝。去年，父亲卧床不起，就在这时，村书记趁机对他妹说，如她愿意与他儿子成亲，就拿五千块钱送她爸去省城治病。去年，她才十八岁，看着生病在床又无钱治疗的爸爸，她让书记立了字据，含泪答应了。神通广大的书记在她同意后的第三天，就给她和他的哑巴儿子扯来了结婚证。不敲锣，也不打鼓，请了村里几个老人，就举行了婚礼。他的妹妹就这样成了书记那哑巴儿子的女人。

不几天，爸就死了。妹与书记哑巴儿子的事，她一直瞒着爸。

"爸叫我什么也不要告诉你，你正考军校，正奔前程……"

妹边说边哭，哭好久，才能说一句。

王凯歌的心像锯子在拉一样。傻愣了好久，从挎包里翻出几封信，对妹说："那我为什么在爸死以后还收到了他的好几封信呢？这字迹也是他的。"

妹抹了好久的泪，告诉他："爸怕你在他死后收不到他的信而分心，不安心工作，就写了十几封信留着，让我每隔两个月就给你寄一封。"妹说完，又是取出爸的遗书给他，然后边哭边给哥烧水做饭：

凯歌儿：

　　你看到这封信时，你一定已是名军校学生了，一定有了出息，只是我与你妈命苦，看不到你出息的那一天。

　　你妈是去年农历九月初八因病去世的，你妈是为医我这一身病和养你们兄妹落下一身病的。原指望你有前程了，接你娘去部队医院治，但她没等到那一天。我也感觉自己不行了，老吐血。也好，去陪陪你妈吧。但我唯一放心不下的是你妹。你妹苦啊，你当兵后，我与你妈的病就没伸脱过，一日比一日严重。你走头年冬，我就不能做啥活路了。你妈就更不行。屋里屋外，全靠你妹一人，两年多来，没穿一件像样的衣服，没吃一口温热的饭，没睡一夜好壳（瞌）睡。望着你妹那么小的年龄，就那么苦，我和你妈只能偷偷地哭。你妹已成人了，你也是，我们还给你们留下了四千三百多块钱的账，苦了你们了。儿子，为你已不能挣钱来还账。如果到阴间能挣钱，如果阴间挣的钱阳间也能用，为你就是做牛做马也挣了钱把账还上。这一切只能靠你了。无论如何，你要给你妹寻个好人家。其次要对得住部队的培养教育，若能这样，为父死也明（瞑）目了。

才上了军校，成了军官，可一定要好好干，要不古（辜）负党和国家的培养。若没考上，也不要对部队有啥情绪，部队让回来就回来，千万莫要使部队为难。

望我儿听党的话，做党的好战士，精忠报国。

你父：王贫家亲笔
1990 年 4 月 16 日

读完信，王凯歌已哭不出声，他拿出自己带回的食品，飞快地往爸妈的坟地跑去。

刚刚升起的冰凉的太阳冷漠地悬在狭窄的天空中央。父母的坟相偎着。几根枯草缩着身子颤抖着立在坟头。王凯歌不顾一切地磕头，血从他的额角渗出来，没渗进地里，就被初冬的霜冻结了。

这位老军人和他妻子的坟前，摆着他儿子、一个退役士兵供奉的别人吃剩的半只烧鸡、两个半袋子饼干、半瓶伊犁特曲、五包方便面。

在官兵们的心中，
夏孜盖正有一片青绿的城郭次第耸起

吴小宝的父母仍按月给他寄钱来，他也不再给他们退回去。钱一来，钱就存好，他有用，一年多来，存了三千多元。他原准备自己用这钱出一本诗集。陈革命牺牲后，他就寻思着要把陈革命的《如歌军旅》出版。

他把陈革命的诗稿整理后，寄给了自治区的一家出版社。很快，出版社就来了信，说诗稿的质量较高，但由于诗集的发行现状，需要作者自费。吴小宝就请了假，赶往乌鲁木齐，把三千多块钱全部交给了出版社。出版社也同意先交一部分，其余部分在诗集付印之前全部交清。吴小宝不愿写信向家里要钱，但这笔钱又从哪里来呢？他非常着急。

诗集付印的通知和让他付款的通知一起来了，这笔钱还没有。再不想办法，出版社就要取消出版计划。入冬的活儿没多少，他便只有以探家的名义请假去出版社落实这件事情。

他求领导，求编辑，但没多少效果。从那以后，在出版社、在印刷厂就多了一个义务打杂工。他现在已没了初到盐场时的白净、稚弱，壮实了不少。干活的拼命精神不亚于农村兵。他的衣服被盐蚀烂后，他就只穿裤头、背心，手上、腿上生了几十个盐疮，手关节整天流脓不止，他毫不在乎。每天挖盐近二十方，是团里规定的日挖盐八方的三倍多，被誉为"挖盐状元"。陈革命牺牲后，他当了七班班长，当兵第三年的七月一日，他加入了中国共产党。

他在出版社和印刷厂扫地，冲洗厕所，搬运书籍、纸张。人们既同情又感动。这件事不久被社长知道了，问他："为什么一定要出这本诗集，以后有了条件再出不行吗？"

他这才告诉社长，他不是在为自己出书，而是在为一个牺牲了的战友出书，他是在完成一个战友的遗愿和把这份体现当代军人精神风貌的财富奉献给更多的人。书中每一行诗都是经过风沙烈日历练而成的，都是作者用汗水和意志换来的。他接着就向社长讲述了陈革命和兵们在大漠开发盐场的故事，讲述完后，他还要说什么，老社长示意他不要说了，够了。

老社长取下眼镜，擦了擦眼睛，说："我们原以为这本诗集是你自己出的，既然你愿为一个自己的战友出三千块钱出诗集，我们出版社就是亏损，也一定出好这个集子！"

吴小宝抱着老社长，哭了。回到部队，他就等待，他希望诗集能在老兵复员前出来。

冬天的临近告诉他，他的军旅生活不多了，他找到连长，请求再留一年。连长说，到时再给你争取争取，反正连里要保留骨干，你是党员，只要你愿意留，估计问题不会太大。

就在期待着诗集出版和连长的争取结果时，一件意外的事情使他的右腿残废了。

入冬的盐场清冷了不少，一天，民工队的一辆汽车开进了盐场。人们等待着卸东西，当时吴小宝也在场，那汽车由于刹车失灵，驶在一块因泼水而结成的冰坝上，没刹住，直朝人群冲来，人们惊叫着四散逃开，有一位民工惊慌中愣了神，傻站着。已跑开的吴小宝见状，又飞快地冲了上去，用肩把那民工撞到一边。民工脱险了，但他却倒了下去，无情的车轮碾碎了他的右小腿，一摊殷红的鲜血顿时被严寒定型为一面鲜艳的旗样的东西。

他被送进了医院。他的父母知道了这事后，马上乘飞机赶了来。母亲一直守护着他。

他惊奇父母这次没有和部队闹，只是自己默默垂泪、默默伤心。吴小宝看着几十天来衰老了不少的母亲，心中也一股一股地疼。

部队给他评了残，他没要。问他为什么不要，他说他没有残，说不要就坚决不要。

他只是很遗憾地对连长说："我原计划复员后骑自行车旅游全国，然后写好多诗，然后自己再出本诗集，现在不行了，留下也只是连里的一个负担，看来非复员不可了。"

军区开了十分隆重的表彰大会，给他记了一等功。

他领过奖章，找到连长，把它戴在连长冯大山的胸前，连长紧握他的手，第一次在他的兵的面前流了泪。冯大山取下它，端详良久，给吴小宝的妈妈戴上，吴小宝妈妈的泪水流得更凶更猛。

大会期间，让吴小宝讲话，他用单拐撑起身体，说："在我的腿残废了后，有人问我当兵后不后悔，我真诚地告诉他们，我不后悔！相反，我感激三年的军旅生活，更对自己的三年军旅生活能在大漠深处的盐场度过而庆幸。我的军旅是一首歌，无边的，贫瘠的大漠使我的思想成熟，圣洁的原盐使我的灵魂升华。我衷心地感谢大漠！感谢军旅！"

临离队之际，他回了一趟盐场，那时，该复员的战友早走了。这支部队完成了任务，也准备撤出盐场了。

三月的大漠，仍旧寒意萧杀。

全连官兵神情庄重，整齐地站立于陈革命的坟前，陈革命的诗集《如歌军旅》终于面世了，且反响不错，受到了诗歌界的好评。今天，吴小宝要向他敬奉他的作品。

陈革命坟周围的红柳已长得茂盛，各色的戈壁石经过日晒风吹，已变成了铁的颜色。有不知从何处飞来的芨芨草在石间生长过的痕迹。它们在天气变暖后，还会染绿这铁色的坟头。

刚才整个部队已向盐场举行了告别仪式，一辆辆军车绕着盐场缓缓行进了一周，兵们的心中都生出了诀别家园的那种情感。

吴小宝也参加了告别仪式，他执意不坐驾驶室，他撑着单拐，站在颠簸的车厢里。他的腿伤后和手术期间没掉一滴泪，现在却掉泪了，男人的眼泪真是摸不透。

吴小宝拄着单拐，蹒跚行进到队列前，他还是穿着军装，有些吃力但还是很标准地向官兵们敬了个军礼后，转过身，走到陈革命坟前，脱帽，官兵们也纷纷脱帽。

"陈革命班长，你的诗集《如歌军旅》终于问世了，在此，我首先向你祝贺！"

"诗集出版后，诗歌界对作品给予很高的评价。读者也很喜欢，部队的官兵们从你的诗中了解了当代军人新的风貌。"

"你的心愿实现了，你给我们留下了一笔最好的财富。今天，部队就要撤出盐场，我也要回到地方上去了，我把这本诗集给橡树寄了，也给你奉上一本，不尽意的地方，你得原谅了。"

吴小宝说完，在一个战士的帮助下，慎重地点燃了一本泛着油墨香、印刷精美的诗集。那本诗集徐徐燃着，蓝色的火苗生动地跳跃着，黑色的纸灰鸟一样满天飞翔。

举行了陈革命的赠书仪式。

吴小宝转过身，开始给全连官兵赠书。

兵们接书时，一脸的感动，一脸的坚定，一脸的严肃。

那书在他们手中犹如长城上的一块砖，厚实而沉重。

圣洁的盐垛绵延在他们周围，盐的气息萦绕在官兵的心间。大漠宽广的胸怀无边无际地展向远方，迎接无边无际的孤寂、风暴和严寒。但在广大官司兵们的心中，夏孜盖正有一片片青绿的城郭次第耸起。

谷满仓说，他在夏孜盖望见了一群绿色的鸟，飞得好高好快，那鸟飞过的地方，便是一片不灭的绿洲

《如歌军旅》这本诗集是偶尔相遇的一位少尉送给我的，他给我讲了上面的故事。

那位少尉讲罢这个故事后，告诉我，他就是谷满仓。他现在当了排长。

不过，连长不再是冯大山，从盐场回来后，因为冯大山年龄太大，职务又没升上去，上面让他转业了。他没再请求留下继续干，他还是比较愉快地回去了。

我问王凯歌最后咋样呢？他说，有人说他在当他们村的村主任，带领村民们脱贫致富。有人说他让妹妹与书记的儿子离了婚，然后带着妹妹回到了夏孜盖，开头在盐场干苦力，最后当了管有几百人的包工头，一个月好几千块钱的收入呢。

我又问他最后是否在夏孜盖望到了鸟。

他说他望到了，绿色的一群，飞得好高好快。那鸟飞过的地方，便是一片片不灭的绿洲。

白色群山

一

即使八月，这高原也冷得咔咔作响。时光结了冰，重量增加了，压迫着每个人。

天堂湾边防连三面都是高耸的雪山，只有东面有个豁口。除了连队的百十号人，鹰不知去了什么地方，狼嗥声也很久没有听到了，连秃鹫也不往连队上空飞了，偶尔有一阵雪崩的声音传来，像巨浪猛击在礁石上发出的声音一样，贴着地面而行的、呜咽着的风永远肆虐着。

日子有些无聊。但天堂湾边防连通信员凌五斗——虽然他十分谦虚地认为自己只是一朵无意中飘落到这座高原的雪花——却在给自己增添一种非同凡响的勇气。

——他下定决心，要对连长陈向东说，他不想当这个通信员了。

通信员一般不用参加训练，所以别人休息时他很忙，一到操课时间就很闲。其他人训练、执勤，他一遍遍拖连部的地，一遍遍擦连长的办公桌椅，当然，偶尔也会接到营部打来的电话。连长是个上海人，崇明县东边一个岛上渔村村长的长子。稍微有些洁癖。他的裤衩每天早上都要洗，有专门的盆子、肥皂。这事儿凌五斗插不上手，都是他自己干。在洗自己的裤衩前，要先用肥皂把自己的手洗三遍，洗完后，要拿到室外阳光照射得最久的小高地上晾晒，说紫外线可以消毒。他的袜子是每天晚上洗，也有专门的盆子和肥皂。连长每顿饭后要刷牙。——他要求凌五斗也必须这样做，但凌五斗一直没有做到。

凌五斗像个勤快的小媳妇忙完连部的事，也会看些图书室里的书籍。

连长虽然对凌五斗有时不太满意，但只要看到他在看书，就会对他很客气。凌五斗就是趁着这个机会，鼓起勇气，对连长说出自己想法的。

他特意找了本《静静的顿河》第三卷拿在手上，站得笔直，对连长说："连长，我想跟您说件事。"

"说。"

"连长，我当兵这么久了，还没有去过哨所，我想去守哨所。"

连长听后，看了他一眼，什么也没说。

凌五斗就不敢再说什么了。

房间里安静得像要爆炸一样。

凌五斗跟连长说出自己的想法后，连长对他似乎客气了一些。但他在连长面前却更加小心，好像连长是一颗地雷。

那天刮了大风，一夜之间，气温下降了许多。天堂雪峰顶上风云变幻，雪线不知多久降到了离4号高地不远的地方。

季节在变化，内地的冬天还很远，但天堂湾的冬天马上就要驾临。

两天后的中午，陈向东把凌五斗叫到跟前，态度和蔼地对他说："连里已同意你的请求，派你去六号哨所担任班长，替回原来驻守在六号哨所的班长徐通，明天一早出发。"

"这么急啊？"凌五斗心想。他这么想时，连长的目光击中了他。他到连部来第一次用目光注视着连长，然后立正说了声："多谢连长！"

"你现在已是前哨班班长，可不要拉稀！"连长说完，拍了一下凌五斗的肩膀。

凌五斗再次立正。"连长，您放心！"

连长第一次对凌五斗笑了笑。

凌五斗鼓起勇气问："哪几个人跟我一起去呢？"

"目前就你一个人。"

"就我一个人？"

"是的，你一个人去。这是连里的决定。如果你不能担此重任现在就告诉我，我们可以派别人。"

"我能！"

"那就去准备吧。找一下陈忠于，他明天送你。"

六号哨所距连部有 140 公里路程，需爬上海拔 5760 米的 5760 大坂后，再绕着天堂雪峰走上 50 多公里冰雪路，才能到达。

陈忠于是个老兵，长着一张苦大仇深的脸，虽刚过而立，但已满脸皱纹，大家给他取了个绰号：核桃。他一见凌五斗就说："凌五斗，你都是第二年的兵了，脑子该开点窍，在连部待着多好！我跟你说吧，我听说六号哨所现在已没多少价值了，只是上面还没有正式宣布撤销，需要一个人到那里留守。假如这个哨所真宣布撤了，到时大雪一封，你又下不了山，该怎么办？我这是为你着想，你自己看着办吧。"

"那里是真正的边防，我想去。即使哨所真撤了，让我一个人守在那里，也没什么。"凌五斗故作轻松地说。

"哼，那你小子就去吧，明天早上 6 点钟准时出发。"

"多谢班长。"

二

上车后不久，凌五斗就迷迷糊糊睡着了。待醒来时，周围一片银白，汽车开在上面，如开在玻璃上一样，到中午，才来到 5760 大坂跟前。抬头可见天堂雪峰在阳光中闪着银光。银色的达坂在盘旋而上的简易边境公路尽头，在鹰的翅膀上面。他感到有一种无形的、强大无比的力量正顺着达坂往下俯冲。

陈忠于的眼睛瞪着前方，感觉眼珠子都快瞪出来了，两手紧握着方向盘，青筋暴起。好不容易来到一个背风的地方，他把车停下来，没敢熄火。

"班长，要爬达坂了？"

"不爬，飞过去呀？你小子睡得像死猪一样。"

"我一坐车就想睡觉。"

"从现在开始，不准再睡了，你要跟我说说话，免得我也犯困。"

　　两人就着军用水壶里的冷水吃了点压缩干粮。陈忠于拿出提前卷好的莫合烟，点燃，深深地吸了一口。

　　两人继续前行，解放汽车像一头可怜的病牛，吃力地在刚好能搁下四个车轮的被九月的冰雪冻结的简易公路上小心爬行着。

　　天空由湖蓝变成了铅灰色，凛冽的寒风一阵阵尖啸着刮过，拍打得车身"嘣嘣"直响。

　　陈忠于不敢有半点马虎。太阳西沉的时候，他舒了一口长气。

　　"快到了吧？"

　　"快了，走了大半了。"

　　"才走大半？"

　　"托凌班长大人的福，这已够顺利了。"陈忠于被高山反应折磨得痛苦不堪，他把车停下来，用背包带把头勒紧。

　　"你没事吧？"凌五斗担心地问。

　　"高山缺氧，没事。当了十二年兵，开了十年半车，这条路每年都要跑几趟，你不用担心，我保证把你安全送到。我看你好像一点反应也没有。"

　　"头就跟挨了几闷锤一样……"

　　夜晚的风像刀，似乎要把这辆车剁成饺子馅。它把夯实的积雪铲起来，漫天飞扬。汽车被积雪和寒冷紧裹，无力地挣扎着，发抖、摇晃、痉挛，随时都有坠入深谷巨壑的可能。

　　虽然看不见，但凌五斗可以感觉到，众多雪山已被他们踩在了脚下。

　　即使到了现在，这座高原的很多地方仍然是无名的，即使是高拔的雪山，奔腾的河流，漫长的山谷。连队旁边就有一条无名河，天堂雪峰的冰雪融水静静地流淌着，晶莹纯净。河两岸的牧草并不丰茂，但不时会有一个金色的草滩。河岸两侧一年四季都结着冰，衬托得河中间的河水呈一线深蓝，中午，河面上会升起丝丝缕缕的水汽，轻烟一般，像梦一样虚幻、缥缈。它在这昆仑山、喀喇昆仑山、喜马拉雅山、冈底斯山构架的无穷山峦中，冲突、徘徊，最后没有找到出路，只能消失在一个没有出口的蔚蓝色湖泊中，去倒映天空的繁星和白云。

　　在车上颠簸了一整天，凌五斗和陈忠于如果不是被那身洗得变了色的军装捆束着，恐怕早就散架了。

凌晨 1 点 27 分，两人终于到了六号哨所。徐通带着哨所八名战士裹着皮大衣，披着雪光，站在哨所外，早已望眼欲穿。见到他们，老远就迎了上来，嘴里"啊呀啊呀"地胡叫着，就像获得了自由的战俘。

是啊，他们从今年 4 月 24 日来到这里，就与世隔绝，凌五斗和陈忠于是他们时隔四个半月后第一次见到的人类。大家紧紧拥抱。陈忠于被他们抱得好几次喘不过气来。

凌五斗见到徐通，格外亲切。"徐班长好。"

"现在你跟我一样，也是班长了。你进步这么快，我要祝贺你！"

"我还不知道这个班长怎么当呢。"

"你一个人在这里，管好自己就可以了，好当得很。走，我们先去吃饭。"

哨所做了汤面条，一直等着凌五斗和陈忠于，由于海拔太高，面条只有六成熟，加之放得太久，已泡成了面糊，但每个人都吃得很香。

因为明天一大早哨所的所有人员就要跟陈忠于下山，凌五斗的面条刚倒进肚子里，徐通就开始交接物资：九五式自动步枪 1 支，子弹 20 发，手榴弹 4 颗，高倍望远镜 1 副，皮大衣 1 件，铁床 1 张，罐头 17 箱，压缩干粮 9 桶，大米 1 袋（50 斤），面粉 1 袋半（约 70 斤），面条 30 斤，土豆 38 斤，胡萝卜 15 斤，洋葱 5 斤，大白菜 5 棵，煤 2 吨，木柴 400 斤，煤油 10 斤，蜡烛 5 包（50 根），手电 1 个，电池 6 节，火柴 6 包，打火机 5 个，还有些盐巴、清油和应付感冒等常见病的西药。

三

第二天早上 6 点钟，陈忠于拉上徐通他们下山了。看着他们兴高采烈的背影，凌五斗像送一群来家里做客的亲戚一样，很自然地和他们挥手道别。看着军车的车灯消失在雪山背后，他回到哨所里。房间里还留有他们浑浊的男人味。昨晚没有睡好，头脑有些昏沉。他打开那扇很小的窗户，让外面寒冷的空气灌进来。寒意让他清醒了很多。他在床上坐了一会儿，穿上皮大衣，出门巡视自己的领地。

他望着远处，看到这里除了西边的山脉和天堂雪峰，其他的雪山显得并不高，像是覆了白雪的南方丘陵。之所以这样，是因为这些山位于众山之上，积雪已把它们的棱角抹去。偶尔能见到一块黑褐色的巉岩。更远的前方再无山，天空从那里沉下去了。凌五斗明白，那是大地的边缘。邻国的哨所在西边的数重雪山后面。风为了迎接这个神圣的清晨，停止了咆哮。他看到了一个移动的黑点，激动得赶紧跑到高倍望远镜后面。那是一匹狼。它肚皮上的毛拖在雪面上，行色匆匆，不时往空旷的天地间望一眼，绝望地嗥叫一声。凌五斗有些兴奋。"啊，还有活物！"他的目光一直追逐它，直到它像一滴墨水一样融进淡蓝色的积雪里。

这让凌五斗找到了事做，他把哨所周围的疆土都巡视了一番。看着看着，一大片耀眼的白光突然蹿进他的视野，他的眼睛都睁不开了。他往东边一望，发现日头已从雪山后面跳跃出来，把所有的雪山都照亮了，天地晶莹剔透，像一块巨大的水晶。

凌五斗关好铁门。哨所其实是一个牢固的水泥碉堡。四面都有瞭望孔和射击孔。徐通他们的生活用品、被褥、枪弹——包括床都拉走了。哨所打扫得很干净。再也看不到他们留在这里的痕迹，好像他们根本就没有在这里生活过。

"他们为什么把床都拉走了？难道……难道这里真的就我一个人守着，不会再派人来了？难道六号哨所真的不重要，真的要撤销了？"他看着自己孤零零的床，心中有些慌乱。

但这种慌乱很快就过去了。"一个人就一个人！"他对自己说。

"我不可能在这里看见别的人了。"他在哨所里转了几圈，不知道该干什么。这时，电话铃响了。他拿起话筒，是连长的声音。他关切地问道："五斗同志，感觉怎么样啊？"

"报告连长，感觉还好。"

"感觉好就行，陈忠于和徐通他们下山了吗？"

"今早6点钟就准时从哨所出发了。"

"那好，"接着，连长加重了语气，"六号哨所班长凌五斗听着！"

凌五斗一听，"嗖"地立正站好。

陈向东仍用加重的语气说："凌五斗，你要明白你的职责，你必须对周围的一切保持高度警惕，必须按规定时间向连里报告哨所情况，如有任何突发情况，必须立即及时报告，你明白吗？"

"明白！"凌五斗回答得非常有力，听连长这么说，他断定这哨所还是非常重要的。

陈向东猛地挂断了电话。

凌五斗也果断地把电话挂断了。

他把枪抱在怀里，半睡半醒地坐在向着邻国的那个瞭望孔前。他觉得身体困倦，头脑却异常清醒，他觉得自己就像连队那只军犬一样警觉。

凌五斗严格地遵守连队的作息时间，晚上10点钟准时睡觉，清晨7点50分准时醒来。他头脑里仍想着该叫连长起床了。看看对面，空荡荡的，才想起这里已经不是连部，自己也不再是通信员。

四面冰峰雪岭上的冰雪把外面的天空映照得格外明亮。

"这个哨所就我一个人守卫，我一个人守卫着一个哨所……"他心中升腾起一股类似英雄般的豪情。他看了看躺在身边的自动步枪，它在幽暗中散发出黑铁般的金属光泽。它使他充满了勇气。

他起了床，全副武装。他决定从今天起，每天进行训练。他觉得这是一名士兵必须要做的。

哨所外有一块半个蓝球场那样大的积了雪的平坝，这就是操场了。虽然海拔高，氧气不足，但他跑得很快，跑了几分钟，就喘不上气来。"身为六号哨所的班长，这个身体素质可不行。"他看了一眼自己在雪野上跑出来的一条崭新小路，沐浴着刀锋似的晨风，望着东方的辉煌朝霞，环视四方的万重冰山，心旷神怡，不禁深感自豪地自语道："自己恐怕是这个地球上站得最高的人了。"

群山在他脚下像海涛一样翻涌着。晨辉铺到了他的脚前，东面的天空一下子变得如此近，他觉得自己稍探下身子就可以掬起霞光。最后，天地间醉人的朝霞愈来愈浓，像煮沸的鲜血。

远处的天堂雪峰不再那么虎视眈眈地逼视他了，柔和的霞光使它少了孤绝尘世的霸气。

凌五斗的胸中激情飞扬，忍不住想大声吼叫，但只吼叫了一声，一大团坚硬的寒风就卡住了他的脖子，使他回不上气来。

他这才知道，在这莽莽高原之上，是不能乱激动的。在这里，任何人必须屈从于它的力量，小心翼翼地、心平气和地活着。

四

强劲的风一大早就开始刮，到天黑时才安静了，好像是因为圆月即将升起的缘故。风止后，扬起的雪重归于大地，被寒冷凝结在一起。天地空明，纤尘不染，恍若乐土仙境。

那轮月亮白天就已静静地待在半空，专等太阳落下后放出自己的清辉。夜幕降临后，它在天空露出了自己的容颜。它那么大、那么圆，离凌五斗那么近，好像是这高原特有的一轮。那些沉睡、凝固了的群山被那一轮圣洁的月亮重新唤醒了。他感到群山在缓缓移动，轻轻摇摆，最后旋转、腾挪、弯腰、舒臂，笨拙地舞蹈起来，还一边舞蹈，一边轻声歌唱：

> 天地来之不易，
> 就在此地来之。
> 寻找处处曲径，
> 永远吉祥如意。
>
> 生死轮回，
> 祸福因缘，
> 寻找处处曲径，
> 永远吉祥如意。

这歌声如同跨越了一切界限的史诗，如同超脱了一切尘世藩篱的天籁之音。而这，又似乎只有在氧气只有内地一半，孤身独影站在这个星球的肩头才能听见。

——是的，距此三百里处，才有一个孤独的连队；九百里外，才有一座简陋的小城，尘世猛然间隔得那么遥远，远得像另外一个星球。

这很有质感的月光，使凌五斗不愿回到哨所里去。他如同一尾鱼，畅游在一部激昂的交响乐中——又感觉自己在飞，如一只鹰，直上云霄，冲破长空，荡散浮云。

月色的美丽和大山的神奇灌醉了他。他不知道自己是什么时候回到哨所的，也不知道是什么时候入睡的。只记得那晚做了一个梦，梦见自己抱着一轮晶莹剔透的明月在群山间飞奔，跑着跑着，突然听到一声枪响，子弹穿透了他，他没感觉到痛，只看见血喷了出来，把怀中的月亮染红了。然后，染血的月亮像一个玉盘，在他怀里破碎。他的心也随之碎裂，他非常伤心。当他抬起头来，看见父亲骑着一匹红马，站在不远处的雪山上，他感觉父亲离他很近，但看不清父亲的面容。父亲在注视他，目光严厉，带着责备。凌五斗大声喊爸，但父亲好像听不见，凌五斗向父亲跑去，但他的脚陷在积雪里，怎么也拔不出来，他眼看着父亲的身影渐渐模糊，与积雪相融。

这梦时空混乱，令人伤感，但它是凌五斗上哨所以来做的第一个比较完整、清晰的梦，加之他在这里梦到了父亲，所以他很是珍惜，一遍遍回味，生怕忘却。

他从来没有见过父亲的面，只看过父亲穿着军装、骑在一匹马上的黑白照片。他父亲曾是骑兵，在与母亲结婚不久，返回部队执行任务时牺牲了，就牺牲在这白色群山中，离他350公里远的另一个边防连。

这白山如地球上一面寒意凛冽的墙，如此高拔。"爸，我也到了白山，这里多像我梦里常常出现的地方啊，连你背后的雪峰都一样。"他心里十分难过，一行热泪禁不住流下，一出眼眶就变得冰凉。

从那晚到现在，凌五斗除了做好自己的本职工作外，几乎没有去思考别的。他被一种类似诗一样的情绪拍击着。他坚信，就像父亲牺牲在白山中一样，他驻守在这里也肯定是有价值的。

他警惕地观察着周围的一切，认真地记录着观察日记，每天准时向连队汇报。一有空闲，就擦拭自己的武器，进行体能训练，演习一些基本战术。他觉得自己的日子过得蛮充实的。

但不知为什么，他今天想起了连队，想起了家乡和亲人。他们像疾风一样，一遍又一遍地从他头脑中掠过，他担心自己的身心已在不知不觉中感觉到了可怕的孤独。

五

今天上午，群山一片宁静，太阳对这里的寒冷无能为力，但它的光辉仍旧照耀出了一个明亮的世界。早饭时，凌五斗吃了点荠菜罐头和压缩干粮，走出哨所，正要用战备锹平整哨所前的平坝，忽然，一阵令人毛骨悚然的尖啸声从远方传来。凌五斗一听，知道风又要发狂了。

六号哨所地处风口，一年有三分之一的时间刮着八级以上的大风。一刮风，那些砂石和不知积了多少年的雪就会被风铲起，铺天盖地而来。这时，你得尽快找个避风的地方躲起来，几年前在这里守卡的陈玉清就是由于没有躲得及，被一块让风刮起的拳头大的石头击中脑袋，抢救不及时牺牲了。那风把人掀翻、按倒、刮进沟壑里，更是常有的事。

风声由北而来，吼声如山洪暴发。太阳一下子被风抹去了，群山顿时陷入昏暗之中。被风卷起的积雪和砂石如同一群狂暴的褐色猛禽，张牙舞爪地向哨所扑来。为了防止瞭望孔的玻璃被飞石砸烂，凌五斗赶紧用水泥砖把它盖住，然后冲进哨所躲起来。随后，他听见了被风刮起的卵石"乒乒乓乓"击打哨所的声音，泥沙和冰雪倾泻在哨所上的"沙沙"声。这风一直刮到下午才停。待天黑定，风又起了，似乎比白天更甚，在黑夜中越刮越猛，如数万只饿狼的凄厉嗥叫，让人感到越来越恐怖。凌五斗感到这雪山在摇晃，似乎时时有被风拔掉的危险，哨所则像一枚风中大树上被废弃的鸟巢，随时都有可能被刮落，掉到地上，摔得粉粹。马灯晃动着，橘红色的灯光在哨所里摇曳。

凌五斗看着自己墙上的、随着灯光晃动的影子——他默坐在那里，枪靠在他的脸上。他把头稍稍仰了仰，做出一副视死如归的样子。

他想起了活着或死去，它们似乎闪耀着同样的光芒，如同坟头上盛开的花朵以及土地里掩埋的人，它们构成了一个和谐的整体。

炉火已经熄灭。寒冷从四壁渗进来，湿而黏，如发臭变质的水。

整个世界都在摇晃，都在咆哮。

凌五斗心中莫名其妙地飘过一阵悲伤。它像秋天里池水的波纹，一圈圈在心中扩散开来，留下一丝飘浮的隐痛的痕迹，然后消失了。

这个世界如此强大，自己如此微小，他想睡着，把自己置身于这个世界之外。"我必须得睡觉了。"但是他的思绪却穿过外面的大风去了很远的地方。他想到了祖母和母亲，想起了梦里骑在红马上的父亲，想起了老家屋侧的一棵桃树，想起了故乡的平原和平原上散发出来的泥土、庄稼和农家肥的气息。然后，他想起了阿克赛钦湖——湖水不停地拍击着只有砾石的湖岸；想起了他曾听过的那位叫德吉梅朵的藏族姑娘的歌声——那声音一直萦绕在他耳边，想起了她身上散发出来的羔羊一样的气味……他觉得自己的心和暗堡上的积雪一样柔软。

已经零零星星下了好几场雪，雪线已逼向远方，凌五斗希望下一场雪会把整个世界笼罩起来，他希望这一天马上到来。他盼望下雪，那飘扬的每一朵雪花都是一个生命，它们舞蹈着，毫无秩序，却充满活力。到时整个世界都会换上新的容颜：洁白、纯净。到时，即使无月无星的夜晚也不会全是黑暗的，雪光将把世界照耀得雪亮。

六

今天一早醒来时，外面传来了"唰唰唰"的声音，像有成千上万的人在耳边窃窃私语。凌五斗知道自己期盼中的大雪终于落下。

从今天起，六号哨所就与外界彻底隔绝了。这场雪特别大，像是天上发生了雪崩。高原被冰雪严严实实地封冻起来。如果能从人间仰望这里，你会看到六号哨卡就像一片封冻在众山之上、雪海之间、云天之中的落叶。如果从天空俯瞰，它则像一粒不断被冰雪啃噬的尘埃。这里已成了汪洋雪海中的一点孤礁。凌五斗要下山，山下的人要上来，只有明年五月开山之后才有可能。

凌五斗穿好衣服，准备到外面去看看，这时，电话铃暴响起来。这一次的电话是主动响起的，以前大都是他每日汇报情况时打给连队。
"凌班长，你好！"是文书温文革的声音。

"你好！文书，有什么事啊？"

"连长昨天带人去看你了，我想问一下，他到了吗？"

"连长还没到。"

"他计划去了四号哨所后，就去你那里。"

"昨晚这儿已下雪了，雪很大，现在已封山了。"

"那他们可能就上不来了。"

"没关系，连里没事吧？"

"也没啥大事，就是冯卫东死了。"

"冯卫东死了？哪个冯卫东？"

"连里还有哪个冯卫东？"

"你可不能开这样的玩笑！"

"死人这样的事，我开什么玩笑？"

"他怎么死的？"

"他一跳，就死了。"

"一跳……就死了？"

"是的，10 月 14 日那天的大风把通往防区的电话线刮断了，他跟通信班去查线，从电杆上下来时，看着只有一米多高，图省事，往下一跳，就没起来，典型的高原猝死。"

"怎么会这样啊？……"

"冯卫东牺牲后，指导员向上面打了报告，看能不能追认为烈士，上面还没有批……"

凌五斗垂下手臂，觉得黑色的话筒异常沉重。

"还有，喂，喂，凌班长！"

凌五斗把话筒拿到耳边。

"还有，六号哨所上头已宣布撤销，连长这次就是要来接你下山的。"

"什么？你说什么？"

"我说呀，六号哨所上头已宣布撤销了。"

"撤了？不可能吧？"

"你怎么啦？"

"没事，我……我知道了，谢谢你告诉我这个消息。"

凌五斗觉得自己一下垮掉了。这是一个被雪光映照得多么白亮的日子啊！雪下得那么恣肆、欢畅，不顾一切地往大地上倾倒，那么从容，那么信心十足，带着一种战争狂式的热情和自信……

"冯卫东……你只一跳，一跳……就死了，你就不知道在这高原上是不能随便跳的么？"

冯卫东和他同村，从读小学到高中毕业一直在一起，然后又一起入伍、一起上高原，又分到了同一个连队。凌五斗走到哨所外面，风雪如冰冷的、被激怒了的巨蟒，紧紧地缠着他，倾泻而下的大雪密实得令人喘不过气来。

他开始痛恨这绵延不绝的白色群山，觉得它空有一副庞大的身架，却没有任何有意义的内容。"空洞、苍白、冷血！"他原以为可以一口说出许多贬低它的词，却只想到了三个。

"冯卫东，这场雪，它是为你下的……"

积雪已可没膝，凌五斗望着远方，像是能看到冯卫东的灵魂似的。

他的心中流淌着一条呜咽着往前缓缓流淌的黑色河流，它穿过堆满积雪的群山，在蓝色冰雪的衬托下，显得格外分明。

狞笑着的雪，越堆越厚，似乎也要把他埋葬……

这些天，大雪和大风一直没有停歇。积雪已封住了哨所的瞭望孔和射击孔，哨所已埋进雪里，像沉进海水中的礁石。

凌五斗常常记起冯卫东的一切，生命脆弱的现实活生生地摆在面前，他心中总有挥之不去的伤痛。加之这个哨所撤销的事实已得到确认，支撑他生命和信念的东西顷刻间全都不存在了。

他想起了高中的女同学袁小莲。他喜欢她。她鲜艳的双唇不时在他眼前闪耀，如千里雪原中一枝独秀的花朵。然后，它蔓延成一大片，它们在雪原上生动地开放着，欢快地舒展着柔嫩的花瓣，散发出特有的芬芳。它们开放得那么广阔，凡是凌五斗关于袁小莲思绪所到的地方，它们都开放着。一直绵延到她那充满甜味的、温暖的气息里……

凌五斗开始感到难以忍受这里的空寂和荒芜。但他仍然相信自己一定能战胜这一切。他觉得，自己应该是为了战胜它而来的。

雪不再飘飞的时候，天空重新笼罩在头顶，是没有任何污染的湖蓝，可以看到几处雪没能遮住的深黑色危岩。西沉的太阳像在那湖水里洗过，把傍晚时的瑰丽洗却了，显得和月亮一般晶莹剔透，夕阳玫瑰色的光浸洇在峰峦顶上。天地尽头，还有一抹红霞在静待太阳归去。月亮已升起来，是一轮弦月，比太阳更为晶莹。

天幕四合，大寂大静。

七

凌五斗每天早上八点、中午十二点、晚上十一点半会准时拿起话筒，把"六号哨所一切正常"的情况报告给连里，但一听是他的电话，接任他的通信员汪小朔就会礼貌地对他说："班长，六号哨所已被撤销，您不用再向连队汇报。"然后就挂断了电话。每当这个时候，他都会痴傻地站上半天。其实，他打电话给连里已成为一种习惯，而更主要的是，他想听到人的声音。好像只有听到人声才能证明自己还活在人世。他得找各种途径来证明自己还活着。但后来，对方只要一听是他的电话，不管是谁接的，都会断然挂断。好像他的声音来自另外的星球，带着邪恶，听不得。

除了他第一天到达这里时看到过一匹狼，他再也没有看到过别的活物，现在，他对自己那时看到的是不是狼都产生怀疑了。这里只有无边无际的死亡。在每一个白天，他用望远镜仔细搜寻着能够纳入他视野的每一寸雪山和每一片天空，希望能发现一只飞奔的羚羊、一匹踽踽而行的野驴、一只搏击云天的苍鹰，或者一只老弱的野兔、一群残破的乌鸦、几只小小的山雀，可是没有。

没有活着的东西。

没有其他生命的参照，他怀疑自己真的活着。

要么是铅灰色的天空，要么是蓝得发亮的苍穹，永远是白雪裹覆的山脊，永远是狂啸的寒风，永远是肆虐的狂雪……

有时，凌五斗希望来一阵风，风却静止了；希望云朵飘动，云却消散了；希望日头暖一点，它却愈发地冰凉了。感觉不出世界的一点动静，也听不到一点声息。

面对这个由水泥铸成的挺立在山顶上、半埋在积雪里的孤独前哨，已不用怀疑，它现在存在的意义就只是因为它的孤寂。如今，凌五斗像一个在无边无际的惊涛骇浪中驾着无舵小舟、漫无目的地漂荡在大海上的渔人，被一种漫无边际的虚空越来越紧地包裹着。他怀疑自己最终会不会成为一只蛹，看不见孤寂之外的一丝光亮。

在雄奇壮阔的群山中，他连自己作为一星尘埃的重量也感觉不出。在这种辽阔的景象面前，生命渺小得几近于无。此时，四面都是绵延无际的雪海，它一直绵延进灰褐色的烟霭里。这的确像是波涛汹涌的大海，在很多时候，他的确听到了它们惊天动地的浪涛声。

天地太空了。空得无边边际。能容得下无穷的黄羊、藏羚羊、藏野驴、野牦牛、雪豹、棕熊和猞猁，黑颈鹤、白额雁、斑头雁、赤麻鸭、绿头鸭、潜鸭、藏雪鸡和大嘴乌鸦，以及悬停在天空中、给大地投上一片阴影的鹰和金雕。

想起这些高原上的生物，他不禁号啕大哭起来。

在强大无比的大自然面前，凌五斗觉得自己还没有真正交手就失败了。他多想这样安慰自己：他的哭，只是面对强大的大自然的一种感动，而不是因为别的什么。他想，作为一名身陷此境的人，纵是用这样一种自欺欺人的方式来安慰自己也是可以理解的。

他害怕风雪，但寒风尖啸起来，狂雪紧裹着哨所。

他坐在炉子前，望着跳跃的蓝色火苗，看见连长的脸在炉火里对着他笑。他知道他想念起连长来了。他从小喜欢裸睡，作为不良习惯，部队三令五申禁止，他在新兵连的时候把它改掉了；到了天堂湾，他每天睡得比连长晚，起得比连长早，所以裸睡的毛病又犯了。有好几次，连长叫他起来跟他一起去查哨，他睡得迷迷糊糊的，光溜溜地站在连长面前，自己却没有察觉。他身材健美，像镀了银的、没睡醒的大卫。

连长总会朝他的小腿端上一脚，"成何体统！"

他这才清醒了，很是尴尬，赶紧摸了衣裤穿上。

"连长……"他难为情地赶紧找衣裤。

"毛病多！"

想起这些，凌五斗觉得很温暖。他突然想跟连长说些话。他说："连长……"却不知该说什么了。想了半天，他才想起该问一下六号哨所撤销的事。

连长一接通电话就问："凌五斗，很抱歉，我们也刚从雪海里挣扎出来，差点报销在去六号哨所的路上了。很对不起，没能把你接下来。"

"连长……"他哭了。

"你是不是害怕了？"

"是。"

"怕死？"

"是。"

"你要记住，对军人来说，死亡是一种常识。"

"连长，我想知道六号哨所撤销的事。"

"我是临上四号哨所前才得到六号哨所要撤销的命令的，知道这个消息后，我准备到四号哨所后就去六号哨所把你接回来，没想到雪下那么大。你现在只管好好地在山上待着，注意自己的身体和枪弹不丢失就行，别的可以一概不管。"

"是，连长！"

八

凌五斗没有留意，元旦已经过去。

他原计划半个月换洗一次衣服，现在也觉得没有必要了，甚至认为洗脸也是件多此一举的事。他的胡子和头发一直没有理，因为理发工具他没有找到，可能是徐通忘了留下。

这是些多么苍白空洞的日子！他听见日子是那种用钝锯锯木头的声音。他不知道该干什么，也不知道能做些什么。一会儿拿起枪，一会儿扫扫地，一会儿痴看着燃烧的炉火。

"巡逻去吧！"他对自己说。

"巡逻？算了，还是扫雪吧。"

"是的……扫雪去，马上就去！六号哨所的全体人员跟我出去把雪扫了。"他觉得这里并非自己一个人，而是一个前哨班。

这积雪的确太厚了，浮雪已被风卷走了一些，没卷走的还可以没入腰际，下面还有好厚一层被大风夯牢筑实了的硬雪层。

凌五斗就这样在稀薄的空气里，在零下不知多少度的严寒里干着终于可以一干的事。

他心中的寂寞随着自己流下的汗水慢慢消散了，他觉得自己一下轻松了许多。

"唉，兄弟们，怎么会没事做呢？这里有多少雪可以扫呀。只要有事做，日子就不会难过的。"

风雪止息，白日高悬，日光和雪光把雪山照耀得如此白亮，像一个荧光世界。他拄着扫把，迎着日光，抬头一望，眼前顿时呈现炫目的五彩光环，光环之中，一个人骑着一匹枣红骏马，正如天神般徐徐而下。"那不是爸么？"他喊了一声爸，忍不住热泪涌出。当他擦去眼泪，他看到父亲已立马屹立在不远处的一道雪梁上。他使劲揉了揉眼睛，还是看不到父亲的面容。但他感觉父亲也在看他。他蹚着积雪，深一脚浅一脚地向父亲走去。但父亲离他始终那么远，他永远也走不到他的跟前。但他不死心，一直往前走，当他终于走到那道高耸的雪梁上，父亲和他的枣红骏马化为光影，像个梦一样消散了。来到父亲恍然屹立过的地方，他没有找到枣红骏马留下的马蹄印。哨所离他已有两三公里的距离，已看不到它。他有些慌乱，他觉得那个哨所就是他在这个世界上唯一的家。他害怕自己找不到回家的路了。

他在那里徘徊了很久，觉得父亲像在跟他捉迷藏。他期待父亲会在他找不到他的时候，偷偷地跑出来，蒙住他的眼睛。或者学一声布谷的叫声，告知自己的儿子他在哪里藏着。但只有暴风雪过后残留的风的喘息，只有残风吹起的雪粒不停地射击在脸上，呼吸出来的热气和不知多久流出的泪水已在帽檐、眉毛、眼睫毛和脸上凝结成霜。

当他感到又冷又饿的时候，才开始往回走。已找不到来时的脚印的痕迹。他回到哨所，白日已沉入白色群山后面，留下一片惨淡的晚霞。哨所里比雪野还要清冷，好在寂寞就要完全把他紧裹住的时候，疲惫使他睡着了。这是他上哨所后第一次熟睡，那是多么幸福呀。他梦见父亲向他的哨所走来，跳下马，推门而入，坐在他的床边，用一双粗糙的、满是马汗味的大手抚摸着他的头。他闻到了父亲的味儿——一种人汗味、马汗味、枪械味组成的刺鼻的味道——就像烈酒，刺激人又让人沉醉。他的一只手抓住父亲的另一只手。他开始一直没有注意去看父亲的脸，当他想起时，父亲已站起身，往外走了，他腰间的马刀撞在门上，发出了"哐"的声响，然后，他听到马蹄声渐渐远去……他觉得很满足……

就在这个时候，电话铃把他吵醒了。

凌五斗很沮丧，同时，又有些高兴。他想，连里这么晚来电话，一定有重要的事要告诉他。至少，连里主动打电话来，也是关心他。当然，他也希望听到另一个人的声音，他准备和来电话的人好好聊一聊。他拿起了话筒。是连长的声音！

"凌五斗，怎么样啊？"声音多么亲切！

"报告连长，我还好。"

"枪和子弹没出事吧？"

"没有，枪完好无损，子弹一颗不少。"

"那就好，多吃点东西！"

"是！"他怕连长把电话挂断了，赶紧说，"连长，您还好吧？"

"还好！"

"连队其他人呢？"

"都好得很。告诉你个好消息，冯卫东被评为烈士了。"

"真的？"

"革命烈士。"

"太好了！"

"有事没事都可以给我打电话。"

"好的。"

"现在，你就是天天光着屁股睡大觉，我也不会再踹你了。"

"可我把那毛病改掉了。"

"好了，我说得够多了，归结起来一句话，你给我好好地守在那里！"

凌五斗没有吭声。

连长把电话挂掉了。

凌五斗握着话筒，盯着雪光映照得雪白的墙壁，笑了。

九

又不知过了多少天，这些天他老觉得有什么东西在房间里舞蹈，它们面目颇为狰狞。哨所外似乎也是，到处都是。

"得睡着，睡着就没事了，这一定是白天太累的缘故。"

他拿起枪，打开保险，钻进被子，一闭眼，它们又在眼前出现了，它们扑向他，用冰冷的舌头舔他的脸。

一种类似电流一样的东西穿透他的身体，一切的运动都快如闪电。他奋力挣扎着，却是徒劳。他的双手在沉重地挥动，双脚在用力地蹬踹，他的嘴在大张着呼喊——他喊冯卫东、喊陈忠于、喊袁小莲、喊连长、喊奶奶、喊娘……他记得自己拿起枪，朝那舞蹈的东西射击，不知过了多久，他终于醒来了，他猛地坐起来，虚汗湿透了内衣。他痴愣了半天，把油灯点上，披上大衣，把枪紧紧抱在怀里。

虚汗止了，但身上十分难受，像穿着一件涂了冰凉浆糊的衣服，心紧张得"扑扑"直跳。身体已虚弱得没了一点力气。

夜是这样的死寂，一切声音在此时都停止了。一切都死了，雪就是尸布，裹着整个死去的世界。鬼魅在外面潜伏着，准备随时进来把他掳去。

从那以后，他就不敢在夜里睡觉了。他改在白天睡觉。但迷迷糊糊的，怎么也睡不踏实。心中的警惕感虽不需要，却不时像警笛一样鸣叫开来。

他一直处在这种境况中，觉得自己轻得像一片羽毛。

"我不能就这样完了，我得想点办法。"他对自己说，他觉得自己的声音都是飘忽的，感觉不出那是从自己嘴里发出的。

外面的雪，下狂了。

"我得做点什么，是的，做什么呢？"

他支撑着下了床。腿一走动，竟有些颤抖。他在房间里吃力地打着转，想找点事干。

他觉得应把床重新铺一下。这床是他上山时徐通他们帮着铺的，他觉得应该自己铺。他揭掉床单，把褥子翻过来，在铺板上惊喜地看见原先糊在上面、又撕去后留下的残破的报纸，其中有篇残缺的通讯稿。

看到那些文字，他心中不禁有些高兴。这片通讯是写天堂湾边防连的，有好多地方不真实，但在这里，不管它们记载的什么，都让他感到亲切。他看见它们闪耀着人类文明的古老光辉。

十

这种整日昏昏沉沉的日子使凌五斗痛苦无比。

他多么渴望有一个能安睡的夜晚！

他想，人之所以在晚上睡觉，一定有其深刻的道理。一切真实的东西在夜里都被隐藏或者虚化了，面对被隐藏和虚化的世界，人们除了更多地想到恐惧，很难体会到事物存在的其他意义。因此，人们选择了用沉睡来替代夜的恐惧，一入睡，令人恐惧的世界就暂时从意识中消失了。那是多么美好的事情！可他在夜里却睡不着。他开始怨恨起连长来，假如他那天晚上不用电话吵醒他，他就可以一觉睡到天亮，这一切就不会发生了。

"我必须调整自己，一定要设法在夜晚睡去！"他狠狠地、大声地对自己说。

第二天天一亮，他决定白天再困也不睡觉了。

他觉得自己应该做事，他应该在哨所外修上一些掩体，如果打仗了，就可以用。

他吃了些罐头，然后扛上战备镐，先铲了积雪，刨出地表来，冰冻的地表跟石头一样坚硬。他费了很大的劲，才挖了脸盆大一个坑。直到挖到卵石层，才省力一点。他记起他在连队曾看过一本地理书，书里讲这高原很多年前曾是一片大海。他就一边吃力地干着活，一边想着这美丽的大海变成险恶的白色群山的事。他感到不可思议。美丽的大海，怎么会变成这个模样呢？一望无际的蔚蓝色的波涛不快不慢地向天际涌去，海里游着千奇百怪的鱼类，海底生长着迷人的珊瑚和海藻，海上飞翔着轻盈动人的海鸟。可现在呢，它只留下了自己朽败的骸髅。如此广阔的地方，竟养不活一丝绿色，除了那垂死的灰褐色和惨然的苍白色外，什么也没有。辉煌的、充满生机的大海的踪迹已无处可寻了。

还没到中午，凌五斗就感到饿了。这使他感到很高兴。他热了一个驴肉罐头，将它填进肚子里，还觉得饿，就又吃了一个。吃了午饭他又接着挖掩体，到天黑，他扛了一块冰，在锅里化了，烧了一壶开水，吃了压缩干粮，就满怀信心地准备入睡。他想，自己白天又困又累，今晚一定能睡着。他把枪放在身边，躺了下去。

"睡吧，今晚好好地睡一觉，五斗。"他充满爱怜地对自己说。

"我就要睡着了，我今天这么累，从昨天晚上到现在，我都没迷糊一下，我怎么能睡不着呢？"他微眯着眼睛，给自己鼓劲。

"我今晚一定会睡得非常好的,一定会。我会做一个很好的梦,梦见这里的雪化了,变暖了,山全变绿了。到处都是郁郁苍苍的森林,林间跑着梅花鹿;在森林的上空飞翔着五彩的鸟群,它们的鸣啼欢乐婉转,它们一年四季都在森林里飞来飞去,永不离开。六号哨所的周围,天天都有鲜花盛开。在森林的边上,就是一座城市,那是一座全由木屋组成的城市。城市到处都有绿树、青草和鲜花;没有电话,洁白的鸽子传递着信息;没有汽车,街上行走着梅花鹿拉的鹿车;也不要电灯,到了晚上到处都挂上点着彩烛的灯笼。我就住在这个城市,住在自己用樟木修成的小屋里,屋子里常年弥漫着香樟的气味,木屋四周围着木栅。阳光暖暖地照耀着木屋四周的花朵,喷泉喷着晶莹水柱。我坐在一把木靠椅上,舒心而平静。孤身守卫六号哨所时残留在脸上的孤寂的痕迹也被这座城市用母亲般的手抚平了。我在阳光中昏然安睡。有只洁白的鸽子栖在我的肩头……当然……木屋里住着我的母亲和妻子。妻子……究竟是袁小莲,还是谁呢……是袁小莲。只有她。她有含蓄而迷人的笑,有温柔甜美的声音,轻盈飘逸的步态,直垂脚背的长裙……嗯,小莲……我该入睡了,我该入睡了……"

凌五斗睡着了,但睡意很浅,因为他能感知自己对自己的睡眠充满了忧虑,还在担心那些可怖的东西重又来临。没过多久,他终于彻底醒来。他把枪抱得那么紧,马灯也没有吹灭,他对这种状态充满了哀伤,似乎哭过。他的身体那么劳累,而头脑却异常清醒。

"明天,明天再修掩体,整天都不休息,到时一定会睡着的,一定会……"他安慰自己。

第二天中午,凌五斗挖好了第六个掩体,他觉得自己的整个身体已被碾轧成了碎片,头脑里传出一阵阵轰鸣之声,他觉得自己已经不行了。他对自己说:"得赶快回到哨所里去。"

他跟跟跄跄地撞开门。靠在墙上,觉得天旋地转起来,并且越转越快,最后,他什么也不知道了。

醒来时,四周漆黑,全身冰凉,头脑里像塞满了废铁烂铜,又像一个充了气的气球,悬在沉重的空气中。所有器官都像被什么东西卡住了,手脚如铁棍一样难以弯曲,身体里的血全都冰冻起来了。

"我还活着么?……这是我的肉体,还是我的灵魂……?"凌五斗感到有一丝轻盈的东西从身体内像一股轻烟一样升起来，觉得自己超脱了。因为飘荡的灵魂可以四处飘飞，自己再也不怕失眠，再也不怕寂寞了。

他静静地躺着，又不知过了多久，他睁开了眼睛。他的眼前出现了一团朦胧的白光，慢慢地，它清晰了，他辨认出那是一轮月亮。

"这是晚上了，可我是在哪里呢？"他在心里问自己。

从开着的门洞里，他看清了那轮雪亮的残月，但那月亮却似乎进不了他的大脑。

"我得坐起来。"他知道自己是躺在地上的。他试着活动手脚，他的手触到了铁床的床脚。"得上床去！"可无论怎样，身体也动不了。他用已经好了些的左手用力拉住床脚，身体向前动了一下；他抬起左手，摸到了被子，把它拉下来，裹在身上。

炉火早已熄灭，哨所里冷得和外面一样。

凌五斗发现自己已经病了。他的头痛得像斧头在劈，鼻子堵得不透气，耳朵里有一种沉闷的"嗡呜嗡呜"的声音，一拨接一拨地猛响着。随着身体渐渐变暖，病痛尖叫着逼近了他。他强撑着爬起来，关紧门，给马灯添了煤油，服了感冒药，再次躺上床去。

"这只是感冒，吃了药，躺一躺，明天一早就好了。"他对自己说。

"刚才我是不是晕过去了？不，我只是太困，睡着了，如果在床上也能睡得那样死，该多好。"他害怕再这样去想问题，怕胡思乱想一通，又睡不着了。病痛中能够睡去是再好不过的，一觉醒来，这病说不定就好了。他强迫自己不去想什么。他烧得似乎要燃烧起来。他开始数数，心想自己如果能从一数到一千，就可以睡着了。但他从一数到一万后，还大睁着眼睛，他又从一开始，数到了三万，仍无睡意。

炉火有气无力地燃烧着，他感觉心中像结了冰。

外面又起风了，说不定今晚又有一场大雪。风很大，如狼嗥。他感到有一张苍白的网正罩向他。他的心在那网的笼罩下，慢慢平静。连长说得对，对军人来说，死亡是一种常识。死亡就是为了安静地生活。想到这里，他不禁释然呻吟了一声。他探出身子，把电话拿到自己枕边，心想："如果真不行了，我就可以告诉连里，让人来替代我，守这哨所。"但他马上记起，这哨所已被撤销，再也不用人来守卫。

他不知道自己是多久睡着的。他做了一个梦。

他朝四周看了看，看见父亲骑着红马站在高高的雪山上，像一尊雪雕。他和马一动不动，逆向的阳光给他和他坐骑的身影镀了一道明亮的银边。

他感觉有战友来到了这里。大家很快就把床铺整理好了，煤炉也支了起来，副班长忙着去试收音机，但只能收到邻国的台，叽哩哇啦的，一句也听不懂。他有些失望，忙把电话拿出，接上，使劲摇。电话线接通了。凌五斗和连长高兴地聊了起来，连长对他说，裤头三天洗一次也不算啥事，穿着那样的裤头，老子照样活！凌五斗听他那么说，就附和道，这上面反正见不到女人，我们到时都不洗裤头了。两人粗野地哈哈大笑起来。

放下电话，凌五斗开始忙碌。吃了三天的压缩干粮，他要给大家做一顿面条吃。他铲来积雪，化成水，沉淀了一会儿，把沙石尘土滤掉，然后开始烧水，水沸腾后，他放了四斤面条，然后又打开一个菜罐头，把菜放进去。由于氧气不足，气压太低，水的沸点很低，面条有些黏，有些夹生，但大家已习惯吃这种夹生饭食，所以还是吃得很欢畅。吃饱之后，大家很快就睡着了。他看着满房子的人，心里很高兴。

连里今晚的口令是红马，六号哨所也是。他在炉火前排好哨，他站第一班。

哨所外面铺着一层白色的光，不知道是月光，还是积雪的反光。凌五斗熟悉这种夜晚的颜色。他担心自己还是一个人守在这里。他赶紧回过头去，他看见炉火呼呼地燃烧着，他的战友正在酣睡，他放心了。

他们骑的军马突然骚动起来，有的喷着响鼻，有两匹还嘶鸣了一声；从扎西家租的托运给养的牦牛也不安地、像狗一样跳动着，然后慌乱地挤在一起，它们围成一圈，头朝外，屁股朝里，蹬着四足，摆出了一副应对攻击的架势。

凌五斗把子弹推上膛，问了一声："谁？口令！"

"红马！"一个坚定的声音回答道。随后，一个骑着红马的人从哨所前面的山路上冒了上来，他的身上披着厚厚的白光。

凌五斗把枪对着他。"请问你是……？"

"我是凌老四。"

"那么，您是我爸！"

"那还用说。"他跳下马来，那匹红马像火焰一样红，"我早就知道你是我儿子凌五斗了，你一个人来守这个哨所的时候，我就知道了，我哪想到你会到这里来呢。今天，我想来看看你。"

凌五斗一听，赶紧给父亲敬了个军礼。父亲拍了拍他的肩头，他的手挨着了他的脸，冷得像一块冰。他赶紧说："爸，这外面冷得很，走，进去烤烤火。"

"好。"

红马在外面立着，凌老四跟着儿子进了哨所。

屋子里暖融融的，有一股煤炭味和脚气味。凌老四在炉子前坐下，蓝色的炉火映照着他的脸。凌五斗觉得他的脸上像是飘着一层厚厚的烟雾，他还是看不清。

他望着自己的儿子，笑着说："你看你这个样子，哪够格来当兵啊。"

"我觉得自己还行，爸，你怎么没有回过老家啊？"

"我也想回去，但我的灵魂老是过不了那些河。"

"那我知道了。"

他看到父亲和他一样年轻。是啊，征兵人员对他们都进行了严格的体检。身高要标准，不能是直脚板，不能是罗圈腿，不能是驼背，不能有鼻炎，不能有文身，不能长痔疮，不能是疝气，不能是同性恋，说话不能口吃，内脏要健康，没有梦游症，视力5.0，牙齿坚固无虫牙……此外还要检查听力、验血、验尿、透视，检查有无皮肤病，是否有狐臭……然后是政治审查，祖父是不是贫下中农，有没有参加过反动会道门组织，是不是在反对阵营里当过走狗。另外还要没被判处过徒刑、拘役和管制，没有被劳教，没有进过少管所，没有被开除过学籍、团籍、党籍，没有流过氓、卖过淫、嫖过娼、吸过毒、盗过窃、抢过劫、诈过骗……他和父亲都顺利地通过了。他看到父亲穿着绿军装，领章和帽徽红得刺眼。

"爸，你怎么一直骑着红马在白山上闲逛？"

"因为我不缺时间。"父亲微笑着对他说。

"你是说你不朽了？"

"没有谁能不朽，我如果不朽，也是暂时的。"

两人都没有话说了，火却越来越旺。而他的父亲，像受不了那火的热气，形象越来越模糊，变成了影子，最后连影子也消失了。

屋子十分空阔。

凌五斗忍不住走到哨所外面，看了看周围的雪山，又望了望天空，感觉风一阵阵掠过，他希望，在天空与大地之间，真的有无数的灵魂在栖居，而他父亲就是其中一个。

世界如此安祥。

他释然了。他真的觉得，生命如果真像一片雪花，从天空或优美或笨拙地飘落，然后不为人知地融化，也是无比美好的。

十一

在凌五斗希望那场病能夺走他生命的日子里，他觉得自己轻松而平静，但过了几天，他的病却好了。他这才知道，即使去死，也不一定是能遂愿的。他曾一度烧得迷迷糊糊的，两三天没有醒来。但他还是没有死掉。想死掉的人，你得必须活着；想活着的人，你得必须死去。世界也许就是这样。

在他的病好转后，无处不在的寂寞又降临了，它们在四周重又恐怖地尖叫起来。

这是个无星无月的夜晚，天空中不知怎么布满了铅云。雪光已变得非常微弱，夜，不知是何时充满的。

四周的世界一片死寂，他可以听出大山被严寒冻结时"吱吱啦啦"的声音。这死寂使他不由得紧张起来，最后变成了惊恐。他隐隐听到一种恐怖的喘息声自远处传来，然后如同飞一般迅速地靠拢了，声音也由细微变得庞大，那声音似乎就在哨所外，猛烈地撞击着墙壁。并且，他感觉它们从射击孔爬了进来，带着绿色的鳞光，像一条没完没了的蛇，用冷血的身体缠绕着他。他感到心被绷得那么紧，似乎轻轻一触，就会铮然断去。他想呼喊，但那如蛇一样的东西缠住了他的声音，而这呼喊除了自己短暂地排解一下恐惧外，没有一点用处。

他挣扎，他拿起了枪，他的弹夹里有二十发子弹。紧缠在他身上的东西一下松弛了，他听到了它们像稀泥样淅淅沥沥淌在地上的声音。但哨所外的声音仍然越来越大。

凌五斗紧握着枪。这是什么声音呢？夜的声音？白色群山的声音？从遥远的荒原上涌来的声音？还是凶兽恶魔的声音呢？他点上灯，那声音在光亮中潮水样哗哗啦啦退走了。

凌五斗身上的冷汗慢慢止住了，心似乎也在一点一点地恢复安静。他仍用满含惊惧的眼睛注视着四周，他看见了那些恐惧的喘息声四处爬行过的痕迹，到处充满了它们残留的寒意。他拿着枪，关死了门，靠着朝向邻国的那个瞭望孔。

他的头脑出奇地清醒。他已经对睡眠、哪怕是半醒着睡去都充满了恐惧。他不由得把解下的子弹袋系好，扎好腰带，斜挎上军用水壶，然后把冲锋枪从朝向邻国的那个射击孔伸出去，瞄向无边无际的黑夜。"战斗马上就要开始了！"

"哦，那是敌人朝这里冲锋时发出的喘息声，听！密集的子弹'嗖嗖'钻进哨所四周的积雪里。"他眼前甚至出现了敌人朝他冲上来的身影。

"多么热闹，我现在是多么镇定，有仗打了，我如果打赢他们，那喘息声就会烟消云散。我不是一个人在守哨所，我有八九个兄弟呢，他们都是以一当十的勇士。他们在各自的战斗位置上严阵以待。那是什么声音？那么气势汹汹，他们近了，我们可以给他们一点颜色瞧瞧了！"

凌五斗扣动了扳机，他弹夹里的子弹迫不及待地射了出去，在夜里拖着长长的金黄色尾光，如一颗流星，钻进了敌人的胸膛。那个中弹的家伙先直起身子，像是要把击中他生命的伤口专门给凌五斗看看，然后才倒下去。别的弟兄们的枪也响了，敌人败退。

"但还没完呢，他们还会来的。我的头脑现在多么清醒呀。是的，我是班长，我是天堂湾边防连六号前哨的班长，这是个距连部最远的哨所，它有重要的军事意义，我一定要守住它。连长，你放心吧，我是不会给你丢脸的，明天早上，你就等我的捷报吧。"

他觉得瞄着准星的眼睛有些酸痛，头脑里出现了短暂的空白。

"小莲，去你的吧，现在我哪儿顾得上你？妈的，多么静，怎么会这么静呢？静得他娘的……我看这正是敌人在组织新的进攻的前兆！果然是的，你看，来了更多的人，他们嘶哑地喊叫着。不过，你不用担心，小莲，我们全哨所的兄弟们完全能够对付他们。我刚才装了 20 发子弹，我打了 11 发，一共打死了 11 个人；娘的，11 个，我们八九个人，每人干掉 11 个，那该是多少？打这样的仗，真是太好玩儿了，根本没有想象的那么紧张。把子弹射出去，看到对手颇不情愿地倒下去，心里可真是痛快。开头当然是有些怕的。是有些不忍心杀人的，但慢慢就有了兴趣……像玩一场逼真的游戏，娘的，他们来了，打！"他的喊叫声沙哑而恐怖，充满了血腥。

凌五斗真的有一种杀戮的快感，他觉得黑夜里已堆满了敌人的尸体，他们一层垒一层，以各种姿势倒伏着，血，冒着热气，无声地流出来，汇成一条红色的溪流，向低凹处漫去，然后冻结了。

凌五斗的眼睛已看不清什么东西，从射击孔灌进来的寒风使他的整个脑袋都麻木了。

曙光的出现，预示着恐怖的夜晚终于过去。他退回到床上。他清醒了——也许是迷糊了，他已搞不清自己是迷糊着，还是清醒着。只觉得白天即将来临，他可以入睡了。他抱着枪，酣然睡去。

就在这时，电话铃响了。凌五斗从床上一跃而起，扑向那电话，像扑向一根救命的稻草。他觉得自己就要爆炸了。他抓起话筒，但又"啪"地把电话挂断了。

他不由得放声大哭起来。

一会儿，电话铃重又响起，凌五斗虚弱地坐在床上，只管流泪，没有去理，电话铃就一直响着，它破旧的声音像锯子一样撕扯着他的心和神经。他骂着冲了上去，抓起话筒，咆哮道："老、子、还、活、着！"

凌五斗吼完，猛地把电话又扣了，电话机在桌子上跳了两跳，摔在了地上，话筒与话机分开了，他听到里面还有"喂喂喂"的声音。

他看着地上的电话机，心中涌起一股刻骨的仇恨来。他拿起冲锋枪，打开保险，对着话筒扣动了扳动机，子弹的尖啸声在这个逼仄的空间里猛地炸开，尖叫着回响，硝烟随之散开来。

凌五斗"嘿嘿"笑了。

天已亮了很久，天空很新，群山也很新。他感到整个世界都在颤抖，他觉得自己像打摆子一样发起抖来。脑袋似乎已变成了一块几千吨重的钢锭，而支撑它的整个身体又软得像在水里泡久了的面条。他挥舞着铁镐，向铸着厚重寂寞的四壁奋力砍去。他看到了乱溅的火星。那些火星与他眼中的火星碰撞着，然后像焰火样散开了……

他的身体飘浮起来，沉重的头朝下栽去，眼里的火花熄灭，绿色的蛇一样的东西再次爬过来，开始整个儿吞噬他……

十二

今天是几月几日呢？凌五斗的确搞不清楚了。

看着呼呼燃烧的炉火，他觉得它们在笑。"笑什么？有什么好笑的？"他狠狠地踢了那炉子一脚，炉灰飞起来，扑了他一脸。

"六号哨所撤销啦，去你妈的，少骗人！怎么会撤销呢？狗日的雪，你下吧！还有像疯狗一样叫着的风……今天不会是过年吧，今年的年好像是今天，管他呢，就当今天是过年吧。有四五种罐头，驴肉、牛肉在炉子上烤一烤，再舀上一碗雪，在炉子上化了，就当酒。他娘的，这酒蛮不错嘛。冯卫东，老弟，我爸是我们村第一个烈士，你是第二个，先敬你啦，你在你那里过好！第二杯呢，就敬这雪山，你给我一条路，让我离开这里，让我回去，回到哨所去，回到六号哨所去，我这不是在六号哨所吗？哦，我已经回来了。第三杯呢，就敬连长，连长，你新年大吉！告诉你吧，我这四壁全是袁小莲的脸……枪响了，哪儿来的枪声呢，飘悠悠地传来，像飘飞的羽毛。鸟儿有很多羽毛，很好看，各种各样的，它们还有翅膀，可我没有。如果有，我就飞离这里，飞到袁小莲的枕边去，为她唱歌。我原来似乎打过一枪，刚才我又打了一枪，子弹闪着金黄的光，击中了对面那座冰山，击中了它的胸膛。它在痛苦地大叫。第四杯呢，敬我的娘，娘，您儿子可勇敢啦，一个人守了一个哨所，六号哨所，这是世界上 12 个海拔最高的哨所中最高的一个。这里不错，您儿子很开心，您再吃一块牛肉，这是距今 16 年的一头牛做的。还有这驴肉罐头，从上面写的生产日期看，也有 14 年了。这样算来，14 年前的某一天，那头驴可能还在叫还在拉东西呢，这是头老驴，肉有些糙……我没醉，我把这罐头盒踢着，好玩儿，过年嘛，踢着罐头盒乐呵乐呵……"

是什么东西在墙上爬，慢慢地，它们露出了越来越狰狞的面孔，发出了令人毛骨悚然的嘶叫。凌五斗拿起枪，拉开了保险，对着它们，开了一枪，枪声在哨所里发出一阵闷响，他吓呆了。"我怎么能随意开枪呢？"他看着冒着青色硝烟的枪口，像睡着的人，突然惊醒了。

他连忙清点子弹，少了 3 发，只有 17 发了。那两发子弹是多久打掉的，他怎么也想不起来。

十三

雪山闪得越来越远。高原像一个巨大的广场。看不出一丝生命的迹象。但在气候较暖和的六、七、八三个月里，很多地方还是会生长出疏浅的植被，形成一片片浅黄色的高寒草原。可以看到紫花针茅、垫状驼绒藜、青藏苔草、小蒿草、冻原白蒿、杉叶藻、藏沙棘、雾冰藜、固沙草，也可看到狼毒、火绒草、风毛菊、虎耳草、毛茛、紫堇等植物。绝大多数植物的叶面缩小成刺、被毛、植株低矮、茎短、花大、丛生，或近似莲座状，或垫状。像要在这里生存的人。在那个时节，还可以看到藏野驴、藏羚羊、黑唇鼠兔、高原兔、喜马拉雅旱獭、褐背地鸦、白腰雪雀、棕背雪雀、藏雪鸡、西藏毛腿沙鸡、大鹰、白肩雕、玉带海雕、秃鹫、胡兀鹫、草原鹞、猎隼、红隼、纵纹腹小鸮，有时还能看到狼、藏狐、野牦牛、雪豹、棕熊和猞猁。几乎所有的动物都有丰厚的毛皮以适应寒冷的气候；都长着高冠牙和牢固的臼齿、门齿，长着带肉刺的舌头，发达的前蹄甲，以适应寒漠取食的植被条件；它们口腔宽阔，鼻腔扩大，呼吸和脉搏频数以及血液中红细胞数、血红蛋白含量均较高，以适应较低山仅有 60% 氧气的环境；听觉和视觉发达，善于奔跑，以适应开阔、缺少隐蔽条件的生活环境——所以，凌五斗有时就会想，自己驻守在六号哨所，也应该向动物学习，适应高原的生存环境。

这么想的时候，他开始振作。

他看了看那些日子记下的混乱的日记，知道那两发子弹也是被他打掉的。

他把电话机的话筒放回到话机上。

这里的煤已剩得不多，罐头及压缩干粮也吃不了多久了。

要战胜这无处不在的孤寂，还是要找事做。

可是，做什么事呢？雪扫了还会有，掩体修好了，会被雪埋住。他看着漫山遍野的雪，产生了一个想法：堆一百多个雪人，为连队的每个人塑一尊雪雕。他为自己产生了这样伟大的想法激动不已，他第一次觉得自己真的高兴起来了。

凌五斗开始行动。他先堆冯向东，再堆陈忠于，再堆徐通……在他堆第31个雪人的那天上午，电话铃响了！

他飞跑进哨所，拿起话筒，又条件反射地，像捉到一条毒蛇似的把它放下了。在它第二次响起的时候，他才小心地拿起它，手哆嗦着，好半天才把它放到耳朵边。

是陈忠于的声音！

"你，你是老班长呀？"凌五斗的泪水一下涌了出来，他努力忍住，不让对方听出他的哭音。

"啊，我是陈忠于，你没事吧？"

"没事，没事，老班长，我很好的，我很好……"他终于忍不住放声大哭起来。

"哭吧，哭一哭，会好受些。"陈忠于的声音也有些哽咽。

不知过了多久，凌五斗忍住了哭，说："你……你怎么……怎么现在才给我来电话啊？"

"我送冯卫东的遗物回他老家去了，我去看望了你娘，她身体很好，很挂念你，叫你一定要好好干，不要给你爸丢脸。然后处理了一些事，又顺路探家。我有好消息要告诉你，你一定要注意听，你能听清楚我说的话吗？"

"能，能。"

"第一个好消息是：我老婆怀上了，我要当爹了！第二个好消息是：上面已决定，六号哨所恢复，它的地位不但没有削弱，还比以前加强了。不过，现在连里的人还上不去，你还得一个人驻守一段时间，待雪化了些，连队就会给你增派人马。"

"啊，好好好，我一定听我娘的话，还有，祝贺你终于当爹了！六号哨所恢复？这个你在骗人！"

"你想想看，我老哥哪里哄过人呢！"

"那，这是真的啦？"

"当然是真的，是千真万确的！"

"是真的……我相信你不会哄我……"

"你怎么又哭了，是不是有困难，感到坚持不住，受不了啦？"

"的确，我觉得自己好像已死过好几回了。现在哭，是因为高兴……你放心吧，我会坚持住的……对了，今天是几月几日啦？"

"4月21日。"

"哦，都四月份了，山下早就是春天了！好的，我知道了。再过一个月左右，山下的人就可以上山来了。"

"今年开春晚，雪化得慢，所以你要有心理准备。"

"没关系，只要哨所没有撤销……"凌五斗放下话筒，觉得这房间里充满了春天的味道，每一星尘埃都散发着春天的光彩。

十四

自从接到陈忠于的电话，凌五斗就恢复了原来的警惕，并且堆够了105名雪人。它们裸着雄健的身体，兵马俑一样威风凛凛地挺立在哨所四周。有了他们，他觉得自己不再孤独。

塑完"雪兵"，雪线已慢慢朝山上退却。

他一直注意着上山的路，希望增援的人能早些上来。

高原一连几天没有下雪，这真是个奇迹。凌五斗站在了哨所上。感觉白山异常锋利，像一柄新开刃的镰刀，随时要收割掉胆敢闯到这里来的任何生命。但他现在一点也不怕它。

5月27日中午，凌五斗终于看到一辆军车像只蜗牛似的朝哨所爬来。他调转高倍望远镜，看到那正是陈忠于的车。他高兴地跑到哨所顶上，朝他挥手。但陈忠于还看不见他。他一直站在哨所顶上，呼喊着陈忠于的名字，灌了一肚子冷风，喊哑了嗓子，胳膊都挥得酸痛了，到下午3点钟，终于听到了陈忠于的回应——汽车的鸣笛声，但又过了一个半小时，汽车开到了哨所跟前。

陈忠于疲惫得几乎是从车上滚下来的，他的一双手还保持着握方向盘的姿势，好像他怀抱着一件无形的东西。因为他一下车就紧紧地盯着凌五斗，他没有意识到自己僵硬的双手。

两人都站在原地没动。凌五斗是因为激动，陈忠于则因为惊讶。

“我怎么啦？”凌五斗问。

“你他妈的，都变成鬼了。来来来，你来看看你的样子！”陈忠于说完，快步走近凌五斗。因为要拉他，陈忠于费了好大的劲才把右手臂伸开——左手臂还保持着原状。

“哨所里没有镜子？”

“没有。”

他把凌五斗拉到倒车镜跟前。“你看看你的鬼样子。”

倒车镜里出现的家伙骨瘦如柴，军装又脏又破，结成股的长发披肩，凌乱的大胡子已经垂胸，面孔红紫，眼窝深陷，颧骨尖削，乌紫的嘴唇连门牙都包不住了。

“的确像个鬼。”凌五斗被自己的形象吓住了。

“也不能怪你，去年徐通他们下山的时候就没给你留理发的东西。”陈忠于过来，伸展开另一只手臂，把凌五斗紧紧拥抱住，“我的好兄弟，你还活着，这比什么都重要。”

凌五斗望了望汽车。“你带的人呢？”

“我是来接你回连里的。老实跟你说吧，六号哨所并没有恢复，我当时之所以那样说，是怕你挺不住了。”听陈忠于说完，凌五斗转过身去，再次紧紧地拥抱住了他，他的泪水流在了陈忠于的肩膀上，他像个孩子似的在他肩头大哭起来，鼻涕眼泪落了陈忠于一肩。

凌五斗就要离开这里了。那一个连的雪人有些被风吹坏了，在已经转暖的阳光照耀下默默地融化着。只有连长因为是最后雕塑的，加之立在背风处，还完好无损。

在临上车之际，凌五斗对着六号哨所，敬了一个他有生以来最为标准的军礼。

坐在车上，他忍着不回头去望哨所，但汽车来到天堂雪峰下面，他还是打开车窗，伸出头，回过头去。六号哨所并不缥缈，而是异常清晰地耸立在雪山之巅，众山之上。

他把手伸向阳光——阳光还是那么冷，但已不那么寒了；天空变得亲切起来，那种蓝色总令人想伸出舌头去舔它；云朵飘动得慢了，像新棉一样松软；没有被雪覆盖的巉岩变得更黑；垂挂在巉岩上面的冰柱闪着光——它想变成水滴了。他知道，积雪已经在开始融化，表面上看不出来，但只要到正午，如果把耳朵伏在积雪上听，就会听到水滴在积雪下发出的"滴答"声；冰河的表面已变得毛茸茸的，冰下也有了流水声；不时可以看到鹰的影子了。高原不动声色，万物悄然变化。是的，高原下的南方已是莺飞草长，而无边无际的北方也已春暖花开，大地生意盎然，一片锦绣。

凌五斗从山下吹来的风中，已经闻到了春天的气息。

代后记：我期望给贫乏的生活赋予复杂的意蕴

——答杨道问

问：在您微博的个人标签上，您写的是"自语症患者"。这个名称感觉有一种很深的孤独感，能否具体说说？

卢一萍（以下简称卢）：患自语症，可能正是作家的一种状态。对于写小说的人来说，更是如此。出则孤身旷野，入则独处书斋，以前写作是面对稿纸，现在面对电脑——即使离开了书桌，脑子里也是虚构的人物。这些人物对于小说家来说，是活着的，日日夜夜相随相伴，魂牵梦绕，比跟现实中的人物的关系还要密切。唯一可使小说家得到安慰的是，无论你在写小说时和你笔下的人物爱得多么惊天动地，恨得多么咬牙切齿，一旦写完，便可和他（她）恩断情绝。但没有办法的是，接下来如果你要写新的小说，又会有一个人物来纠缠你。

写小说的人其实生活在虚构的语境中，但把现实中的人和事通过虚构，以更真实地反映现实，却是小说写作的乐趣所在。

无论小说家还是诗人，写作都是一种自语，都是自语症患者，只是小说因其篇幅的关系，花费的时间的关系，小说家的症状要严重一些。

从某种意义上来讲，文学其实是孤独的产物，所以一个作家承受孤独，是一种命运，也是一种能力。

问：感觉您的人生经历本身就是一部小说。这些经历中哪一部分最让您刻骨铭心？

卢：经历本身就是人生际遇的反映。我的经历的确相对要丰富一些。有些是命运的不可抗拒，有些也是我自己的选择。比如去帕米尔高原戍边，多次到青藏高原采访。我是个很笨拙的人，我觉得，我需要去现实生活中、在旅途上为自己的小说寻找细节，以理解人性，理解悲欢离合，理解生命的价值，从而理解自己身处的时代。

要说最刻骨铭心的，自然是爱、离、别，当然，这对每个人都是。对我而言，还是我在帕米尔高原生活的那三年以及在西北边境长达半年的采访经历。他奠定了我的"世界观"——就是怎么看待这个世界，自己究竟该怎样度过这并不漫长的一生。

问：大家都说您的写作富有寓言性。您自己认为呢？

卢：我绝大多数小说都是"寓言"小说。这种写作便于我把握语言、结构，增加文本本身的张力。我心目中的边疆、故乡、荒漠，甚至边关、军营，以致自己对时代的解读，我都企图将其寓言化。我不善于直接地去描摹生活。生活无论看起来多么丰富，但仔细打量，都是贫乏的、无聊的。我期望给贫乏的生活赋予复杂的意蕴，给无聊的生活增添一抹神圣的色彩。

问：您的军旅生涯充满英雄主义的玄幻色彩，极富吸引力。但军旅生活其实是十分艰苦的，您是在怎样的情境下开始文学创作的？

卢：我的军旅生活其实本应该是平淡的，但我想，我既然成了军人，成了一名军旅作家，我还是要与众不同一点。所以我要求去边防一线，去骑马巡逻——我也许是军队里最后一代骑兵，我的骑术不错，毕竟，我骑马踏遍了帕米尔边关，我记得，其中从红其拉甫到乔戈里峰的巡逻线路当时骑马往返一次就要二十多天，沿途都是极其荒凉的无人区，有些路段军马走不了，只能骑牦牛，现在说起来，的确是有些玄幻色彩的。但我没有觉得艰苦，要说艰苦，肯定有比军旅生活更艰苦的生活。

我在红其拉甫边防连的前哨班还带过哨，就是带着几个兵，驻守在那里，一待就是几个月，四周除了积雪，什么都没有，爬冰卧雪，嚼冰咽雪，哨所就像茫茫大海中一块漂浮的木板，你必须抱紧它才能活命。在那些地方，能坚持活下来，其实就是英雄。但我当时并没有什么英雄的感觉，连"英雄"这个词都没有在脑子里出现过。

人是一种适应力极强的动物，为了生存，他能适应任何环境。

我很小的时候，就在做作家梦了，在中学的时候，就开始发表习作。我是怀抱作家梦想入伍的。非常幸运的是，我抵挡住了不少诱惑——比如当官、挣钱，从未想过要放弃这个梦，这就是我最终成为一个靠写作为生的人的原因。

问：军旅生涯赋予您最重要的东西是什么？你似乎不太认可自己"军旅作家"这个身份。

卢：它提供给我的可能首先是写作素材，其实，每一种生活都能赋予作家相应的素材，比如说记者、海员、渔民。其次，是对生命的理解，更重要的是对这个运转机制的认识。这让我得以写了《白山》。

但我并不是一个军事文学作者，因为我希望我所反映的生活不是"行业"式的，如果是那样，写作就失去了魅力，也会失去意义。所以，我虽然有26年军旅生活，但我并不认可自己"军旅作家"这个身份。因为我想做一个更大意义上的写作者，即使我写的是军旅生活，那么这种生活也是面向这个时代的。当然，如果有能力面向整个人类更好，像《静静的顿河》《二十二条军规》《五号屠场》，甚至《弗兰德公路》那样，它们原本是俄罗斯的、美国的、法国的，但最终都具有了超越国家、甚至超越时间的意义。

这其实不是大话，在今天这个"地球村"写作，每个作家面临的都是世界文学这个背景。

问：听说您特别喜欢《红楼梦》。它对您的创作特质是否产生过影响？

卢：我最早的读物本该是童话啊什么的，但我小时候从没有听到过"童话"这个词。所以很不可思议的是，我读的第一本"闲书"是《红楼梦》。那是一个残本，也就是上、中、下三卷的中卷。小时候没书读，见了什么书都拿来读。我父亲喜欢看"闲书"，听说谁有书，跑好远的路都会去借来看。这三分之一部《红楼梦》他看完后，就藏在枕头下的铺草里。我把它偷来，竟然如饥似渴地看完了。这其实就是我的文学启蒙。后来，我买过多个版本的《红楼梦》，有些读了，有些收藏着。之前其实没有怎么读懂，但每读一遍，在感悟力上，都有微小的进步。

我觉得《红楼梦》是中国文学的根基，那它自然也是我的根基。有它在，我就有了依靠，也就有了底气。

问：您说您写了小说会放一段时间，这期间会不时修改，给杂志社前，还会朗读一遍。为什么？

卢：这只是我个人的一个写作习惯。作品写好后，放一段时间再去看，就会发现一些问题。朗读的时候，如果你读着读着感觉上会顿一下，那就表示那个词句不合适。而在你默读的时候，这些问题并不会显现出来。另外，我喜欢听自己的文字用声音表现出来，那个时候，它似乎有了另一种样态。

问：您今年刚完成或正在进行的作品，请描述一下。

卢：今年出版了两本小书，一本是写世界屋脊之旅的散文《流浪生死书》，一本是个中篇小说，叫《大震》，是《小说月报》打造的"百花中篇小说丛书"的一本。之前还有一本长篇非虚构，叫《扶贫志》。

我正在写一个长篇小说，写一个迁徙的故事。中国人其实一直在迁徙，而我们感受到的是，我们似乎愿意固守一地，世世代代，不再离开。其实不是这样，每个族群其实都在迁徙、漂泊，从古至今都是如此。所以，我想写一部这个主题的小说。我们四川人对迁徙有着特别的记忆，那就是"湖广填四川"，很多四川人都是那个时候，迁徙到四川的。这个记忆具有强大的遗传性。直到现在，我还觉得自己是亲历者，所以，我想通过虚构来还原当时的境况。

我早就想写这个小说，早在 1995 年，我二十多岁的时候，就写了十多万字，当时觉得还不错，但并没有写完。为什么呢？因为写着写着，心里没底了，力量不够了。这个力量不是力气，不是体力，而是对这个题材本身的理解，对结构和语言的把握，对要传达的爱、死亡、离别、故乡、征程缺乏能称之为"经验"的体验，所以就放在那里了。一放，就是近三十年。为什么又要写它呢？因为我写过的那些人物这么多年过去了，还在我心里活着，一直一起面对生命的流逝，所以没办法不写。

问：作为一个作家，您最看重哪些评价尺度？

卢：当然是读者。但其实，现在一个作家能拥有的读者也是稀少的，但我愿意为稀少的读者写作。

（杨道，作家、《海南日报》记者）